写给孩子的美丽楚辞

林画 著

华龄出版社
HUALING PRESS

责任编辑：李梦娇
责任印制：李未圻
封面设计：曹柏光

图书在版编目（CIP）数据

写给孩子的美丽楚辞 / 林画著. --北京：华龄出版社，2019.3
ISBN 978-7-5169-1378-9

Ⅰ. ①写… Ⅱ. ①林… Ⅲ. ①古典诗歌－诗集－中国－战国时代②楚辞－青少年读物 Ⅳ. ①I222.3

中国版本图书馆CIP数据核字（2019）第001035号

书　　名：写给孩子的美丽楚辞
作　　者：林画　著

出 版 人：胡福君
出版发行：华龄出版社
地　　址：北京市东城区安定门外大街甲57号　邮　编：100011
电　　话：010-58122246　传真：010-84049572
网　　址：http://www.hualingpress.com

印　　刷：三河市东兴印刷有限公司
版　　次：2020年10月第1版　2020年10月第1次印刷
开　　本：710mm × 1000mm　1/16　印　张：14
字　　数：151千字
定　　价：39.80元

序言

Preface

我们为什么要学楚辞

有个朋友跑来跟我说，她的儿子要开始学《楚辞》了。我非常吃惊，她的儿子不过5岁而已，就要接触这么深奥的内容吗？据我所知，即使是一些文科的大学生，也未必能够读通读懂《楚辞》。我就遇到过不少人，基于崇拜经典的心理，咬着牙去攻读《离骚》，结果往往半途而废。

一问之下我才明白，原来是这位妈妈“受刺激”了。她在一次闺密聚会上，见别的孩子“唐诗背得那个溜”，孩子妈妈“那个得意劲儿”，于是暗下决心，要让自己的宝贝在下次聚会时“一鸣惊人”。听完这位妈妈的讲述，我暗自好笑，但见她那副认真劲儿，也不好打击她的积极性，只说：“祝你成功。”

一个多月后，我又见到这位朋友，问起她家宝贝学习《楚辞》的进度。朋友叹了口气，摆摆手道：“可别提了，还不够我生气的呢，两天就放弃了，就记住一个《离骚》。”我惊讶地说道：“那不错啊，《离骚》多长啊，你们家宝贝能背下来，简直就是神童了。”她有些哭笑不得，连忙道：

“什么啊，他只记住了‘离骚’这俩字儿。”这时，我再也忍不住了，哈哈大笑起来。

事实上，像我朋友这种情况的父母现在很常见，他们教孩子经典诗词不是为了“学”，而是为了“比”。当然，“比”也可以，因为“比”得好也可以促进“学”。可是，这一“比”就往往陷入盲目。在我看来，《楚辞》不是不能让孩子学，问题在于怎么学。与唐诗的浅显易懂、朗朗上口不同，《楚辞》不仅内容深奥，而且有许多古字、生僻字，读着都拗口，实在是不适合背诵。即使拿来背诵，顶多也只需要挑一些名句如“路曼曼其修远兮，吾将上下而求索”“沧浪之水清兮，可以濯吾缨。沧浪之水浊兮，可以濯吾足”，背一背就可以了。

那么，我们应该怎样教孩子学《楚辞》呢？要回答这个问题，我们首先得弄明白，为什么要学习《楚辞》。《楚辞》是中国文化的经典，它与《诗经》一起，为中华民族开拓了诗的源流。作为一名中国人，如果知识结构里缺少《楚辞》，显然是不完整的。因此，我们不妨从知识建构的角度让孩子来学习《楚辞》。什么意思呢？就是将《楚辞》的背景用故事的方式讲给孩子听，以“讲”“听”为主，而不是“背”“记”。在这个过程中，我们就可以把屈原的故事以及他的爱国主义精神灌输给孩子。此外，《楚辞》中富含大量的神话素材，把相关的神话故事当作背景讲给孩子，显然会让他们更加感兴趣，也能让他们更容易理解原文的内容。

看到这里，相信你已经知道该如何教孩子学《楚辞》了。下面，我再给大家介绍一下《楚辞》。很多人是把《楚辞》和屈原画等号的，这显然是一个误区。

我们应该清楚，《楚辞》其实是一部诗歌总集，最早是由西汉的刘向编辑成集的，其内容当然主要是屈原的作品，但也包括屈原之后如宋玉及汉代淮南小山、东方朔、王褒、刘向等人的作品。这些作品风格与屈原的类似，可以说是屈原作品的仿作。刘向辑录的《楚辞》版本一共有十六篇，后来东汉的王逸在对《楚辞》进行注释的时候又把自己的一篇《九思》加了进去，于是就有了十七篇。我们这本书，就是在这十七篇的基础上进行解读，其方法就是我前面所说的，用故事来引出原文，同时介绍相关背景知识。

另外，虽然不主张让孩子大段背诵《楚辞》，但原文还是要读的。因此，我们有必要了解一下《楚辞》的句式结构。《楚辞》基本是杂言的，语句参差，其中也多有五言和七言的句子，多用三字一顿的节奏，当中经常出现的“兮”字，其实就是语助词，和现在的“啊”“呀”一样，起着调节音节和节奏、加强感情渲染的作用。比如，我们翻开《离骚》，试着按三字一顿的节奏读一读：“帝高阳 / 之苗裔兮，朕皇考 / 曰伯庸。摄提贞 / 于孟陬兮，惟庚寅 / 吾以降。”

好了，已经说了这么多，现在大家就带着孩子跟我一起走进《楚辞》的世界吧。

目录

Contents

上卷 屈原

第一章 生命历程

第二章　祭祀神明

第三章　神话传说

下卷 后世各家

第七章　王褒

第八章　刘向

第九章　王逸

上卷　屈原

第一章　生命历程

屈原真是芈月的老师吗

对于屈原，大家都很熟悉，每年端午节，我们总是一边吃着粽子一边听有关这位楚国大诗人的故事。对于芈月，我们之前应该都比较陌生，但自从电视剧《芈月传》热播以后，这个名字便家喻户晓了。而在《芈月传》里，有一个情节引起了很多人的兴趣：在春申君黄歇的引荐下，芈月拜屈原为师，这个事情到底是史实呢，还是编剧杜撰的呢？

对于很多历史人物，我们虽然表面上似乎耳熟能详，但实际却往往一知半解。因此，要想弄明白这个问题，大家还得先跟我一起来详细了解下屈原。

根据历代专家们的考证，屈原大约出生于公元前 340 年，并于公元前 278 年自沉汨罗江，以身殉国。这样算下来，屈原去世的时候大约 63 岁（古人一般算虚岁）。屈原生活的时代属于战国晚期，他出生在楚国丹阳秭归，也就是今天的湖北宜昌。可能很多人不知道，屈原其实和芈月一样，是姓芈的。那么，我们为什么都叫他屈原呢？

原来，在先秦时期，姓和氏是分开的：氏用来区分贵贱，一般贵族才有氏，普通人有名无氏；姓则用来区别婚姻，同姓的人不能结婚。而且，称呼男人要称他的氏，称呼女人则称她的姓。芈是楚国王族的姓，屈原的祖先屈瑕本是楚武王熊通（芈姓，熊氏）的儿子，因为被封到了屈邑，他的后代便以封地为氏，称屈氏。虽然氏变了，但姓是没有变的，屈原是楚国王族后裔，所以仍然姓芈。又因为他是男的，称氏不称姓，所以我们称他为屈原。当然，也有人称他为屈平。平是他的名，原是他的字。

这样看来，屈原与芈月应该是同族。那么，他们生活在同一个时代吗？芈月的出生时间已经不可考了，但她去世的时间是公元前265年。也就是说，芈月是在屈原沉江13年之后去世的。从这点来看，他们是同一时代的人，而且屈原也应该比芈月大，从年龄上来说，做老师是可以成立的。

身为楚国贵族，屈原从小就是个好孩子，长大后成了好青年。他不仅酷爱读书，而且十分同情贫苦百姓。更为难得的是，他文武双全。公元前321年，秦军侵犯楚国边境，20岁的屈原组织附近百姓奋勇抗击，巧用各种战术给敌人以沉重打击。于是，第二年屈原便被楚怀王召入都城，从此开始了他的政治生涯。作为楚威王的女儿，楚怀王的妹妹，芈月这个时候肯定也在郢都。因此，这就为两人产生交集提供了可能。

大概正是基于以上史实，编剧才让屈原当了芈月的老师。史书当中自然没有任何两人产生交集的记录，但这种想象力的发挥，在创作过程中是完全合理的。不过，这里面还有一些问题需要大家注意。

首先，芈月这个名字是不存在的，史书上只有“芈八子”和“秦宣太后”的记载。“八子”并不是名，而是称号，就如同班婕妤指的是姓班的婕妤，芈八子指的是姓芈的八子。八子的地位并不是很高，在王后、夫人、美人、良人之下，所以有学者便认为，芈八子应该不是楚威王的女儿，只不过是一个普通的楚国贵族，甚至是一个没落贵族。这样一来，她与屈原产生交集的可能性就大大降低了。

另外，即便芈八子是楚威王的女儿，楚威王是在公元前329年去世的，而屈原至少在公元前319年升任楚怀王左徒之后，才有可能与芈八子产生交集。这时，芈八子至少11岁（最保守估计）。

我们知道，古代女子出嫁都是很早的，有极大概率屈原到达楚都时，芈八子已经去了秦国。

当然，这都是我个人的一些想法，具体情况如何，因为资料少外加历史久远，谁也不能肯定。不过，历史的留白，正是放飞想象力的所在，大家也可以根据现有史料，进一步进行推论。我们回过头来再说屈原，即使他不是芈八子的老师，芈八子也应该听过他的大名，因为他实在是太有才了。有极大的可能，芈八子会像今天的我们一样，都是屈原的粉丝。

屈原早期作品留下来的不多，但从一首《橘颂》当中，便可管中窥豹，初见其横溢的才华。下面，我们一起来学这首诗。

jú sòng
橘颂

战国·楚·屈原

hòu huáng jiā shù, jú lái fú xī. shòu mìng bù qiān, shēng nán guó xī.
后皇嘉树，橘徕服兮。受命不迁，生南国兮。

shēn gù nán xǐ, gèng yī zhì xī. lǜ yè sù róng, fēn qí kě xǐ xī.
深固难徙，更壹志兮。绿叶素荣，纷其可喜兮。

céng zhī yǎn jí, yuán guǒ tuán xī. qīng huáng zá róu, wén zhāng làn xī.
曾①枝剡②棘，圆果抟③兮。青黄杂糅，文章烂兮。

jīng sè nèi bái, lèi kě rèn xī. fēn yùn yí xiū, kuā ér bù chǒu xī.
精色内白，类可任兮。纷缊④宜修，姱⑤而不丑兮。

jiē ěr yòu zhì, yǒu yǐ yì xī. dú lì bù qiān, qǐ bù kě xǐ xī?
嗟尔幼志，有以异兮。独立不迁，岂不可喜兮？

shēn gù nán xǐ, kuò qí wú qiú xī. sū shì dú lì, héng ér bù liú xī.
深固难徙，廓其无求兮。苏世独立，横而不流兮。

bì xīn zì shèn, bù zhōng shī guò xī. bǐng dé wú sī, cān tiān dì xī.
闭心自慎，不终失过兮。秉德无私，参天地兮。

yuàn suì bìng xiè, yǔ cháng yǒu xī. shū lí bù yín, gěng qí yǒu lǐ xī.
愿岁并谢，与长友兮。淑离不淫，梗其有理兮。

nián suì suī shào, kě shī zhǎng xī. xíng bǐ bó yí, zhì yǐ wéi xiàng xī.
年岁虽少，可师长兮。行比伯夷，置以为像兮。

①曾：层层叠叠。②剡：锐利。③抟：圆。④纷缊：纷繁茂盛。⑤姱：美好。

讲这首诗之前，我们先来回顾一个历史小典故。春秋时期，齐国晏婴出使楚国，楚王有意刁难，吩咐左右于酒宴中缚一名齐国犯人上前，并问晏子：“齐人善盗者乎？”晏子以一句“橘生淮南则为橘，橘生淮北则为枳”作答，巧妙避开机锋，并且反击了楚王。橘的习性很奇怪，只有生在南国，才能结出甘美果实，若生在北国，长出的果实便会又苦又涩，晏子说，之所以如此，是因为南北水土不同，齐人在齐国的土地上并不行偷窃之举，如今到了楚国便犯偷窃之罪，莫非是楚国水土使民善盗？

一轮外交上的高手过招，以晏婴的大获全胜而告终，楚王存心辱人，结果自取其辱。晏婴比屈原早出生了两个多世纪，按理说屈原应该听过这段逸事，但这首《橘颂》却并非为先王讨回面子，而是纯粹为了赞美这种只肯在南国释放最美生命精华的植物。

《汉书》曰：“江陵千树橘。”江畔丘陵平原之上，黄澄澄的圆润果实挂满千树万树的景象，不知是怎样的缤纷绚丽。天地孕育的橘树，生来就只适应这方水土，“受命不迁，生南国兮”，当屈原看着这种叶儿碧绿、花儿素洁的植物，体味着它永不迁徙的使命，永远生长于南国的习性时，心中定是生出了惺惺相惜之意。它的专一、坚毅、矢志不渝，难道不正是屈原对君王的耿耿忠心的写照吗？

看那橘树，层层枝叶间虽然长着尖刺，却是为了防范外来的侵害，而它献给世人的，却是如此圆美的果实。看那橘实，外表鲜丽、内瓤纯洁、气韵芬芳、风姿盈盛，好比身担重任的君子，没有一点瑕疵。

生长于南国大地的橘树，胸襟开阔，无所欲求，卓然立于人间浊世，志节充盈，绝不附从俗流，只会坚守自心，摒除外物干扰，无私的品性堪与天地相较。在众芳凋谢的岁暮，它依然披着一身苍翠，在严寒中傲立，有一种遗世独立的美丽。所以屈原道“与长友兮”“可师长兮”“置以为像兮”，愿与它长久相伴，永远为友，愿将它当作自己最钦佩的师长，愿永远将它当作立身的榜样。

屈原《橘颂》，处处赞美的皆是和自己一样有着高洁操守、不与世俗同流的志士仁人。“嗟尔幼志，有以异兮”，惊叹橘树自小立志便迥异于其他植物，亦是赞美自己从幼年起便有伟大志向，且至今不改此志。而在橘树“独立不迁”的珍贵品质中，屈原是临水照花人，从中照见的正是自己不因时俗迁移而改变的巍然独立的节操。借物抒志，以物写人，彼此互映，因此后人将屈原称为“咏物之祖”。

一个变法图强的功臣

在进入主题之前，我先来考大家一个小问题：说说历史上都有哪些著名的变法？

怎么样，你能说出几个来？你也可以和同学们比试一下，看谁知道的东西多。

我估计一般人应该能说出三个：商鞅变法、王安石变法、戊戌变法。此外，能够说出“张居正改革”就算相当不容易了。大家之所以能说出这些，是因为历史课本上有，但这也恰恰暴露了一个问题，那就是我们的视野太局限于课本，形不成比较系统的知识结构。

今天我们要说的是屈原变法。看到这里，你一定会感到很惊讶。在我们的印象里，屈原身上的标签无外乎“离骚”“三闾大夫”“汨罗江”“端午节”，怎么会和“变法”扯上关系呢？事实上，屈原变法不仅存在，还相当重要。大家别着急，且听我慢慢道来。

我们前面讲到，公元前 320 年，21 岁的屈原被楚怀王征召，具体时间是在 3 月份。这时候，他并没有进入中央，而是被派到鄂渚担任县丞一职。不过，屈原升迁速度超快，简直就像坐火箭一样，第二年他就成了左徒。

左徒是一个什么样的官呢？据专家们考证，这是一个仅次于宰相（当时称令尹）的官职，其所担负的具体任务大致有三个方面：一是参议国家大事，发号施令；二是接待宾客，应付外交事宜；三是草拟宪令，具体掌握国家的政策方针。

大家可以想象一下，那个时候的屈原才刚刚 22 岁而已。不过，他并没有因为年轻而手足无措，各项工作都完成得很出色。公元前 317 年，屈原 24 岁，他在楚怀王的授意下开始着手变法改革，其目的和历史上所有变法一样，都是为了富国强兵。

至于变法的具体内容，由于篇幅所限，我就不做详细介绍了，大家如果感兴趣可以自己去找相关资料。这里只说结果：变法持续了三年，楚国在政治、军事、经济上都有了新气象，成为与秦国、齐国并列的强国。然而，随着变法的不断深入，旧贵族的利益受到侵害，他们纠结其他一些顽固势力，开始对屈原进行大肆诋毁。

当然，屈原遭到诋毁还有一个重要原因，这里先卖个关子，我在后面会详细讲解。

楚怀王这个人虽然性子稳当、脾气随和，但却有一个毛病，那就是耳根子太软，由于众人不断诋毁，时间一久，他就逐渐疏远屈原了。最终，屈原的左徒之职被罢黜，贬为三闾大夫，这是一个主持宗庙祭祀，兼管贵族屈、景、昭三大氏子弟教育的闲差。

事实上，这样的局面原本是可以预想的，因为楚国的旧贵族势力实在是太强大了。早在屈原之前，楚国已经有过一次变法了，那就是楚悼王时期的吴起变法。这场变法的结局是，楚悼王莫名其妙地死掉了，很可能是被旧贵族买通宫中内侍毒死的。而且，就在楚悼王的葬礼上，旧贵族乱箭齐发，将主持变法的吴起射成了刺猬。

相比于吴起的遭遇，屈原当时还算是幸运的，然而平白遭受诬陷，被小人离间，他心中实在是抑郁难平、不吐不快，于是便写了下面这首《惜诵》。由于原诗篇幅过长，这里只节选其中一段。

xī sòng
惜诵（节选）

战国·楚·屈原

sī jūn qí mò wǒ zhōng xī, hū wàng shēn zhī jiàn pín. shì jūn ér bú èr xī, mí bù zhī chǒng zhī mén.
思君其莫我忠兮，忽忘身之贱贫。事君而不贰兮，迷不知宠之门。

zhōng hé zuì yǐ yù fá xī, yì fēi yú xīn zhī suǒ zhī. xíng bù qún yǐ diān yuè xī, yòu zhòng zhào zhī suǒ hāi.
忠何罪以遇罚兮，亦非余心之所志[1]。行不群以巅越兮，又众兆之所咍[2]。

fēn féng yóu yǐ lí bàng xī, jiǎn bù kě shì. qíng chén yì ér bù dá xī, yòu bì ér mò zhī bái.
纷逢尤以离谤兮，謇[3]不可释。情沉抑而不达兮，又蔽而莫之白。

xīn yù yì yú chà chì xī yòu mò chá yú zhī zhōng qíng gù fán
心郁邑余侘傺兮，又莫察余之中情。固烦
yán bù kě jié yí xī yuàn chěn zhì ér wú lù
言不可结诒④兮，愿陈志而无路。
tuì jìng mò ér mò yú zhī xī jìn háo hū yòu mò wú wén shēn
退静默而莫余知兮，进号呼又莫吾闻。申
chà chì zhī fán huò xī zhōng mèng mào zhī tún tún
侘傺之烦惑兮，中闷瞀⑤之忳忳⑥。

①志：通“知”，知道。②咍：嘲笑。③謇：句首发语词。④诒：赠送。⑤闷瞀：内心烦乱。⑥忳忳：忧愁。

被楚王疏远的屈原，离开了楚国的权力中心。不过，他心中所想的并非自己的得失，而是国家的未来。国君的昏聩以及国内守旧势力的强大，使他感到楚国的前途一片晦暗，对于灭国的遭遇似乎也有了预感。在战国晚期，几乎每年都会有一个国家被灭。有预感，却无法改变命运；清醒于前路的崎岖，却又不甘于忍受，这或许是屈原孤独和痛苦的根源。

高高在上的君主只有一位，身为臣子，忠贞不贰自是本分，可是屈原万万没有料到自己会因此而获罪。在一个君主昏聩的时代里，原来坚持忠贞也是过错。为国为民竭心尽力，只换来君王的疏远；不肯自降品格，谄媚邀宠，如一颗宝石般在龌龊的朝堂闪闪发亮，却是蒙尘见弃的结局。

屈原悲怆道：“有谁能如我一般忠贞不贰？”然而小人兀自忙着邀宠、钻营，君王也忙着亲奸臣、远贤臣，谁也听不见他发自内心的呼喊。他的“行不群”，与众不同，注定了他的孤独。被人嘲笑也好，因“离谤”而遭受罪责也罢，所有的痛苦都无理可讲，无可慰藉，也无法开解。

正是至深的爱长出了倒刺，给了屈原至深的伤害，将他刺得鲜血淋漓，可是他偏偏还要转过身，再去拥抱那些尖刺。他对家国、君王的爱，便是如此，任它带来了怎样的悲伤与绝望，仍然为之九死而不悔。

“情沉抑”“心郁邑”，屈原却没有办法解释表白，上达楚王的道路早就被壅蔽，他只能将话语堆积在心底，把失意忧郁、愁闷彷徨都压抑在面容之后。真的退而静默，却又担忧直到死去都要背负这样的污名，于是他写下满纸痛惜疾呼之语，期待着有人可以读懂。

茫然四顾，左右前后，皆是两难。仿佛命运就此打了一个死结，不给屈原丝毫余地，任他在文字的幽暗深井里溺毙，在情绪的封闭细径里自锁，再也寻不到光亮。

谋略家张仪的诡计

在战国时代，有两个著名的谋略家，一个叫苏秦，一个叫张仪，这两位还是师兄弟，他们都是鬼谷子的徒弟。在这里，我主要给大家说一说张仪。

张仪家原本是魏国贵族的后裔，到他这一辈已经落魄了，于是他跟随鬼谷子学习游说之术。他学成下山后，在同门苏秦的暗中帮助下来到秦国，得到了秦惠王的赏识，被封为秦国的宰相。

在当时的诸侯当中，实力最强的是秦、楚、齐三国。这三国各有优势，其中秦国军事力量最强，楚国的国土面积最大，而齐国则最富有。作为一名具有战略眼光的政治家，屈原早早就看出了秦国的狼子野心，认定秦国才是楚国最大的威胁，因此主导了楚国“联齐抗秦”的外交战略，与齐国缔结了盟约。

齐楚联盟对秦国产生了威胁，作为秦国的宰相，张仪自然会把屈原视作“眼中钉、肉中刺”。事实上，屈原不仅是“齐楚联盟”的关键人物，他的变法也使原本走向衰弱的楚国迅速强大起来。正所谓“敌强则我弱”，所以张仪必须对付屈原。

chōu sī

抽思（节选）

战国·楚·屈原

chàng yuē　yǒu niǎo zì nán xī　lái jí hàn běi　hǎo kuā jiā lì
倡曰：有鸟自南兮，来集汉北。好姱佳丽
xī　pàn　dú chǔ cǐ yì yù　jì qióng　dú ér bù qún xī　yòu
兮，牉①独处此异域。既茕②独而不群兮，又
wú liáng méi zài qí cè　dào chuō　yuǎn ér rì wàng xī　yuàn zì shēn
无良媒在其侧。道卓③远而日忘兮，愿自申
ér bù dé　wàng běi shān ér liú tì xī　lín liú shuǐ ér tài xī
而不得。望北山而流涕兮，临流水而太息。
wàng mèng xià zhī duǎn yè xī　hé huì míng zhī ruò suì　wéi yǐng lù
望孟夏之短夜兮，何晦明之若岁！惟郢路
zhī liáo yuǎn xī　hún yī xī ér jiǔ shì　céng bù zhī lù zhī qū zhí
之辽远兮，魂一夕而九逝。曾不知路之曲直
xī　nán zhǐ yuè yǔ liè xīng　yuàn jìng shì ér wèi dé xī　hún zhì
兮，南指月与列星。愿径逝而未得兮，魂识④
lù zhī yíng yíng　hé líng hún zhī xìn zhí xī　rén zhī xīn bù yǔ wú
路之营营⑤。何灵魂之信直兮，人之心不与吾
xīn tóng　lǐ ruò ér méi bù tōng xī　shàng bù zhī yú zhī cóngróng
心同！理弱而媒不通兮，尚不知余之从容。

luàn yuē　cháng lài tuān liú　sù　jiāng tán xī　kuáng gù nán
乱曰：长濑湍流，泝⑥江潭兮。狂顾南
xíng　liáo yǐ yú xīn xī　zhěn　shí wēi wéi　qiān　wú yuàn xī
行，聊以娱心兮。轸⑦石崴嵬⑧，蹇⑨吾愿兮。
chāo huí zhì dù　xíng yǐn jìn xī　dī huí yí yóu　sù běi gū xī
超回志度，行隐进兮。低佪夷犹，宿北姑兮。
fán yuān mào róng　shí pèi cú xī　chóu tàn kǔ shén　líng yáo sī
烦冤瞀容⑩，实沛徂兮。愁叹苦神，灵遥思
xī　lù yuǎn chǔ yōu　yòu wú xíng méi xī　dǎo　sī zuò sòng　liáo
兮。路远处幽，又无行媒兮。道⑪思作颂，聊
yǐ zì jiù xī　yōu xīn bú suì　sī yán shuí gào xī
以自救兮。忧心不遂，斯言谁告兮。

①牉：分离。②茕：孤独。③卓：同“逴”，远。④识：辨认。

⑤营营：形容来回走动的样子。⑥泝：逆流而上。⑦轸：通“畛”，田间道路。⑧嵗嵬：形容石头高低不平。⑨蹇：通“謇”，使……艰难。⑩瞀容：心情烦乱不安。⑪道：通“导”，表述。

对于“抽思”一词，历来有很多种解释，我觉得比较靠谱的是“把蕴藏在内心深处像乱丝一样的愁情抽绎出来”。写作这首诗时，屈原第一次被流放，流放地点是都城附近的汉北之地，还不至于像后来那样不可挽回。因此，他虽然满腹忧伤，还没有绝望。

我在此所选是全诗的后半段，前面写的是：秋风乍起，长夜漫漫，君王背弃约定，又屡屡发怒，百姓混沌糊涂，不明真相，写自己想要剖白衷肠，君王却不肯听取，写小人极尽陷害之能事，将他当作祸患——所有的这一切，萧瑟、煎熬、痛苦、惊惧、怅恨、怨愤、无奈、悲愁，最终都化作如水的忧伤。

忧伤的颜色如水，或透明，或黄浊，或碧绿，或青蓝。忧伤的形状亦如水，随时而变，随物换形：风起时，波浪翻涌；雨落时，水潮高涨；晴日时，是一汪明镜；掬一捧在手心时，是手心的形状；东流入海时，是奔腾的浪子；停留在山间内陆时，是沉静的处子。

当屈原哀叹自己既忠贞又有才华，却遭受流放，独居异乡，不能为君所用时，忧伤便如浑浊的波浪，日夜在他心底翻涌。这股波浪里，有一种阴暗的悲伤，让他对命运心有不甘，对辜负了他的君王生出怨尤。言路不通，他想向君王陈说心志，却不会有任何人知晓他的所思所想。他身在僻远之处，即使写下这首辞赋，也不过聊解忧思，抵达不了谁的耳际，而他内心深处的痛苦，仍然不知该向谁倾诉。

其实，哪里是不知向谁倾诉，屈原想要倾诉的对象从一开始就只有高高在上的君王。君王不肯倾听，他的内心只能留下几多无奈。

初夏的漫漫长日里，他望着北山落泪，对着流水叹息，度日如年，黑夜虽然短暂，他却难以入眠。回到国都的路途并不遥远，他却道“惟郢路之辽远”，遥远的不是路程，而是他的心与君王之心的距离。最终，屈原只能让灵魂翻山越岭，趁着黑夜前往。星辰在天上指认南去的路，路上石头高低不平，沙石滩上流水湍急，灵魂尚且徘徊踟蹰，走得犹疑而艰难。更何况他自己呢？只怕再也不能踏上归去的路，而这份忧伤，只怕终生也不可治愈。

《离骚》到底讲些啥

屈原的第一次流放，始于公元前 304 年，止于公元前 300 年，前后有 4 年的时间。这 4 年对于政治家屈原来说无疑是痛苦的，但对于中华诗歌来说却是幸运的，著名的《离骚》就是这 4 年当中写就的。

后世许多文学泰斗对《离骚》都推崇备至，这里我就不一一列举了，同学们只需要明白，作为一个中国人，如果没有听说过《离骚》，那可真是一件应该觉得羞愧的事。

可是，话又说回来。虽然我们都知道《离骚》是屈原的代表作，也模模糊糊能念出两三则其中名句，如“路曼曼其修远兮，吾将上下而求索”“长太息以掩涕兮，哀民生之多艰”，但真要让我们说一说《离骚》到底讲了些什么，却没有几个人能说出来。事实上，真正一字一句通读过《离骚》的人并不多。

由于篇幅所限，我在这里也不能给大家全文讲解《离骚》，但可以概括一下全诗的内容。这样一来，如果你跟同学聊起《离骚》，就不会面临哑口无言的尴尬了。

《离骚》共有 370 多句，将近 2500 字，对于用竹简记录文字的战国时代来说，称得上是鸿篇巨制了。全诗运用美人香草的比喻、大量的神话传说和丰富的想象，形成绚烂的文采和宏伟的结构，开创了中国文学史上的“骚体”诗歌形式，对后世产生了深远影响。

从整体结构来看，《离骚》大致可以分为三大部分外加一个礼辞。

第一部分从开始到“岂余心之可惩”。在这一部分，诗人以独白和自我形象出现，先自叙高贵的身世，突出自己与生俱来的“内美”；接着讲述自己的道德和才干，并立志干一番大事业；之后叙述对楚怀王的期望，并以古代贤王作为榜样，以古代昏主作为警戒。然而，由于楚怀王昏聩守旧，弃约变心，导致“党人”猖獗，世风腐败，连诗人精心培养的人才，也都从俗变节。面对这种情况，诗人曾产生过退隐的念头，但最后仍表示为坚持正义而九死不悔，决心坚守自己高尚的情操。

第二部分从“女媭之婵媛兮”至“余焉能忍与此终古”。这一部分出现了女媭的形象，内容由现实转入幻境。据考证，女媭可能是屈原的姐姐，她见诗人如此痛苦，异常激愤，从爱护的愿望出发，劝诗人不要那样耿直，而应当明哲保身，随波逐流。对此，诗人感觉自己在人间难觅知音，于是便向天上寻求真理。诗人渡过沅湘，向舜帝陈词，历数夏商周数代王朝的兴亡事例，陈诉肺腑，表明自己的“美政”理想。陈词完毕后，诗人又转而借幻想的形式遨游天地，上下求索，以寻找志同道合的知己与实现理想的途径。结果，上下寻求全都归于失败。天上人间，都是一样“溷浊”。

第三部分从“索藑茅以筳篿兮”至“蜷局顾而不行”。在这一部分，灵氛、巫咸的形象开始出现。当诗人周游求索、扣阍求女相继失败后，便向神巫灵氛问卜，再请巫咸降神。灵氛和巫咸都启示他远行，择明君而事。诗人确信自己留在楚国没有出路，于是便选择吉日良辰发轫去国，再次进入了“浮游求女”“周流上下”的幻游境界。然而，诗人经历过一番漫长而艰难的道路之后，正当自适惬意、忘掉一切之际，却忽然望见了自己的故乡。诗人悲从中来，面对祖国山川，他再也不忍离去。

“乱曰”至末尾的一小段为礼辞。这是全诗到高潮之后的画龙点睛之笔，既用以收束全诗，又使主题进一步升华。诗人既在国内不能见容，但又不忍心离开国家，于是在左右为难之际，只有以身殉国。

下面，我为小朋友们列出全诗的第一部分，篇幅略有些长，大家可以细细品读。

lí sāo

离骚（节选）

战国·楚·屈原

dì gāo yáng zhī miáo yì xī zhèn huáng kǎo yuē bó yōng shè tí
帝高阳之苗裔兮，朕皇考曰伯庸。摄提
zhēn yú mèng zōu xī wéi gēng yín wú yǐ jiàng huáng lǎn kuí yú chū dù
贞于孟陬兮，惟庚寅吾以降。皇览揆余初度
xī zhào cì yú yǐ jiā míng míng yú yuē zhèng zé xī zì yú yuē
兮，肇锡余以嘉名。名余曰正则兮，字余曰
líng jūn fēn wú jì yǒu cǐ nèi měi xī yòu chóng zhī yǐ xiū néng
灵均。纷吾既有此内美兮，又重之以修能。
hù jiāng lí yǔ pì zhǐ xī rèn qiū lán yǐ wéi pèi yù yú ruò jiāng
扈江离与辟芷[1]兮，纫秋兰以为佩。汩余若将
bù jí xī kǒng nián suì zhī bù wú yǔ zhāo qiān pí zhī mù lán
不及兮，恐年岁之不吾与。朝搴阰之木兰[2]
xī xī lǎn zhōu zhī sù mǎng rì yuè hū qí bù yān xī chūn
兮，夕揽洲之宿莽。日月忽[3]其不淹[4]兮，春
yǔ qiū qí dài xiè wéi cǎo mù zhī líng luò xī kǒng měi rén zhī chí
与秋其代序[5]。惟草木之零落兮，恐美人之迟
mù bù fǔ zhuàng ér qì huì xī hé bù gǎi cǐ dù chéng qí jì
暮。不抚壮而弃秽兮，何不改此度？乘骐骥[6]
yǐ chí chěng xī lái wú dǎo fú xiān lù
以驰骋兮，来吾道夫先路。

xī sān hòu zhī chún cuì xī gù zhòng fāng zhī suǒ zài zá shēn
昔三后之纯粹兮，固众芳之所在。杂申

jiāo yǔ jùn guì xī qǐ wéi rèn fú huì chǎi bǐ yáo shùn zhī gěng jiè
椒与菌桂⑦兮，岂维纫夫蕙茝！彼尧舜之耿介
xī jì zūn dào ér dé lù hé jié zhòu zhī chāng pī xī fú wéi
兮，既遵道而得路。何桀纣之猖披兮，夫唯
jié jìng yǐ jiǒng bù wéi fú dǎng rén zhī tōu lè xī lù yōu mèi yǐ
捷径以窘步。惟夫党人之偷乐兮，路幽昧以
xiǎn ài qǐ yú shēn zhī dàn yāng xī kǒng huáng yú zhī bài jì hū
险隘。岂余身之惮殃兮，恐皇舆之败绩！忽
bēn zǒu yǐ xiān hòu xī jí qián wáng zhī zhǒng wǔ quán bù chá yú
奔走以先后兮，及前王之踵武。荃不察余
zhī zhōng qíng xī fǎn xìn chán ér jì nù yú gù zhī jiǎn jiǎn zhī wéi
之中情兮，反信谗而齌怒⑧。余固知謇謇之为
huàn xī rěn ér bù néng shě yě zhǐ jiǔ tiān yǐ wéi zhèng xī fú
患兮，忍而不能舍也。指九天以为正兮，夫
wéi líng xiū zhī gù yě yuē huáng hūn yǐ wéi qī xī qiāng zhōng dào ér
唯灵修之故也。曰黄昏以为期兮，羌中道而
gǎi lù chū jì yǔ yú chéng yán xī hòu huǐ dùn ér yǒu tā yú
改路！初既与余成言兮，后悔遁而有他！余
jì bù nán fú lí bié xī shāng líng xiū zhī shuò huà
既不难夫离别兮，伤灵修之数化。

yú jì zī lán zhī jiǔ wǎn xī yòu shù huì zhī bǎi mǔ qí liú
余既滋兰之九畹兮，又树蕙⑨之百亩。畦留
yí yǔ jiē chē xī zá dù héng yǔ fāng zhǐ jì zhī yè zhī jùn mào
夷与揭车兮，杂杜衡与芳芷。冀枝叶之峻茂
xī yuàn sì shí hū wú jiāng yì suī wěi jué qí yì hé shāng xī
兮，愿竢时乎吾将刈。虽萎绝其亦何伤兮？
āi zhòng fāng zhī wú huì zhòng jiē jìng jìn yǐ tān lán xī píng bú
哀众芳之芜秽。众皆竞进以贪婪兮，凭不
yàn hū qiú suǒ qiāng nèi shù jǐ yǐ liàng rén xī gè xīng xīn ér jí
厌乎求索。羌内恕己以量人兮，各兴心而嫉
dù hū chí wù yǐ zhuī zhú xī fēi yú xīn zhī suǒ jí lǎo rǎn rǎn
妒。忽驰骛以追逐兮，非余心之所急。老冉冉
qí jiāng zhì xī kǒng xiū míng zhī bú lì zhāo yǐn mù lán zhī zhuì lù
其将至兮，恐修名之不立。朝饮木兰之坠露
xī xī cān qiū jú zhī luò yīng gǒu yú qíng qí xìn kuā yǐ liàn yāo
兮，夕餐秋菊之落英。苟余情其信姱以练要

兮，长顑颔⑩亦何伤？揽木根以结茝兮，贯薜荔之落蕊。矫菌桂以纫蕙兮，索胡绳之𫄨𫄨。謇吾法夫前修兮，非世俗之所服。虽不周于今之人兮，愿依彭咸之遗则。

长太息以掩涕兮，哀民生之多艰。余虽好修姱以鞿羁兮，謇朝谇⑪而夕替。既替余以蕙纕兮，又申之以揽茝。亦余心之所善兮，虽九死其犹未悔。怨灵修之浩荡兮，终不察夫民心。众女嫉余之蛾眉兮，谣诼谓余以善淫。固时俗之工巧兮，偭规矩而改错。背绳墨以追曲兮，竞周容以为度。忳郁邑余侘傺⑫兮，吾独穷困乎此时也。宁溘死以流亡兮，余不忍为此态也。鸷鸟之不群兮，自前世而固然。何方圜之能周兮，夫孰异道而相安？屈心而抑志兮，忍尤而攘诟⑬。伏清白以死直兮，固前圣之所厚。

悔相道之不察兮，延伫乎吾将反。回朕车以复路兮，及行迷之未远。步余马于兰皋兮，

chí jiāo qiū qiě yān zhǐ xī jìn bú rù yǐ lí yóu xī tuì jiāng fù xiū
驰椒丘且焉止息。进不入以离尤兮，退将复修

wú chū fú zhì jì hé yǐ wéi yī xī jí fú róng yǐ wéi cháng bù
吾初服。制芰荷以为衣兮，集芙蓉以为裳。不

wú zhī qí yì yǐ xī gǒu yú qíng qí xìn fāng gāo yú guān zhī jí
吾知其亦已兮，苟余情其信芳。高余冠之岌

jí xī cháng yú pèi zhī lù lí fāng yǔ zé qí zá róu xī wéi
岌兮，长余佩之陆离。芳与泽其杂糅兮，唯

zhāo zhì qí yóu wèi kuī hū fǎn gù yǐ yóu mù xī jiāng wǎng guān hū
昭质其犹未亏。忽反顾以游目兮，将往观乎

sì huāng pèi bīn fēn qí fán shì xī fāng fēi fēi qí mí zhāng mín shēng
四荒。佩缤纷其繁饰兮，芳菲菲其弥章。民生

gè yǒu suǒ lè xī yú dú hào xiū yǐ wéi cháng suī tǐ jiě wú yóu
各有所乐兮，余独好修以为常。虽体解吾犹

wèi biàn xī qǐ yú xīn zhī kě chéng
未变兮，岂余心之可惩？

①辟芷：幽香的芷草。②木兰：香木名。③忽：迅速。④淹：停留。⑤序：通“谢”，过去，逝去。⑥骐骥：骏马。⑦菌桂：像竹子一样圆的桂树。⑧齌怒：暴怒。⑨树蕙：栽种香草。⑩颇颔：因食不饱而面黄肌瘦的样子。⑪谇：谏。⑫侘傺：精神恍惚。⑬攘诟：容忍耻辱。

前面我们讲了，这一部分是陈述事实，介绍了诗人的家世、出生、志向和因被小人诋毁而遭疏远、流放的过程。屈原的理想就是推行美政，正是因为坚持美政理想不甘与世俗同流合污，他才穷途末路，走上以死报答楚王世恩的道路。

在写作形式上，《离骚》打破了传统《诗经》以整齐的四言为主、简短朴素的体制，创造出句式可长可短（每句五、六、七、八、九字不等，也有三字句和十字句，句法参差错落、灵活多变）、篇幅宏大、内涵丰富复杂的“骚体诗”，也就是以“兮”字为标志的楚辞，这为丰富人民的语言表达和文学创作奠定了基础，具有划时代的意义。

从艺术特点来看，《离骚》用香草美人做比喻的手法开创了独特的比和兴，如他用香草比喻自己品质的高洁，以男女关系比喻君臣关系，以驾车马比喻国家治理，以采摘香草比喻结交正人君子，佩戴香草比喻保持修洁，等等。

《离骚》的内容创作既植根于史实，又富于神思。屈原采取铺张描述的写法，把现实人物、历史人物、神话人物完美自然地交织在一起，构成了瑰丽奇特、绚烂多彩的精神世界，使《离骚》成为神思与史实交织的浪漫构图。

对偶也是《离骚》比较多用的修辞手法。据统计，全篇对句在百句以上，并且还有错综对，如“固时俗之工巧兮，偭规矩而改错；背绳墨以追曲兮，竞周容以为度”。此外，叠词的运用又让《离骚》读起来节奏和谐，音调抑扬，具有一种起伏跌宕、一唱三叹的韵味，如“岌岌”喻高冠耸然之势，“蜿蜿”状神龙游动之态……

此外，我们还会被其中形象高大的主人公所吸引。首先，屈原这样描写自己突出的外表特征，“高余冠之岌岌兮，长余佩之陆离”“长颇颔亦何伤”，鲜明的特征让很多画像即使不标注屈原的名字，人们也能一眼认出。其次，屈原具有鲜明的人格特征，他主张法治，主张美政，重视民间利益和民间作用，反对统治者和臣子的荒淫暴虐、利益追逐，更关键的是对自己的理想坚定不移。屈原的形象是善美品质的集中体现，他的理想和人格操守成为无数后来者的榜样，指引他们在自己的时代为远大理想而奋斗。

最后，我想给大家再次强调一点，《离骚》实在太重要，最好能够通读全文，即使无法对原文进行逐句释读，也应该找一个比较好的白话译本对照着读几遍。目前，《离骚》的译本有很多，我个人比较喜欢余秋雨先生的，大家如果有兴趣可以找来读。

糊涂的楚怀王

通过前面的讲述，相信同学们对楚怀王已经有了清楚的认识，他虽然人不坏，但糊涂透顶。事实上，正是由于他的糊涂，不仅葬送了自己的性命，还把楚国带入了更深的灾难中。事情咱们还得从头说起。

由于楚国不断背信弃义，齐王很生气，于是便联合韩、魏两国一起攻打楚国。这件事发生在公元前 302 年，屈原还在流放当中。楚怀王很惊恐，连忙派太子横到秦国为人质，请求秦出兵援救。结果还不错，秦昭襄王客卿通率兵救楚，击退了三国联军。但第二年发生了一件大事，导致局面急转直下。秦国的一个大夫和太子横因私事争斗，结果被太子横杀死。太子横惧怕秦昭襄王怪罪，便私自逃回了楚国，结果导致秦、楚两国关系恶化，秦国不断对楚国发起进攻。

公元前 301 年，秦国联合齐、韩、魏攻楚，杀楚将唐昧，占领了重丘（今河南泌阳东北）；公元前 300 年，秦国又攻打楚国，消灭楚军 2 万，杀楚将景缺；公元前 299 年，秦再次攻楚，取楚八城。趁着这种形势，秦昭襄王“邀请”楚怀王在武关（今陕西商洛东）相会。

在公元前 300 年，楚怀王已经把屈原从汉北召回朝廷，让他带着太子横去齐国做人质，再次组建齐楚联盟，以对抗秦国。齐国接收了人质以后，虽然不再攻打楚国，却没有再出兵帮助楚国攻打秦国，因为楚国失信的事情干得太多了。

这时，屈原已经从齐国回到楚国，面对秦昭襄王的“邀约”，他竭力劝怀王不要赴会，说：“秦国是虎狼之国，不能相信，千万不要去。”然而，楚怀王的小儿子子兰怕失去秦王欢心，便竭力怂恿怀王前去。结果，楚怀王一入武关，就被秦军扣留，劫往咸阳，要挟他割让巫郡和黔中郡。怀王虽然脑子糊涂，但极有骨气，面对秦王的逼迫，他严词拒绝，表示一寸土地也不割。秦国无法达成夙愿，便一直囚禁怀王。

再说楚国这边，太子横从齐国被迎了回来，继承了王位，是为顷襄王。这位“坑爹”的顷襄王，任命另一位“坑爹”的弟弟公子子兰为令尹，也就是宰相。这两位败家子不想着救父，只想着苟安，即便如此，秦国也不肯放过他们。秦国再次发兵攻楚，大败楚军，斩敌5万，取16城。

公元前297年，可怜的楚怀王寻找机会逃了出来，但秦人封锁了通往楚地的道路。于是，他便逃到赵境，赵国不敢收留他，怀王又企图逃往魏国，却被秦国追兵捉回。公元前296年，楚怀王忧郁成疾，命丧咸阳，秦国把他的遗体送还楚国。

对于楚怀王的死，最悲痛的是屈原。按楚地风俗，客死异地的人的魂灵应在招魂仪式上被招回故土，于是他便为怀王举行了“招魂”仪式，呼唤他的魂魄回到楚国。虽然“招魂”是民间的一种迷信，但其情其景却非常感人，而屈原为“招魂”所写的歌辞，也不失为一篇楚辞佳作。同样，由于篇幅所限，我们这里只节选其中一段。

招魂（节选）

zhāo hún

战国·楚·屈原

nǎi xià zhāo yuē hún xī guī lái qù jūn zhī héng gàn hé wèi
乃下招曰：“魂兮归来！去君之恒干，何为

sì fāng suò shě jūn zhī lè chù ér lí bǐ bù xiáng suò
四方些[1]？舍君之乐处，而离[2]彼不祥些！

hún xī guī lái dōng fāng bù kě yǐ tuō suò cháng rén qiān
“魂兮归来！东方不可以托些。长人千

rèn wéi hún shì suǒ suò shí rì dài chū liú jīn shuò shí suò bǐ
仞，惟魂是索些。十日代出，流金铄石些。彼
jiē xí zhī hún wǎng bì shì suò guī lái xī bù kě yǐ tuō suò
皆习之，魂往必释些。归来兮！不可以托些。

hún xī guī lái nán fāng bù kě yǐ zhǐ suò diāo tí hēi
“魂兮归来！南方不可以止些。雕题黑
chǐ dé rén ròu yǐ sì yǐ qí gǔ wéi hǎi suò fù shé zhēn
齿③，得人肉以祀，以其骨为醢④些。蝮蛇蓁
zhēn fēng hú qiān lǐ suò xióng huǐ jiǔ shǒu wǎng lái shū hū
蓁，封狐千里些。雄虺⑤九首，往来倏忽⑥，
tūn rén yǐ yì qí xīn suò guī lái xī bù kě yǐ jiǔ yín suò
吞人以益其心些。归来兮！不可以久淫些。

hún xī guī lái xī fāng zhī hài liú shā qiān lǐ suò xuán
“魂兮归来！西方之害，流沙千里些。旋
rù léi yuān mí sǎn ér bù kě zhǐ suò xìng ér dé tuō qí
入雷渊⑦，靡⑧散而不可止些。幸而得脱，其
wài kuàng yǔ suò chì yǐ ruò xiàng xuán fēng ruò hú suò wǔ gǔ bù
外旷宇些。赤蚁若象，玄蜂若壶⑨些。五谷不
shēng cóng jiān shì shí suò qí tǔ làn rén qiú shuǐ wú suǒ dé
生，蘩⑩菅⑪是食些。其土烂人，求水无所得
suò páng yáng wú suǒ yǐ guǎng dà wú suǒ jí suò guī lái xī
些。彷徉无所倚，广大无所极些。归来兮！
kǒng zì wèi zéi suò
恐自遗贼些。

hún xī guī lái běi fāng bù kě yǐ zhǐ suò céng bīng é
“魂兮归来！北方不可以止些。增⑫冰峨
é fēi xuě qiān lǐ suò guī lái xī bù kě yǐ jiǔ suò
峨，飞雪千里些。归来兮！不可以久些。

hún xī guī lái jūn wú shàng tiān suò hǔ bào jiǔ guān
“魂兮归来！君无上天些。虎豹九关，
zhuó hài xià rén suò yì fū jiǔ shǒu bá mù jiǔ qiān suò chái láng
啄害下人些。一夫九首，拔木九千些。豺狼
zòng mù wǎng lái shēn shēn suò xuán rén yǐ xī tóu zhī shēn
从⑬目，往来侁侁⑭些。悬人以娭⑮，投之深
yuān suò zhì mìng yú dì rán hòu dé míng suò guī lái wǎng
渊些。致命⑯于帝，然后得瞑些。归来！往

kǒng wēi shēn suò
恐危身些！

hún xī guī lái jūn wù xià cǐ yōu dū suò tǔ bó jiǔ
“魂兮归来！君无下此幽都些。土伯⑰九

yuē qí jiǎo yí yí suò dūn méi xuè mǔ zhú rén pī pī
约⑱，其角觺觺⑲些。敦脄⑳血拇，逐人駓駓㉑

suò sān mù hǔ shǒu qí shēn ruò niú suò cǐ jiē gān rén guī
些。参㉒目虎首，其身若牛些。此皆甘人㉓，归

lái kǒng zì wèi zāi suò
来！恐自遗灾些。”

①些：语尾助词，疑同今民歌中“啰”音。②离：同“罹”，遭。③雕题黑齿：额头上画花纹，牙齿染成黑色，指南方未开化的野人。题，额头。④醢：肉酱。⑤虺：蛇。⑥儵忽：同“倏忽”，忽然。⑦雷渊：神话中的深渊。⑧靡：同“靡”，粉碎。⑨壶：通“瓠”，葫芦。⑩蓁：丛生。⑪菅：一种野草，细叶绿花褐果。⑫增：通“层”。⑬从：通“纵”，直。⑭侁侁：众多貌。⑮娭：同“嬉”。⑯致命：上报。⑰土伯：地下的神灵。⑱约：即“矟”，矛。⑲觺觺：尖利貌。⑳敦脄：很厚的背肉。疑为神怪名。㉑駓駓：跑得很快的样子。㉒参：通“三”。㉓甘人：以食人为甘美。

楚怀王客死秦国，虽是由自身昏庸所致，但是怀王被秦王拘禁后，到底还有铮铮铁骨，不肯割地屈服，比懦弱的顷襄王实在要好得多。所以楚人在顷襄王治下，反倒对从前的怀王生出了依依怀念。屈原所写的这篇招魂文，恰可代表楚人的心声。

《招魂》的结构是：一、序引，二、招魂辞，三、乱辞，总共三个部分。招魂辞中又分为“外陈四方之恶”与“内崇楚国之美”两大部分。我们这里所节选的就是招魂辞中的前半部分“外陈四方之恶”。

巫阳是古代神话中的巫师，招魂就是以他的名义进行的。他从“外陈四方之恶”开始，即介绍东、南、西、北、天上、地下的可畏可怖，来让魂魄不要去别的地方，回到故土。在对“四方

之恶”的描绘上，诗人并非平均用力。从字数上分析：描绘东方用 47 字，南方用 60 字，西方用 82 字，北方用 29 字，天上用 63 字，幽都用 51 字。显而易见，西方着墨最多。这一部分文字表面上突出西方在四方之中最为险恶，其实是在责备楚怀王不应入秦，谴责秦国是不讲信义的虎狼之国。此外，屈原对于天堂的描写，与人们传统印象中的天堂很不相同。在他的笔下，天堂与幽都并没有什么区别，同样阴森可怕，天帝也成为统率豺狼妖怪的魔王。

在这里，诗人取用了许多神话材料，写得诡异莫测。神话的瑰奇本是具有现实基础的，联系这种基础，可知想象的合理性。同时，神话又是经过幻想加工改造的，赋予了春令人眩目的奇幻色彩，这样就更能激发起人们的审美兴味。《招魂》正是如此，如写到东方，东方是太阳升起的地方，而古代神话中有十日并出烤焦大地的故事，于是诗人便用此来形容东方的危险，显得十分巧妙。又如，写到西方，沙漠无边，不生五谷，无水可饮，又有赤蚁、玄蜂等毒虫，使人无法生存。这种种描写相当准确，使人惊叹诗人具有相当丰富的地理知识，夸张的描写并未脱离现实基础。再如，写到天上、地下，都有残忍无比的怪物据守着。这些内容全都保存了原始神话中的神秘性和原始性的特点。

怀王重用过屈原，也曾听信谗言而疏远、放逐过他，然而在怀王逝去后，屈原殷殷张望西秦的方向，悠悠呼唤“魂兮归来”时，仍是满怀赤子深情：流浪在远方的魂魄啊，归来吧，归来吧，四方天地如此险恶，唯有故国安稳逸乐，不要再四处游荡了，回到家乡故土吧。

这首《招魂》文采华美，铺张扬厉，拳拳忠君之心、切切思君之意于字里行间显露无遗，若和声而歌，一定是震人心魄、催人泪下。物是人非事事休，屈原唱出的不仅是怀王之殇，更是他自己心底永存的悲哀。

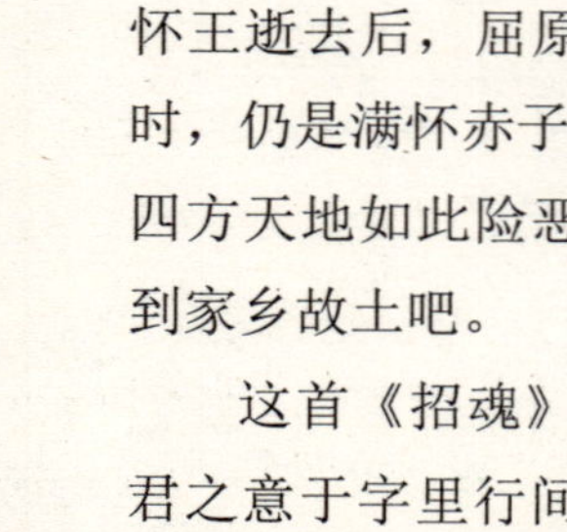

生命的第二次放逐

楚怀王客死秦国，被天下人耻笑，公子子兰要承担很大的责任。然而，继任的顷襄王不仅没有惩罚他，反而让他做了令尹。在楚怀王死后，公子子兰不仅不想着为父亲报仇，反而鼓动哥哥顷襄王再次向秦国示好求和。这对屈原来说，是绝对不能容忍的，他旗帜鲜明地指出：怀王最后落到客死他国的下场，就是因为“其所谓忠者不忠，而所谓贤者不贤也”，矛头直指公子子兰。

公子子兰作为一个小人，别看他对秦国卑躬屈膝，对内可一点也不手软，用现在老百姓的话说就是“窝里横”。他联络之前反对屈原的那帮人，让他们到顷襄王面前说屈原的坏话，于是屈原再次被流放。这次流放，就不再是流放到离楚都不远的汉北地区了，而是荒僻遥远的南方。这一年是公元前 296 年。

据专家考证，屈原当时的流放路线是从郢都（今湖北荆州）出发，先往东南顺江而下经过夏首（今湖北荆州沙市东南），经由洞庭湖进入长江，然后又离开夏浦（今湖北汉口），最后到了陵阳（据说在今安徽青阳南）。在放逐的途中，屈原写下了《思美人》。

sī měi rén
思美人

战国·楚·屈原

sī měi rén xī lǎn tì ér zhù chì méi jué lù zǔ xī
思美人兮，擥涕①而伫眙②。媒绝路阻兮，

yán bù kě jié ér yí jiǎn jiǎn zhī fán yuān xī xiàn zhì ér bù
言不可结而诒③。蹇蹇④之烦冤兮，陷滞而不

fā shēn dàn yǐ shū zhōng qíng xī zhì chén yùn ér mò dá yuàn
发。申旦以舒中情兮，志沉菀⑤而莫达。愿

寄言于浮云兮，遇丰隆[6]而不将。因归鸟而致辞兮，羌[7]宿[8]高而难当。

高辛[9]之灵盛[10]兮，遭玄鸟而致诒[11]。欲变节以从俗兮，愧易初而屈志。独历年而离愍[12]兮，羌冯心[13]犹未化。宁隐闵[14]而寿考兮，何变易之可为！知前辙之不遂兮，未改此度。

车既覆而马颠[15]兮，蹇[16]独怀此异路。勒骐骥而更驾[17]兮，造父[18]为我操之。迁逡次[19]而勿驱兮，聊假日以须时。指嶓冢[20]之西隈[21]兮，与纁黄[22]以为期。开春发岁兮，白日出之悠悠。

吾将荡志而愉乐兮，遵江夏[23]以娱忧。擥大薄[24]之芳茝[25]兮，搴长洲之宿莽。惜吾不及古人兮，吾谁与玩此芳草？解萹薄[26]与杂菜兮，备以为交佩。佩缤纷以缭转兮，遂萎绝而离异。

吾且儃佪[27]以娱忧兮，观南人之变态。窃快在中心兮，扬厥凭而不竢。芳与臭其杂糅兮，羌芳华自中出。纷郁郁其远承兮，满内而外扬。情与质信可保兮，羌居蔽而闻章。

令薜荔[28]以为理兮，惮举趾而缘木。因芙蓉而为媒兮，惮蹇[29]裳而濡足。登高吾不说[30]兮，入下吾不能。固朕[31]形之不服兮，然容与而狐疑。广遂前画兮，未改此度也。命则处幽吾将罢兮，愿及白日之未暮。独茕茕而南行兮，思彭咸之故[32]也。

①擥涕：收起眼泪。擥，同“揽”。②伫眙：久久站立，注视前方。③言不可结而诒：意谓无法结言以相赠。诒，通“贻”，赠予。④蹇蹇：情绪滞塞，郁结不畅。⑤沉菀：心思郁积。⑥丰隆：雨神。一说云神。⑦羌：句首语气词。⑧宿：当作“迅”，即速度快。⑨高辛：即帝喾。帝喾初受封于辛，后即帝位，号高辛氏。⑩灵盛：犹言神灵。⑪玄鸟而致诒：指帝喾娶简狄的故事。⑫离慜：谓遭遇祸患。离，遭受。⑬冯心：愤懑的心情。冯，同“凭”。⑭隐闵：隐忍着忧悯。隐，隐忍。闵，通“悯”，痛苦。⑮车既覆而马颠：喻指战争的失败。⑯蹇：犹羌、乃，句首发语词。⑰更驾：重新驾起车子。⑱造父：周穆王时人，以善于驾车闻名。⑲逡次：义同逡巡，指缓行。⑳嶓冢：山名，在秦西，又名兑山，是秦国最初的封地。㉑隈：山弯曲的地方。㉒纁黄：即黄昏。纁，落日的余光。㉓夏：夏水，也就是汉水从石首到汉阳一段的别名。㉔薄：草木丛生。㉕芳茝：香芷，一种香草。㉖萹薄：即成丛的萹蓄。萹，萹蓄，亦名萹竹，短茎白花的野生植物。㉗儃佪：犹低回。一说

徘徊。㉘薜荔：茎蔓植物。㉙褰：通“褰”，提起。㉚说：通“悦”，欢喜。㉛朕：我。㉜思彭咸之故：指彭咸谏君不听而自杀的故事。王逸《楚辞章句》：“彭咸，殷贤大夫，谏其君不听，自投水而死。”

屈原这首《思美人》中的“美人”，当然不是指美女，而是指楚国国君，具体来说应该是楚顷襄王。诗中想要表达的是思国、思乡和美政理想，诗人希望君主不重蹈历史覆辙，努力振兴楚国。

这首诗一开篇便陈述了诗人思美人的行为——“擥涕”“伫眙”，感情真挚而又炽烈。他久久伫立着，遥望远方，思念美人，泪眼迷蒙。明明知道没有媒人，路又迢遥，那些思念与表白总是说不出口，无法成章，仍然断绝不了痴妄之心，这样的情景、心境，像极了爱情。就像爱一个人，爱得静默而深刻，爱得让自己的眼泪逆流成河，心爱的人却永远站在水的另一边，求而不得。

“所谓伊人，在水一方”，白露茫茫，秋苇苍苍，《诗经·蒹葭》中的男子曾痴迷地在水边徘徊，寻找他的伊人。伊人似乎就在眼前，但他只能看到她在水一方的倩影，美丽的笑容在雾中若隐若现，他与她，“盈盈一水间，脉脉不得语”。

屈原与他的君王何尝不是这样，彼此之间相隔迢迢天河，一人永恒思念和追求，另一人却总是轻易转身，决然而无情。他想将一腔衷情托付给浮云，云神却不肯听取；想让飞鸟为自己传话，它却迅疾高飞，转瞬便消失了踪影。梦里遥不可及的君王，原来是人人皆想追求、却求之不得的美人。屈原的“思美人”，真是缱绻，也真是绝望。他和理想之间的距离虽然咫尺可见，却也远在天涯，美好的思念缠绵如流水，却是怎么流，也流不到江水的那一方。

他的人生从来便是如此，香草、美人，那些终生追逐的美好理想、高洁情操，他心心念念的君主和故国，无时无刻不在他身侧心底，流连辗转，悲愁怅叹，却又如遥远天际的尘埃，海角天涯浑然一体的暮色，如生生世世抵达不了的开满血红曼陀罗的彼岸，让他一直触碰不到，拥有不了，让他耗尽了毕生心神，燃尽了满腔热血，最后也只换来一场空。

诗人在求美人未成之后，思绪难以自抑，情感受到挫伤。这时，他突然想到了神话人物、历史人物——“愿寄言于浮云兮，遇丰隆而不将”，“高辛之灵盛兮，遭玄鸟而致诒”，“勒骐骥而更驾兮，造父为我操之”。这些神话人物与历史人物的闯入，大大丰富了诗章的艺术内涵，显示了诗人超常的艺术想象力。正由于此，此诗才更显出想象奇特、神思飞扬的特点，表现出与其他诗篇有所不同的风格与色彩。

请高人给卜上一卦

在古代，人们都很迷信，遇到难以决断的事情，总是喜欢用占卜的方法，希望神明能给自己指点迷津。据说，周朝的奠基者周文王就是一个卜卦大师，如果看过电视剧《封神榜》，相信应该对此有所了解。事实上，在周朝就有专门负责占卜的官员，叫作“太卜”。

屈原再次被流放，心中抑郁，对前途也感到了迷茫，于是他就找到了当时的太卜郑詹尹，请求他给自己卜一卦。那么，这次占卜的结果到底如何呢？大家别着急，我们来看下面这首《卜居》。

卜居（bǔ jū）

战国·楚·屈原

屈原既放（qū yuán jì fàng），三年不得复见（sān nián bù dé fù jiàn），竭知①（jié zhì）尽忠（jìn zhōng），而（ér）蔽鄣②（bì zhàng）于谗（yú chán），心烦虑乱（xīn fán lǜ luàn），不知所从（bù zhī suǒ cóng）。往见太卜（wǎng jiàn tài bǔ）

zhèng zhān yǐn yuē yú yǒu suǒ yí yuàn yīn xiān shēng jué zhī
郑詹尹曰："余有所疑，愿因先生决之。"

zhān yǐn nǎi duān cè fú guī yuē jūn jiāng hé yǐ jiào zhī
詹尹乃端策[3]拂龟[4]，曰："君将何以教之？"

qū yuán yuē wú nìng kǔn kǔn kuǎn kuǎn pǔ yǐ zhōng hū
屈原曰："吾宁悃悃款款[5]朴以忠乎？

jiāng sòng wǎng láo lái sī wú qióng hū nìng zhū chú cǎo máo yǐ lì gēng
将送往劳来斯无穷乎？宁诛锄草茅以力耕

hū jiāng yóu dà rén yǐ chéng míng hū nìng zhèng yán bú huì yǐ wēi
乎？将游大人以成名乎？宁正言不讳以危

shēn hū jiāng cóng sú fù guì yǐ tōu shēng hū nìng chāo rán gāo jǔ
身乎？将从俗富贵以媮生[6]乎？宁超然高举

yǐ bǎo zhēn hū jiāng zú zī lì sī wō yī rú ér yǐ shì
以保真乎？将哫訾栗斯[7]，喔咿儒儿[8]以事

fù rén hū nìng lián jié zhèng zhí yǐ zì qīng hū jiāng tū tī gǔ
妇人乎？宁廉洁正直以自清乎？将突梯滑

jī rú zhī rú wéi yǐ jié yíng hū nìng áng áng ruò qiān
稽[9]，如脂如韦[10]，以洁楹[11]乎？宁昂昂若千

lǐ zhī jū hū jiāng fàn fàn ruò shuǐ zhōng zhī fú hū yǔ bō shàng
里之驹乎？将氾[12]氾若水中之凫乎，与波上

xià tōu yǐ quán wú qū hū nìng yǔ qí jì kàng è hū jiāng suí
下，偷以全吾躯乎？宁与骐骥亢轭[13]乎？将随

nú mǎ zhī jì hū nìng yǔ huáng hú bǐ yì hū jiāng yǔ jī wù zhēng
驽马之迹乎？宁与黄鹄比翼乎？将与鸡鹜争

shí hū cǐ shú jí shú xiōng hé qù hé cóng shì hùn zhuó ér
食乎？此孰吉孰凶？何去何从？世溷[14]浊而

bù qīng chán yì wéi zhòng qiān jūn wéi qīng huáng zhōng huǐ qì wǎ
不清，蝉翼为重，千钧为轻；黄钟毁弃，瓦

fǔ léi míng chán rén gāo zhāng xián shì wú míng xū jiē mò mò xī
釜雷鸣；谗人高张，贤士无名。吁嗟默默兮，

shuí zhī wú zhī lián zhēn
谁知吾之廉贞！"

zhān yǐn nǎi shì cè ér xiè yuē fú chǐ yǒu suǒ duǎn cùn yǒu
詹尹乃释策而谢，曰："夫尺有所短，寸有

suǒ cháng wù yǒu suǒ bù zú zhì yǒu suǒ bù míng shù yǒu suǒ bú
所长，物有所不足，智有所不明，数有所不

dài　shén yǒu suǒ bù tōng　yòng jūn zhī xīn　xíng jūn zhī yì　guī
逮，神有所不通。用君之心，行君之意，龟

cè chéng bù néng zhī shì
策诚不能知事。”

①知：同“智”。②鄣：通“障”。③策：筮卜用的蓍草。④龟：占卜用的龟甲。⑤悃悃款款：形容辛勤忠诚的样子。⑥媮生：苟且求活。媮，同“偷”。⑦呢訾栗斯：形容向他人卑躬屈膝、迎合献媚以取宠的样子。⑧喔咿儒儿：献媚强笑。⑨突梯滑稽：圆滑随俗。⑩如脂如韦：比喻像油脂和熟牛皮一样，既圆滑又柔软，能够随意适应环境。⑪洁楹：比喻迎合世俗、圆滑的处事态度。⑫氾：同“泛”，漂浮。⑬与骐骥亢轭：同良驹骏马并驾齐驱之意。⑭溷：肮脏，混浊。

本文与下面的《渔父》一样，都是以第三者的视角来进行描述，因此有学者怀疑可能是后人纪念之作，但大多数人依旧认为是屈原所作。

全文以屈原同太卜郑詹尹的对话为主。开篇一句介绍了事情发生时，屈原已经遭受佞臣迫害，被罢免流放。正因如此，屈原才“心烦虑乱，不知所从”，故而前往郑詹尹处请他占卜吉凶，预测未来。

屈原请郑詹尹为其占卜，似乎表明屈原对自己的人生道路、政治仕途充满了迷惘，内心极端矛盾。下面的十六个排比疑问句则表明诗人的选择、取舍早已坚定，他问卜并非想求得答案，而是借此表达对混沌现实的痛恨和鞭挞。

内心世界的纠葛，灵魂深处的挣扎反映在作者的话语之中：“我应该勤恳诚实、朴素忠诚，还是应热衷应酬周旋呢？我应该锄草耕作、安贫乐道，还是应逢迎显贵、博取功名呢？我应该不顾己之安危、直言不讳，还是应苟且偷生、贪图富贵呢？我应该超越浊世、捍卫本真，还是应强颜欢笑、阿谀奉承呢？我应该像千里马一样昂然翘首，还是应如野鸭一般随波逐流呢？我应该与骏马齐驱，还是应尾随劣马足迹呢？我应该与天鹅比翼齐飞，还是应同鸡鸭争食呢？”

八组排喻、对比的疑问句表现了两种互不相容的处世哲学，将尖锐的矛盾呈现出来。“此孰吉孰凶，何去何从”，前面的种种疑问已然化作震撼人心的抨击与声讨。

面对混浊不清的世道、正邪颠倒的现实，作者发出了这样的感喟：“人世混浊，没有干净之处。人们把知了的翅膀看得很重，却把千斤的物体看得很轻。黄钟被毁弃不用，瓦釜却如雷鸣般作响。馋臣佞臣位高权重，贤士忠臣默默无闻。”用蝉翼、瓦釜形容君主的昏聩、朝政的晦暗，表现出了当时社会本末倒置、不分轻重、善恶难辨的污浊环境，比喻想象十分奇特。

在这种环境下，谁又知道作者的廉正忠贞呢。一句怆然感叹表现出作者内心的苦楚与哀愤，心中的矛盾、悲愤如火山喷薄而出，前述种种疑问，至此也有了答案——那就是做一个“悃悃款款”“超然高举”“廉洁正直”的人。詹尹听后放下了手中用来占卜的蓍草，告诉屈原占卜和神灵并不能解释世间的一切事情，并希望他能够“用君之心，行君之意”，按照自己的心意和信仰行事。文章到此便戛然而止。

《卜居》采用问答的形式行文，开头以屈原问卜的散句叙述开篇，以郑詹尹的答语作为结尾，中间部分由骈偶句和散句组成，包含了排比、比喻、对比等多种修辞手法，既有描述，也有诘问。在语言形式上，《卜居》突破了《诗经》以来以四字为主的文章格局，每句的字数不等，句法灵活多变、参差错落，并多用“兮”“之”“于”“乎”“夫”“而”等虚词。全文用韵比较自由，是一种介于诗歌和散文之间的新体裁。

与神秘的渔父对话

屈原从公元前296年第二次被流放，到公元前278年自沉汨罗江，前后共计18年。在这18年当中，他一心期盼能回到朝廷为国效力，然而朝廷却似乎已经将他遗忘。他一路走，一路看；一路写，一路唱。

屈原越走越远，越走心情越沉重，他偶尔也会驻足，停下来与路人聊一聊他的苦闷，说一说他的无奈。在众多的倾听者中，有一个钓鱼江滨的渔父，似乎是位避世隐居的高人，两人的一番对话，便有了下面这篇《渔父》。

yú fǔ
渔父

战国·楚·屈原

qū yuán jì fàng，yóu yú jiāng tán，xíng yín zé pàn，yán sè
屈原既放，游于江潭①，行吟泽畔，颜色
qiáo cuì，xíng róng kū gǎo。
憔悴，形容枯槁。

yú fǔ jiàn ér wèn zhī yuē：“zǐ fēi sān lǘ dà fū yú？hé gù
渔父见而问之曰：“子非三闾大夫与？何故
zhì yú sī？”
至于斯？”

qū yuán yuē：“jǔ shì jiē zhuó wǒ dú qīng，zhòng rén jiē zuì wǒ
屈原曰：“举世皆浊我独清，众人皆醉我
dú xǐng，shì yǐ jiàn fàng。”
独醒，是以见放。”

yú fǔ yuē：“shèng rén bù níng zhì yú wù，ér néng yǔ shì tuī
渔父曰：“圣人不凝滞于物，而能与世推
yí。shì rén jiē zhuó，hé bù gǔ qí ní ér yáng qí bō？zhòng rén
移。世人皆浊，何不淈②其泥而扬其波？众人皆醉，何不餔其糟③而歠其酾④？何故深思高举，自令放为？”

屈原曰：“吾闻之：新沐者必弹冠，新浴者必振衣。安能以身之察察，受物之汶汶⑤者乎？宁赴湘流，葬于江鱼之腹中。安能以皓皓之白，而蒙世俗之尘埃乎？”

渔父莞尔而笑，鼓枻⑥而去。歌曰：“沧浪之水清兮，可以濯⑦吾缨⑧；沧浪之水浊兮，可以濯吾足。”遂去，不复与言。

①江潭：指湘江的深水处。②淈：搅混。③餔其糟：本义指吃酒糟，喻指屈志从俗，随波逐流。④歠其酾：本义指饮薄酒，比喻随波逐流，从俗浮沉。酾，通“醨”，薄酒。⑤汶汶：污浊的样子。⑥鼓枻：划桨泛舟。⑦濯：洗涤。⑧缨：帽的带子，系在领下。

从古至今，本文中的“渔父”都是一个神秘的形象，他到底是什么人？是虚构的还是真有其人？一直都是学者们争论不休的话题。从开篇渔父“子非三闾大夫与”的问句，可推知渔父应该认识屈原。在司马迁、刘向的作品中，以及民间广为流传的屈原故事传说中，均出现过渔父这一形象。但仅凭此说，并不能排除渔父是一个虚构人物的可能。

《渔父》把屈原内心的矛盾与纠结，用一种自设问答的文学手法加以表达。一面是社会现实的黑暗，一面是内心世界的高洁，两种力量形成了一种巨大的张力。究竟是让自己适应外界的诱惑与压力，还是坚持自己的社会理想、政治理想、人格追求？这两种声音不断地在屈原的心灵世界中回响着。这种不同价值取向的矛盾和挣扎化作文字，并予以加工便成就了渔父和屈原两个相反相成的艺术形象。二者之间的问答对话表现了屈原的心声。

故事发生在碧波荡漾的湘江畔。屈原因坚持自己的政治主张而被楚顷襄王放逐，此时的他“颜色憔悴，形容枯槁”，一副英雄末路、形销骨立的凄惨形象。他在江边踽踽独行，低吟浅唱，被江上的渔父认了出来。渔父没有想到曾是三闾大夫、身份显赫的屈原竟然会落魄到如此地步。如此一问，便引出了屈原的回答——“举世皆浊我独清，众人皆醉我独醒”。正是这种与众不同、独来独往的品行，不苟合于世俗、不妥协于污浊的品质，使得屈原被流放贬谪。“举世”“众人”的对比，更说明了外界的混沌沉醉，表现了屈原人格的孤傲高尚和内心的苍凉悲愤。

屈原“深思高举”却落得穷困潦倒的下场。对此，渔父认为屈原应该学习“圣人不凝滞于物，而能与世推移”的态度，并以三个连续的反问启发屈原。在渔父看来，与世浮沉、随遇而安便可以折节保身，是一种更可取的处世之道。而像屈原一样遗世独立，最终只能招来灾祸和苦楚。

渔父的观点与屈原心中所固守的原则截然不同。屈原坚持“横而不流”的高尚品格，显然不能接受渔父为自己指出的道路。他义正词严地进一步阐述了自己的原则。屈原列举“新沐（洗发）者必弹冠（弹去帽子上的灰尘），新浴者必振衣（抖干净衣服上的泥土）”两个浅显形象的比喻，说明连常人都懂得要保持自身洁净，为人处世更要保持高洁的品行，两者道理一致。

紧跟着屈原又以“安能以身之察察，受物之汶汶者乎”和“安能以皓皓之白，而蒙世俗之尘埃乎”两个反诘，进一步表明自己洁身自好、绝不同流合污的态度，表明自己“宁赴湘流”，也不能使清白之身受到玷污。这一严正有力的反驳，言简意赅的回答，同《离骚》中“亦余心之所善兮，虽九死其犹未悔”一样旗帜鲜明。屈原以其高洁的品格与坚定的抉择，在历史长河中矗立起一个忠贞不渝、舍生取义的光辉形象。

文章末尾重在表现渔父。听了屈原的回答，渔父“莞尔一笑”“鼓枻而去”，边行边唱。“沧浪之水清兮，可以濯吾缨；沧浪之水浊兮，可以濯吾足”，水清、水浊，分别比喻世道的清明与黑暗。渔父以一种形象的说法再次表明其处世哲学。对于屈原不听他的忠告，渔父不再多言，心平气和地扬长而去。

《渔父》一文结构清晰，可读性很强。文章开头着重描写屈原，结尾着重描写渔父，着墨不多但形象传神。中间采用对话的形式，运用了比喻、反问、对比等多种修辞手法，语言生动而富有哲理。这种采用问答体的写法与后来的汉赋颇为相似，因此刘勰在《文心雕龙》中指出，汉赋“受命于诗人，拓宇于楚辞”。文中渔父的披蓑戴笠的形象和隐身遁世的心态，屈原清癯沉吟的身影和超然拔擢的品格，成为两个经典的文学形象，至今影响着国人的处世哲学。

屈原的放逐生活

从前面的介绍中，同学们大体应该能够体会到，屈原的放逐既不同于林冲的发配，也不同于苏轼的贬谪。屈原的情况比那两位要略好些，他只是被朝廷逐出了郢都，至于去什么地方，他自己有决定权。这与李白的“赐金还山”有些类似，但相比之下，屈原却又不如李白，原因有二：一是屈原没有“赐金”；二是李白当官之前本身就是个行游诗人，比贵族出身的屈原心理落差要小得多。

多年来，人们对于屈原的放逐生活有很多疑问，如他从一个钟鸣鼎食的贵族，转眼变成了无权无势的布衣平民，是靠什么谋生度日的呢？他在放逐期间，是独自一人流浪呢，还是有家人跟随？放逐 18 年，他是有固定的住所呢，还是不断地在南方各地游走？对于这些问题，下面我将一一回答。

首先，作为楚国贵族，屈原应该有相当厚实的祖产，因此他的生活估计不会有什么问题。即便没有祖产，屈原还有一个谋生的手段，那就是做巫师。大家不要奇怪，那个时候巫风盛行，巫师是一个正当且也很受尊重的职业，我们前面讲过一篇《招魂》，实际上就是屈原以一个巫师的身份在施法，将楚怀王的魂魄从远方招回故国。

至于第二个问题，据有关资料记载，屈原投江以后，他的妻子邓夫人每年五月初五这天都向汨罗江中抛投食物进行祭祀。从这一点来看，屈原放逐，应该是携家带口的。而且，我们可以想象一下，如果在放逐期间屈原一直过着风餐露宿的生活，是不可能熬 18 年这么久的。因此，第三个问题也就相继有了答案：屈原放逐期间是有固定居所的。

关于屈原定居之地，历来有很多争议，近年来由于旅游业的发展，争夺名人一时成为流行，因此这一点也不值得奇怪。有资料显示，屈原曾在汨罗江北岸的南阳里、玉笥山居住过 9 年；另根据专家考证，屈原放逐 18 年，有 16 年住在溆浦这个地方；桃江县有个花家坪，据说当年屈原曾经在这里种过花。到底情形如何，由于资料缺乏，其实很难说清，我们不妨到他的作品中去寻找一些蛛丝马迹。

shè jiāng
涉江

战国·楚·屈原

yú yòu hào cǐ qí fú xī nián jì lǎo ér bù shuāi dài cháng jiá
余幼好此奇服兮，年既老而不衰。带长铗[1]
zhī lù lí xī guān qiè yún zhī cuī wéi pī míng yuè xī pèi bǎo
之陆离兮，冠切云之崔嵬。被明月兮珮宝
lù shì hùn zhuó ér mò yú zhī xī wú fāng gāo chí ér bú gù
璐。世溷浊而莫余知兮，吾方高驰而不顾。
jià qīng qiú xī cān bái chī wú yǔ chóng huá yóu xī yáo zhī pǔ
驾青虬[2]兮骖[3]白螭，吾与重华游兮瑶之圃。
dēng kūn lún xī shí yù yīng yǔ tiān dì xī tóng shòu yǔ rì yuè xī
登昆仑兮食玉英，与天地兮同寿，与日月兮
tóngguāng āi nán yí zhī mò wú zhī xī dàn yú jì hū jiāng xiāng
同光。哀南夷之莫吾知兮，旦余济乎江湘。

chéng è zhǔ ér fǎn gù xī āi qiū dōng zhī xù fēng bù yú mǎ
乘鄂渚而反顾兮，欸秋冬之绪风。步余马
xī shān gāo dǐ yú chē xī fāng lín chéng líng chuán yú shàng yuán
兮山皋，邸余车兮方林。乘舲[4]船余上沅
xī qí wú bǎng yǐ jī tài chuán róng yǔ ér bú jìn xī yān huí
兮，齐吴榜以击汰。船容与而不进兮，淹回
shuǐ ér níng zhì zhāo fā wǎng zhǔ xī xī sù chén yáng gǒu yú
水而疑滞[5]。朝发枉陼[6]兮，夕宿辰阳。苟余
xīn qí duān zhí xī suī pì yuǎn zhī hé shāng
心其端直兮，虽僻远之何伤。

rù xù pǔ yú chán huí xī mí bù zhī wú suǒ rú shēn lín
入溆浦[7]余儃佪兮，迷不知吾所如。深林
yǎo yǐ míng míng xī yuán yòu zhī suǒ jū shān jùn gāo yǐ bì rì
杳以冥冥兮，猨[8]狖之所居。山峻高以蔽日
xī xià yōu huì yǐ duō yǔ xiàn xuě fēn qí wú yín xī yún fēi fēi
兮，下幽晦以多雨。霰雪纷其无垠兮，云霏霏
ér chéng yǔ āi wú shēng zhī wú lè xī yōu dú chǔ hū shān zhōng
而承宇。哀吾生之无乐兮，幽独处乎山中。

wú bù néng biàn xīn ér cóng sú xī gù jiāng chóu kǔ ér zhōng qióng
吾不能变心而从俗兮，固将愁苦而终穷。

jiē yú kūn shǒu xī sāng hù luǒ xíng zhōng bú bì yòng
接舆⑨髡首⑩兮，桑扈⑪臝⑫行。忠不必用
xī xián bú bì yǐ wǔ zǐ féng yāng xī bǐ gàn zū hǎi
兮，贤不必以。伍子⑬逢殃兮，比干菹醢⑭。
yǔ qián shì ér jiē rán xī wú yòu hé yuàn hū jīn zhī rén yú jiāng
与前世而皆然兮，吾又何怨乎今之人。余将
dǒng dào ér bú yù xī gù jiāng chóng hūn ér zhōng shēn
董道而不豫兮，固将重昏而终身！

luàn yuē luán niǎo fèng huáng rì yǐ yuǎn xī yàn què wū
乱曰：鸾鸟凤皇，日以远兮。燕雀⑮乌
què cháo táng tán xī lù shēn xīn yí sǐ lín bó xī
鹊，巢堂坛兮。露申⑯辛夷⑰，死林薄⑱兮。
xīng sāo bìng yù fāng bù dé bó xī yīn yáng yì wèi shí
腥臊⑲并御，芳不得薄⑳兮。阴阳易位㉑，时
bú dàng xī huái xìn chà chì hū hū wú jiāng xíng xī
不当兮。怀信侘傺㉒，忽乎吾将行兮！

①长铁：长剑。铁，剑柄，这里代指剑。②虬：传说中的一种有角的龙。后面的螭指无角的龙。③骖：驾在辕马，两边的马称为骖，这里指用螭来做骖马。④舲：有窗子的船。⑤疑滞：即“凝滞”。⑥枉陼：地名，沅水中的一个河湾。⑦溆浦：今湖南溆浦一带。⑧猨：一种猕猴。后面的狖与其类似。⑨接舆：春秋时楚国的隐士，即《论语》所说的“楚狂接舆”，与孔子同时，佯狂傲世。⑩髡首：古代刑罚之一，即剃发。相传接舆自己剃去头发，避世不出仕。⑪桑扈：古代的隐士，即《论语》所说的子桑伯子，《庄子》所说的子桑户。⑫臝：同“裸”。桑扈用裸体行走来表示自己的愤世嫉俗。⑬伍子：伍子胥，春秋时吴国贤臣。后来由于吴王夫差听信伯嚭的谗言，逼迫伍员自杀。⑭菹醢：古代的酷刑，将人剁成肉酱。此二字极云比干被刑之残酷。⑮燕雀：比喻谄佞小人。乌鹊意同。⑯露申：一作“露甲”，

即瑞香花。⑰辛夷：一种香木，即木兰。⑱林薄：草木杂生的地方。⑲腥臊：恶臭之物，比喻谄佞之人。⑳薄：靠近。㉑阴阳易位：比喻楚国混乱颠倒的现实。㉒侘傺：惆怅失意。

屈原的作品原本是以单篇形式流传的，到西汉有人将其中的九篇合在一起，加了个总标题，名为《九章》。我们前面讲过的《橘颂》《惜诵》《思美人》《抽思》都属于《九章》的篇目，这里的《涉江》也在其中。

下面，我们把这首诗分成五段进行解读。

第一段述说自己高尚理想和现实的矛盾，阐明这次涉江远走的基本原因。自流放以来，屈原的年龄一天天增大，身体也一天天衰老下去，虽然他并没有因为遭受打击而彻底灰心，但心中仍然感到莫名的孤独。“世溷浊而莫余知兮”“哀南夷之莫吾知兮”，自己的高行洁志不为世人所理解，实在太让人伤心了。于是，他决定渡江而去。

第二段叙述作者一路走来，途中的经历和自己的感慨。“乘鄂渚”四句，讲述作者自己登上今湖北武昌西面的鄂渚，回头看看自己走过的路，又放马在山皋上小跑，直到方林（在今长江北岸）才将车子停住。“乘舲船”四句说的是自己沿着沅江向上行舟，船在逆水与旋涡中艰难行进，尽管船工齐心协力，用桨击水，但船却停滞不动，这种艰难正如诗人目前的政治处境。“朝发枉陼”四句，接着写自己一路的行程，早上从枉陼出发，晚上到了辰阳，足足有一天的路程，越往西走，他的思想就越坚定。他坚信自己的志向是正确的，同时下定决心，无论如何艰难困苦也不退缩。

第三段写进入溆浦以后，独处深山的情景。“入溆浦”四句说的是进入溆浦后的情形。溆浦在辰阳的万山之中，这里深林杳冥、榛莽丛生，是猿狖居住的地方，诗人因而感到迷乱，不辨方向。“山峻高”四句进一步描写深山中的景象：云气弥漫，天地相连，极少人烟。这是对流放地的环境的夸张形容，同时也是对自己所处政治环境的隐喻，为后面的四句做铺垫。“哀吾生之无乐兮”四句，说自己面对这样的环境，实在是没有什么乐趣可言了，即便如此，诗人也绝不改变自己原先的政治理想，坚决不与流俗妥协。

第四段从自己本身经历联系历史上的一些忠诚义士的遭遇，进一步表明自己的政治立场。“接舆”六句，是通过两种不同类型的四个事例来说明一个观点：接舆、桑扈是消极不合作，结果被时代遗弃；伍员和比干原本想拯救国家改变现实，却惨遭杀身之祸，所以诗人的结论是“忠不必用兮，贤不必以”。“与前世而皆然兮”四句，说明诗人自己知道所有贤士都是如此，因此自己不必怨恨世人！但同时诗人也表示，自己仍将正道直行，准备在黑暗中奋斗终身。

第五段主要批判楚国政治黑暗，邪佞之人掌握权柄，贤能之人却遭受迫害。“鸾鸟凤皇”四句，比喻贤士被迫远离，而小人窃位。“露申辛夷”四句说的是，露申辛夷等香草香木竟然死于丛林之中，“腥臊”比喻奸邪之人陆续进用，而忠诚义士却被拒之门外。“阴阳易位”四句进一步点出了社会是非颠倒的现状。可以说，诗人一方面胸怀坚定的信念，另一方面又感到孤独失意。在这种失意中，诗人无所适从，只能不停地向前方行进。

对于屈原来说，生命已是一口枯井，了无生趣。如果心灵能随之一同枯萎，也是好事，但他连随波逐流都做不到，何况心死？于是，他只能捧着一颗正直无偏、晶莹剔透、光耀万物的心，独自在这个太过扭曲、太过肮脏污的俗世蹒跚而行，尝尽忧愁苦闷的滋味，直至生命的尽头。

一个孤独者的悲鸣

从物质生活的角度来说，放逐对屈原不构成威胁，伤害主要是精神层面的。关于屈原的流放生活，《史记》中有一句形象的记载："屈原至于江滨，披发行吟泽畔。"我们可以想象一下当时的情形：在江边湖畔，有个披头散发的老者走走停停，嘴里不住念念叨叨。如果放到今天，我们一定会认为那是一个精神不太正常的人。那么到底是一种什么样的痛苦，让峨冠博带、意气风发的屈原变成了这般模样？

事实上，当时的屈原完全可以选择离开楚国，到别的国家谋一份差事。以他的名气和才能，无论到哪个国家都会受到欢迎并且被重用。即便他不愿意去可恶的秦国，至少还可以去与他关系亲密的齐国。在那个时代，名士离开本国为别国效力是很正常且普遍的，如秦国宰相张仪，本是魏国贵族；春申君黄歇原是黄国人，却到楚国做了宰相；为秦国变法的商鞅，是卫国国君的后裔；被吴国重用的伍子胥和孙武，一个是楚国人，一个是齐国人；等等。这个名单可以列很长很长。

从屈原的作品中，我们可以看出，他其实也曾犹豫过，是否应该去别国谋发展。他问过很多人，每个人都建议他离开楚国，然而他最终选择了留下来：哪怕是像疯子一样在楚国流浪，也不去他国做高官。对于屈原做这种选择的原因，我们找不到别的答案，只能是他热爱这片生他养他的故土，不忍离去。然而，屈原这种对祖国的炽热忠诚，千百年后的我们可以看到，当时的楚王却看不到。因此，屈原注定是一个孤独者。公元前 279 年，伴随着呜咽的秋风，孤独者屈原再一次从心底发出悲鸣，这就是《悲回风》。

bēi huí fēng
悲回风

战国·楚·屈原

bēi huí fēng zhī yáo huì xī xīn yuān jié ér nèi shāng wù yǒu wēi
悲回风之摇蕙兮，心冤结而内伤。物有微
ér yǔn shēng xī shēng yǒu yǐn ér xiān chàng fú hé péng xián zhī zào sī
而陨性兮，声有隐而先倡。夫何彭咸之造思
xī jì zhì jiè ér bú wàng wàn biàn qí qíng qǐ kě gài xī
兮，暨①志介②而不忘！万变其情岂可盖兮，
shú xū wěi zhī kě cháng niǎo shòu míng yǐ háo qún xī cǎo chá bǐ
孰虚伪之可长！鸟兽鸣以号群兮，草苴③比
ér bù fāng yú qì lín yǐ zì bié xī jiāo lóng yǐn qí wén zhāng gù
而不芳。鱼葺鳞以自别兮，蛟龙隐其文章。故
tú jì bù tóng mǔ xī lán chǎi yōu ér dú fāng wéi jiā rén zhī yǒng
荼荠不同亩兮，兰茝幽而独芳。惟佳人之永
dū xī gēng tǒng shì ér zì kuàng miǎo yuǎn zhì zhī suǒ jí xī
都兮，更统世而自贶④。眇远志之所及兮，
lián fú yún zhī xiāng yáng jiè miǎo zhì zhī suǒ huò xī qiè fù shī
怜浮云之相羊⑤。介眇志之所惑兮，窃赋诗
zhī suǒ míng
之所明。

wéi jiā rén zhī dú huái xī zhé ruò jiāo yǐ zì chǔ céng xū xī
惟佳人之独怀兮，折若椒以自处。曾⑥歔欷
zhī jiē jiē xī dú yǐn fú ér sī lǜ tì qì jiāo ér qī qī xī
之嗟嗟兮，独隐伏而思虑。涕泣交而凄凄兮，
sī bù mián yǐ zhì shǔ zhōng cháng yè zhī màn màn xī yǎn cǐ āi
思不眠以至曙。终长夜之曼曼兮，掩⑦此哀
ér bú qù wù cóng róng yǐ zhōu liú xī liáo xiāo yáo yǐ zì shì
而不去。寤从容以周流兮，聊逍遥以自恃。
shāng tài xī zhī mǐn lián xī qì wū yì ér bù kě zhǐ jiū sī xīn
伤太息之愍怜兮，气於邑⑧而不可止。纠⑨思心
yǐ wéi xiāng xī biān chóu kǔ yǐ wéi yīng zhé ruò mù yǐ bì
以为纕⑩兮，编愁苦以为膺⑪。折若木以蔽

光兮，随飘风之所仍。存仿佛而不见兮，心踊跃其若汤。抚珮衽以案[12]志兮，超惘惘而遂行。岁曶曶[13]其若颓兮，时亦冉冉而将至。薠蘅[14]槁而节离兮，芳以歇而不比[15]。怜思心之不可惩兮，证此言之不可聊。宁逝死而流亡兮，不忍为此之常愁。孤子吟而抆泪兮，放子出而不还。孰能思而不隐兮，照彭咸之所闻。

登石峦以远望兮，路眇眇之默默。入景[16]响之无应兮，闻省想而不可得。愁郁郁之无快兮，居[17]戚戚而不可解。心鞿羁而不形[18]兮，气缭转而自缔。穆眇眇之无垠兮，莽芒芒之无仪。声有隐而相感兮，物有纯而不可为。藐蔓蔓之不可量兮，缥绵绵之不可纡。愁悄悄之常悲兮，翩冥冥[19]之不可娱。淩大波而流风兮，托彭咸之所居。

上高岩之峭岸兮，处雌蜺[20]之标颠[21]。据青冥而摅虹兮，遂儵忽而扪天。吸湛露之浮

yuán xī shù níng shuāng zhī fēn fēn yī fēng xué yǐ zì xī xī
源兮，漱凝霜之雰雰。依风穴㉒以自息兮，
hū qīng wù yǐ chán yuán píng kūn lún yǐ kàn wù xī yǐn mǐ shān
忽倾寤以婵媛。冯昆仑以瞰雾兮，隐岐山㉓
yǐ qīng jiāng dàn yǒng tuān zhī kē kē xī tīng bō shēng zhī xiōng xiōng
以清江。惮涌湍之礚礚兮，听波声之汹汹。
fēn róng róng zhī wú jīng xī wǎng máng máng zhī wú jì yà yáng
纷容容之无经兮，罔芒芒之无纪。轧㉔洋
yáng zhī wú cóng xī chí wēi yí zhī yān zhǐ piāo fān fān qí shàng
洋之无从兮，驰委移㉕之焉止。漂翻翻其上
xià xī yì yáo yáo qí zuǒ yòu fàn yù yù qí qián hòu xī bàn
下兮，翼遥遥其左右。氾潏潏㉖其前后兮，伴
zhāng chí zhī xìn qī guān yàn qì zhī xiāng réng xī kuī yān yè zhī
张驰之信期。观炎㉗气之相仍兮，窥烟液之
suǒ jī bēi shuāng xuě zhī jù xià xī tīng cháo shuǐ zhī xiāng jī jiè
所积。悲霜雪之俱下兮，听潮水之相击。借
guāng yǐng yǐ wǎng lái xī shī huáng jí zhī wǎng cè qiú jiè zǐ zhī
光景㉘以往来兮，施黄棘㉙之枉策。求介子之
suǒ cún xī jiàn bó yí zhī fàng jì xīn diào duó ér fú qù xī
所存兮，见伯夷之放迹。心调度而弗去兮，
kè zhù zhì zhī wú shì
刻著志之无适。

yuē wú yuàn wǎng xī zhī suǒ jì xī dào lái zhě zhī tì
曰：吾怨往昔之所冀兮，悼来者之悐
tì fú jiāng huái ér rù hǎi xī cóng zǐ xū ér zì shì wàng dà
悐㉚。浮江淮而入海兮，从子胥而自适。望大
hé zhī zhōu zhǔ xī bēi shēn tú zhī kàng jì zhòu jiàn jūn ér bù
河之洲渚兮，悲申徒㉛之抗迹。骤谏君而不
tīng xī zhòng rèn shí zhī hé yì xīn guà jié ér bù jiě xī sī
听兮，重任石之何益。心絓结㉜而不解兮，思
jiǎn chǎn ér bù shì
蹇产㉝而不释。

①暨：与，和。②介：坚固。③苴：枯草。④贶：赐予。⑤相羊：漂浮、游荡、没有凭依的样子。⑥曾：重累。⑦掩：止。⑧於邑：

鸣咽，哽咽。⑨纠：通“纠”，纠结。⑩纕：佩的带子。⑪膺：胸，这里指护胸的衣服。⑫案：同“按”，按捺，抑止。⑬曶曶：同“忽忽”，很快的样子。⑭蘋蘅：蘋、蘅皆为芳草名。⑮不比：不再茂盛。比，茂盛。⑯景：通“影”，影子。⑰居：疑为“思”之误。⑱形：当作“开”，排解，开释。⑲翩冥冥：快速飞得又高又远。⑳雌蜺：虹的一种，古人认为内层色彩鲜艳的虹为雄性，称虹；外层色彩较淡的虹为雌性，称蜺。㉑标颠：最高处，指虹的弓形最上部。㉒风穴：神山名，在昆仑山上，是北方寒风风源之地。㉓岐山：即岷山。㉔轧：“轧忽”之省文，长远貌。㉕委移：同“逶迤”，曲折前行的样子。㉖潏潏：水涌出的样子。㉗炎：通“焰”，火焰。㉘光景：时日。景，通“影”。㉙黄棘：神话中的树木名。㉚愁愁：同“惕惕”，忧劳，恐惧。㉛申徒：申徒狄，殷末贤臣，力谏纣王不听，抱石自沉而死。㉜絓结：牵挂郁结。㉝蹇产：曲折纠结。

《悲回风》也是《九章》中的篇目，它的篇名来自首句，抒写诗人遭受邪恶势力的打击、政治理想无从实现的悲哀。与前面的《涉江》一样，《悲回风》也可以分为五段，下面我一一为同学们解读。

第一段讲述诗人因回风摇蕙而联想到忠贤见斥，指出君子的光明与小人的善变，表达自己终不改悔的坚定胸怀。“悲回风”四句，前面两句说的是在回风震荡中，凋陨了蕙草的微弱生机；后面两句是说，回风的初起有隐微的声音倡之于先。“夫何彭咸”四句，表达了诗人对古贤臣彭咸的仰慕，并提出真相无法掩盖，虚伪不能长久。“鸟兽鸣”六句以秋冬的景象作比，指出物以类聚，君子和小人不能共处。“惟佳人”六句进一步指出自己眼界高远，以古人彭咸等自许，但孤高的心却无所依傍，自己的意志不被人理解，于是写作此诗来表明其中的道理。

第二段写诗人在放逐时感到孤单，但仍旧热爱国家，因而搞得心烦意乱。“惟佳人”四句，依然是重复自己不被人理解。“涕泣交”八句说自己如何辗转反侧，无法释怀。“纠思心”二句形容自己忧思之深切。“折若木”二句，上句说自己求神木以遮蔽日光，象征诗人曾力求韬光养晦，下句说自己随着飘风的牵引，任从它把自己吹到哪里。“存仿佛”二句接着形容自己极端愁苦。“抚珮衽”二句意为勉强抑制自己的悲愁，漫无目的，踽踽而行。“岁曶曶”四句承“遂行”之后，写“行”中所见所闻。“怜思心”四句言自己长愁的原因。“孤子吟”四句，说自己不能回到朝廷，心中萌生了效法彭咸沉江自杀的想法。

第三段写自己生意已尽，死志已决。“登石峦”四句说自己登山远望，一片寂静。“愁郁郁”四句紧承上文，写登高远望后引起的愁肠寸结。“穆眇眇”四句接着指出自己的心情有时愁思茫茫无边无际，有时则陷入空虚而无所着落的状态。“藐蔓蔓”两句，同样诉说自己的主观心情，言思入辽远，则渺渺漫漫不可度量，思入深微，则悠悠长长不可收束。“愁悄悄”两句言自己的神魂虽在高远处飞翔，却并无快乐。“淩大波”两句，表明忠臣直士只有一条去路，那就是效法古代贤人彭咸投水而死。

第四段是诗人设想自己死后灵魂不灭、神游天地的情形，进而抒写自己的主张和思想。“上高岩”八句写诗人神游太空，极尽想象中壮丽、高洁、温暖之乐，但转侧之间突然惊醒，又想起了故国。“冯昆仑”四句写诗人身宿风穴，依凭昆仑透过云雾而下瞰人寰。“纷容容”四句就心境来说，诗人已经心烦意乱，进退失度，无所适从。“漂翻翻”四句，上两句仍写心境，下两句则言从昆仑下到江水，往来江上，神游故国。“观炎气”四句，借“炎气”“烟液”等为喻述事物相因之理。天庭既然不能久居，彭咸也不可一直追随，故而向下转为访问古代贤人，后面“借光景”六句便是说自己下定决心，要循着介子推和伯夷的足迹前行。

第五段诗人回顾过往悲悼将来，下定决心，不轻于一死。“吾怨”二句是怨恨往昔的希望落空，警惕将来的危险。“浮江淮”

二句指伍子胥事，是说自己准备投水而死，追随子胥。“望大河之洲渚兮”四句承接前言，意思是说，申徒狄以身殉国，其情固然可悲，但并不能挽救殷商的覆亡，那么死又有什么用处呢？结合自己，虽然自己死志已决，但就整个楚国而言，未来的危机并不是自己一死就能了之的。因此，全诗以“心绌结”二句作为全篇的终结。

在政治斗争过程中，屈原虽然早就已经做好最后牺牲的思想准备，但不到最后时刻，他绝不轻易付诸实施。因此有人认为这首《悲回风》是诗人的绝命诗，其实并不准确。

对故都的凭吊

我们知道楚怀王很不靠谱，但他的儿子顷襄王更不靠谱，楚国老百姓跟着这位国君，可算是倒了八辈子霉。

自从把屈原赶出国都之后，顷襄王完全不念父仇，竟然向秦国表示臣服并割地求和、结为姻亲。不过，从另一个角度来讲，虽说是苟延残喘，但此举倒确实为楚国赢得了暂时的和平。然而，在这难得的喘息时机，顷襄王不仅没有像越王勾践那样卧薪尝胆、奋发图强，反倒整日花天酒地、耗损国力。

公元前 281 年，没做什么准备的楚顷襄王，听从一位猎人的建议，派遣使臣联络各诸侯国打算伐秦，以洗脱自己过去的耻辱。秦国听说这件事后，决定先发制人。公元前 280 年，秦昭襄王派名将白起伐楚，楚军兵败，割上庸、汉水以北土地给秦讲和。公元前 279 年，秦国再次伐楚，白起先以汉北上庸之军夺取鄢、邓等五座城池（今湖北襄阳襄州），而后秦军越过秦楚边境山区，自断后援，分三路快速突进楚境，直围楚国的都城郢都（今湖北荆州）。公元前 278 年，秦军穿插到楚军背后，大破楚军，攻占楚国都城郢都，焚烧了楚王的坟墓夷陵（今湖北宜昌西南），向东进兵至竟陵，楚军溃败，顷襄王只好跟那些执政的贵族们一起，狼狈不堪地逃往陈城（今河南淮阳）。

这时，屈原已经在南方流浪18年，突然听闻郢都被攻占，百姓流亡，犹如五雷轰顶。他在悲痛中写下《哀郢》一诗，以表达对故都的哀悼与眷恋。

āi yǐng

哀郢

战国·楚·屈原

huáng tiān zhī bù chún mìng xī hé bǎi xìng zhī zhèn qiān mín
皇天之不纯命兮，何百姓之震愆①？民
lí sàn ér xiāng shī xī fāng zhòng chūn ér dōng qiān qù gù xiāng ér
离散而相失兮，方仲春而东迁。去故乡而
jiù yuǎn xī zūn jiāng xià yǐ liú wáng chū guó mén ér zhěn huái
就远兮，遵江夏以流亡。出国门而轸怀②
xī jiǎ zhī zhāo wú yǐ xíng fā yǐng dū ér qù lǘ xī huāng
兮，甲③之鼂④吾以行。发郢都而去闾⑤兮，荒
hū qí yān jí jí qí yáng yǐ róng yǔ xī āi jiàn jūn ér bú zài
忽其焉极？楫齐扬以容与⑥兮，哀见君而不再
dé
得。

wàng cháng qiū ér tài xī xī tì yín yín qí ruò xiàn guò
望长楸⑦而太息兮，涕淫淫⑧其若霰⑨。过
xià shǒu ér xī fú xī gù lóng mén ér bú jiàn xīn chán yuán ér
夏首⑩而西浮兮，顾龙门而不见。心婵媛而
shāng huái xī miǎo bù zhī qí suǒ zhí shùn fēng bō yǐ cóng liú
伤怀兮，眇⑪不知其所蹠⑫。顺风波以从流
xī yān yáng yáng ér wéi kè líng yáng hóu zhī fàn làn xī hū
兮，焉洋洋而为客。淩阳侯⑬之氾滥兮，忽
áo xiáng zhī yān bó xīn guà jié ér bù jiě xī sī jiǎn chǎn ér
翱翔之焉薄。心絓⑭结而不解兮，思蹇产⑮而
bú shì
不释。

jiāng yùn zhōu ér xià fú xī shàng dòng tíng ér xià jiāng qù zhōng
将运舟而下浮兮，上洞庭而下江。去终
gǔ zhī suǒ jū xī jīn xiāo yáo ér lái dōng qiāng líng hún zhī yù guī
古之所居兮，今逍遥而来东。羌灵魂之欲归
xī hé xū yú ér wàng fǎn bèi xià pǔ ér xī sī xī āi gù dū
兮，何须臾而忘反。背夏浦而西思兮，哀故都
zhī rì yuǎn dēng dà fén yǐ yuǎn wàng xī liáo yǐ shū wú yōu xīn
之日远。登大坟以远望兮，聊以舒吾忧心。
āi zhōu tǔ zhī píng lè xī bēi jiāng jiè zhī yí fēng
哀州土之平乐兮，悲江介之遗风。

dāng líng yáng zhī yān zhì xī miǎo nán dù zhī yān rú céng bù
当陵阳[16]之焉至兮，淼南渡之焉如？曾不
zhī xià zhī wéi qiū xī shú liǎng dōng mén zhī kě wú xīn bù yí zhī
知夏之为丘兮，孰两东门之可芜？心不怡之
cháng jiǔ xī yōu yǔ chóu qí xiāng jiē wéi yǐng lù zhī liáo yuǎn xī
长久兮，忧与愁其相接。惟郢路之辽远兮，
jiāng yǔ xià zhī bù kě shè hū ruò bú xìn xī zhì jīn jiǔ nián ér bú
江与夏之不可涉。忽若不信兮，至今九年而不
fù cǎn yù yù ér bù tōng xī jiǎn chà chì ér hán qī
复。惨郁郁而不通兮，蹇侘傺而含戚。

wài chéng huān zhī chuò yuē xī chén rěn ruò ér nán chí zhōng zhàn
外承欢之汋约兮，谌荏弱而难持。忠湛
zhàn ér yuàn jìn xī dù pī lí ér zhàng zhī yáo shùn zhī kàng xíng
湛而愿进兮，妒被离而鄣之。尧舜之抗行
xī liǎo yǎo yǎo ér bó tiān zhòng chán rén zhī jí dù xī pī yǐ
兮，瞭杳杳而薄天。众谗人之嫉妒兮，被以
bù cí zhī wěi míng zēng yùn lǔn zhī xiū měi xī hào fú rén zhī kāng
不慈之伪名。憎愠惀之修美兮，好夫人之忼
kǎi zhòng qiè dié ér rì jìn xī měi chāo yuǎn ér yú mài
慨[17]。众踥蹀[18]而日进兮，美超远而逾迈。

luàn yuē màn yú mù yǐ liú guān xī jì yī fǎn zhī hé
乱[19]曰：曼余目以流观兮，冀壹反[20]之何
shí niǎo fēi fǎn gù xiāng xī hú sǐ bì shǒu qiū xìn fēi wú zuì
时？鸟飞反故乡兮，狐死必首丘。信非吾罪
ér qì zhú xī hé rì yè ér wàng zhī
而弃逐兮，何日夜而忘之？

①震愆：指震惊。愆，过失，罪过。②轸怀：悲痛地怀念。③甲：古时是以干支纪日的，甲指干支纪日的起字是甲的那一天。④鼂：同“朝”，早晨。⑤闾：本指里巷之门，代指里巷，里巷是居民区。⑥容与：船徘徊的样子。⑦长楸：高大的楸树。楸，树名，落叶乔木。⑧淫淫：泪流满面不止。⑨霰：雪粒。⑩夏首：地名，在今湖北沙市附近，夏水的起点，长江在此分出夏水。⑪眇：同“渺”，犹辽远。⑫蹠：践踏，指落脚之处。⑬阳侯：传说中的大波之神，这里指波涛。⑭絓：牵挂。⑮蹇产：结屈纠缠。⑯陵阳：地名，在今安徽青阳。一说陵阳在今安徽安庆南。⑰忼慨：同“慷慨”，这里指装腔作势地发表激昂慷慨之言辞。⑱踥蹀：小步行走貌。⑲乱：乐章最末叫乱，后来借用作为辞赋最后总结全篇内容的收尾。⑳反：同“返”。

这首《哀郢》同样是《九章》中的一篇。它在结构上采用了倒叙法，作者先从自己当年被放逐、随同流亡百姓一起东行的情况写起，然后才写作诗时的心情。这就用时间的跨度，加深了楚国百姓的苦难以及作者的忧思。

全诗如果不算乱辞的话，可以分为五层，每层三节，每节四句。诗的前三层为回忆，其抒情主要通过记叙来表现；第四、五层是直接抒情：第四层抒发作者作诗时的心情，第五层为对造成国家、个人悲剧之原因的思考。乱辞从情志、结构两方面总括全诗，可以算作第六层，写作者虽日夜思念郢都，却因被放逐而不能回朝效力的痛苦和悲伤。

当年屈原被流放江南之时，恰逢秦国攻楚，楚军大败，损失兵将 5 万，城 15 座。秦军更沿汉水而下，直逼郢都。因此，屈原踏上放逐之路时，恰与向东流徙的流亡百姓相遇。当时，滔滔汉水之畔，人流拥挤如潮，哭声直上云霄，那慌乱仓皇的氛围、悲惨的画面，太过夺人心魂，以至于他在18年后郢都真正被秦军攻占，写下一曲关于故国的哀歌时，仍铭记于五内，未曾忘却分毫。

值得注意的是，在本诗的第四层有一句“忽若不信兮，至今九年而不复”。这里的“九年”并非实指，而是指多年。实际上，从屈原第二次被逐，到写作这首诗，应该是 18 年。

《哀郢》开篇便仰天而问：“皇天之不纯命兮，何百姓之震愆？”老天啊，你为何变化无常，使百姓流离失所？人在痛苦至极时，常将发泄矛头指向天地，呼天抢地，其实已是无言之言。屈原心底何尝不知，真正有过错的并非皇天，而是狼子野心的秦国，以及外强中干、积重难返的楚国，可是，他既无力改变现实，又目睹了这般残酷的现实，便只好诉诸皇天，盼着郁积于心的痛楚能够稍减几分。

郢都受到秦军威胁之时，深爱家国的屈原却因为小人的迫害、君王的昏庸而不得不离开都城。当他走出郢都城门时，真是心如刀绞。他不断地回过头去，上船之后仍不忍心离去，举起船桨任船在水上漂流，哪怕是推迟一瞬间也好，他实在不想离开：谁知道此番离去，还能不能再回到国都，能不能再见到君王？谁知道这座几百年的都城会不会在战火中毁于一旦？谁能保证他将来归去之地，不会是一处废墟，不会是一个早已灭亡的国家？

思君、爱国、忧民之心杂糅于五内，痛彻心扉，催人断肠。他多想今日在朝堂上辅佐君王的人是自己，而不是那些只懂逢迎、只顾一己利益、毫无忧国忧民之心、毫无治国安民才能的奸佞之徒。真正爱国爱民的忠诚正直之士被排除在外，平庸钻营之辈却得以青云直上，结果，楚国因奸人当道而日渐贫弱，最终因秦国侵略而灭亡，而真正感到痛心的却是那些被驱逐的贤者，这真是莫大的讽刺和悲哀！

尽管朝堂黑暗至此，君王无知至此，屈原仍然心心念念想要回去。“鸟飞反故乡兮，狐死必首丘”，鸟雀无论飞到哪里，终究要回到故乡，狐狸即便死了，头也会向着栖居的山丘的方向，他也终有一日要回到自己的来处。若故国已死，那就与它一同赴死，毕竟那是他最深爱的地方，就算有一天毁灭了，也仍然是他的根。

为何是沉江而非投江

对于屈原来说，郢都沦陷等同国破家亡。这时，他已经63岁了。大家别忘了，那是一个“人生七十古来稀”的时代，63岁，已经是很老很老的老人了。有学者考证，屈原可能出生于公元前343年，如果真是这样，那么屈原就是66岁了。

无论哪一种说法正确，这时的屈原都一定极度苦闷且完全绝望。他曾以坚韧的性格、顽强的毅力，在南方的荒僻之地流浪18年，无非是想有朝一日能重返朝堂为国尽忠，不料等来的却是城陷国破。

据史料记载，白起攻陷郢都后并没有停下脚步，他带领军队一直打到了洞庭湖一带，离屈原居住的地方已经很近了。也就是说，屈原如果不逃走的话，他有可能被秦军杀死，或者成为俘虏。与前面这些可能相比，对屈原来说，自杀不是一个多坏的选择。

屈原自杀的时间没有争议。托他老人家的福，我们每年端午节不仅能吃粽子、赛龙舟，还能有一个3天的“小长假”。可是，大家有没有想过，在屈原诗中没有明确记载的情况下，为什么我们能够肯定屈原是在五月初五这一天自杀的？我一向主张，大家读书不能光死记硬背，要动脑筋。之所以屈原自杀的日期这样清楚，就是我前面所说的，他在放逐期间有家人陪伴。

事实上，屈原沉入汨罗江之后他家人很快就察觉了，于是急忙回村里找人。附近的庄稼人得知后，全都划着小船去营救，但江水滔滔，却哪里寻得见屈原的身影。众人在江上捞了很久很久，也没有找到他的遗体。

有争议的是屈原的死亡方式。人们对屈原入汨罗江的方式的描述有两种，一种是“屈原投江”，另一种是“屈原沉江”。前一种没什么好说的，就是直接跳进去；后一种就有些不同了。《史记·屈原贾生列传》中说，屈原“怀石遂自沉汨罗以死”。也就是说，屈原是自己抱着石头入江，所以用“沉”这个字。屈原为什么抱石头呢，据说是因为他水性好，如果直接跳的话，他担心自己会因求生本能浮上来，达不到“求死”的目的。就我本人来说，更加认同“沉江”的表述，因为它不仅符合事实，而且也更加突显了屈原殉国的决心与悲壮。

在沉江之前，屈原写了一首《怀沙》，我们可以从中看出他当时的心境。

huái shā

怀沙

战国·楚·屈原

tāo tāo mèng xià xī cǎo mù mǎng mǎng shāng huái yǒng āi xī yù
滔滔孟夏兮，草木莽莽。伤怀永哀兮，汩
cú nán tǔ xuàn xī yǎo yǎo kǒng jìng yōu mò yù jié yū zhěn
徂①南土。眴②兮杳杳，孔静幽默。郁结纡轸③
xī lí mín ér cháng jū fǔ qíng xiào zhì xī yuān qū ér
兮，离愍④而长鞠⑤。抚情效志兮，冤屈而
zì yì
自抑。

wán fāng yǐ wéi yuán xī cháng dù wèi tì yì chū běn dí
刓⑥方以为圜⑦兮，常度未替。易初本迪
xī jūn zǐ suǒ bǐ zhāng huà zhì mò xī qián tú wèi gǎi nèi
兮，君子所鄙。章画志墨兮，前图未改。内
hòu zhì zhèng xī dà rén suǒ shèng
厚质正兮，大人所盛。

qiǎo chuí bù zhuó xī shú chá qí bō zhèng xuán wén chǔ yōu
巧倕⑧不斲⑨兮，孰察其拨正。玄文处幽

兮，矇瞍谓之不章。离娄微睇兮，瞽以为无明。变白以为黑兮，倒上以为下。凤皇在笯[10]兮，鸡鹜翔舞。同糅玉石兮，一概而相量。夫惟党人鄙固兮，羌不知余之所臧。任重载盛兮，陷滞而不济。怀瑾握瑜兮，穷不知所示。邑犬之群吠兮，吠所怪也。非俊疑杰兮，固庸态也。文质疏内[11]兮，众不知余之异采。材朴委积兮，莫知余之所有。

重仁袭义兮，谨厚以为丰。重华不可逻[12]兮，孰知余之从容！古固有不并兮，岂知其何故？汤禹久远兮，邈而不可慕。

惩连改忿兮，抑心而自强。离慜而不迁兮，愿志之有像。进路北次兮，日昧昧其将暮。舒忧娱哀兮，限之以大故。

乱曰：浩浩沅湘，分流汩兮。修路幽蔽，道远忽兮。怀质抱情，独无匹兮。伯乐既没，骥焉程兮。万民之生，各有所错兮。定心广志，余何畏惧兮？曾伤爰哀，永叹喟兮。世

hùn zhuó mò wú zhī，rén xīn bù kě wèi xī。zhī sǐ bù kě ràng，
溷浊莫吾知，人心不可谓兮。知死不可让，

yuàn wù ài xī。míng gào jūn zǐ，wú jiāng yǐ wéi lèi xī。
愿勿爱兮。明告君子，吾将以为类兮。

①汩徂：急行。②眴：看。③纡轸：内心痛苦。④慜：哀痛。⑤鞠：困苦。⑥刓：削。⑦圜：同“圆”。⑧倕：虞舜时传说中的能工巧匠。⑨斲：砍。⑩笯：笼子。⑪内：木讷。⑬遻：遇。

对于“怀沙”一词，历来有两种解释：一种是“怀抱沙石以自沉”；另一种认为“怀”是感怀，“沙”指长沙。从文章本身内容情感来看，我觉得前一种说法更靠谱。

全诗一开始作者便写自己南行时的心情，“伤怀永哀兮”“郁结纡轸兮”这两句极度忧郁、哀伤的诗句，一下子抓住了读者的心。同时，客观环境对作者的心绪也起到了极好的衬托作用——“眴兮杳杳，孔静幽默”，只有“杳杳”“无所见”“静默”“无所闻”，才更显出“岑僻之境，昏瞀之情”。

那是盛夏，热浪滔滔，草木莽莽，整个南方大地散发出蓬勃的生机，屈原心中却萌生了冰冷的死志。这是一个“变白以为黑”“倒上以为下”的时代，凤凰被困于笼中，鸡鸭却能够肆意飞舞，任他内蕴再美好，文采再出众，怀抱美玉，手握宝石，也只能深陷困境，不被理解，不被接受，甚至还要承受庸人小人的毁谤和猜忌。他怀着满腔的热情和对家国的深爱，奔走呼号，却眼看着自己离朝堂越来越远，眼看着楚国在战国群雄的争斗中步步退却。兴亡成败，他都只手难及，丝毫做不了主。

屈原写这首《怀沙》时，赴死的悲伤，已如夏日最蛮荒的气息侵袭天地，肆无忌惮地占据了他的身心。“古固有不并”，当是屈原死前最痛切的领悟。明君、贤臣并不常生在同一个时代，自古以来便是如此，所以，楚怀王、顷襄王对他的放逐、轻视、打击，原是常有之事，并不值得为之如此忧愁悲哀。他自问“怀

质抱情，独无匹兮”，内心修美，品格坚贞，无人可以匹敌，也清醒地知晓“伯乐既没”，再优秀的马亦无用武之地——他固然无力改变这个混浊的世界，世界却同样也无力改变他坚如磐石、高洁清澈的心志。

最终，他说“人心不可谓”，因为面对世事人心，他确实已无话可说。谁都不必再评判他，他也不会再去评判谁，就让死亡带走一切，也终结一切。

“万民之生，各有所错”，人人都有专属于自己的命运，再深刻庞大的悲喜忧乐，也不过寻常。他可以自认比谁都要骄傲、干净，但是命运本身并无高下之分，唯有他的悲伤和孤独，镌刻进历史，光耀万世。

到底哪首才是绝命诗

每个人在离开这个世界的时候，通常都会留下一些临别的话，我们称之为遗言。对于诗人来说，遗言常常是用诗的形式体现出来的，我们称这种诗为“绝命诗”。

对于屈原的绝命诗，历来就有很多争议，列入候选的主要有三首，其中两首前面已经讲过了，即《悲回风》和《怀沙》，另外还有一首《惜往日》没讲。这三首都是《九章》中的篇目。

从诗的内容来看，三首都有对投江而死的描述，如《悲回风》中有“浮江淮而入海兮，从子胥而自适”，《怀沙》中有“知死不可让，愿勿爱兮。明告君子，吾将以为类兮”，以及《惜往日》中有“宁溘死而流亡兮，恐祸殃之有再。不毕辞而赴渊兮，惜壅君之不识”。不过，既然是绝命诗，也就是生命当中的最后一首诗，当然不可能三首都是。那么，到底哪一首才是这最后一首呢？

从内容来分析，我认为《惜往日》应该才是真正的绝命诗。下面，我就为大家讲解下这首诗，我们结合前面两首，一起对比推敲，看看我的判断是不是正确。

xī wǎng rì
惜往日

战国·楚·屈原

xī wǎng rì zhī céng xìn xī shòu mìng zhào yǐ zhāo shī fèng xiān
惜往日之曾信兮，受命诏以昭诗。奉先
gōng yǐ zhào xià xī míng fǎ dù zhī xián yí guó fù qiáng ér fǎ lì
功以照下兮，明法度之嫌疑。国富强而法立
xī zhǔ zhēn chén ér rì xī mì mì shì zhī zài xīn xī suī
兮，属贞臣而日娭[1]。秘密[2]事之载心兮，虽
guò shī yóu fú zhì xīn chún máng ér bú xiè xī zāo chán rén ér jí
过失犹弗治。心纯庬[3]而不泄兮，遭谗人而嫉
zhī jūn hán nù ér dài chén xī bù qīng chè qí rán pǐ bì huì
之。君含怒而待臣兮，不清澈其然否。蔽晦
jūn zhī cōng míng xī xū huò wù yòu yǐ qī fú cān yàn yǐ kǎo shí
君之聪明兮，虚惑误又以欺。弗参验以考实
xī yuǎn qiān chén ér fú sī xìn chán yú zhī hùn zhuó xī shèng
兮，远迁臣而弗思。信谗谀之溷浊兮，盛
qì zhì ér guò zhī hé zhēn chén zhī wú zuì xī bèi lí bàng ér jiàn
气志而过之。何贞臣之无罪兮，被离谤而见
yóu cán guāng yǐng zhī chéng xìn xī shēn yōu yǐn ér bèi zhī
尤。惭光景[4]之诚信兮，身幽隐而备之。

lín yuán xiāng zhī xuán yuān xī suì zì rěn ér chén liú zú
临沅湘之玄渊兮，遂自忍而沉流？卒
mò shēn ér jué míng xī xī yōng jūn zhī bù zhāo jūn wú dù ér
没身而绝名兮，惜壅君[5]之不昭。君无度而
fú chá xī shǐ fāng cǎo wéi sǒu yōu yān shū qíng ér chōu xìn xī
弗察兮，使芳草为薮幽[6]。焉舒情而抽信兮，
tián sǐ wáng ér bù liáo dú zhàng yōng ér bì yǐn xī shǐ zhēn chén wéi
恬死亡而不聊。独鄣壅而蔽隐兮，使贞臣为

无由。

闻百里⑦之为虏兮，伊尹⑧烹于庖厨。吕望屠于朝歌兮，宁戚⑨歌而饭牛。不逢汤武与桓缪⑩兮，世孰云而知之？吴信谗而弗味⑪兮，子胥死而后忧。介子忠而立枯兮，文君寤而追求。封介山而为之禁⑫兮，报大德之优游。思久故⑬之亲身兮，因缟素而哭之。

或忠信而死节兮，或訑谩⑭而不疑。弗省察而按实兮，听谗人之虚词。芳与泽其杂糅兮，孰申旦⑮而别之？何芳草之早夭⑯兮，微霜降而下戒。谅聪不明而蔽壅兮，使谗谀而日得。

自前世之嫉贤兮，谓蕙若⑰其不可佩。妒佳冶之芬芳兮，嫫母⑱姣而自好。虽有西施之美容兮，谗妒入以自代。愿陈情以白行兮，得罪过之不意。情冤见之日明兮，如列宿之错置⑲。

乘骐骥而驰骋兮，无辔衔而自载。乘氾

fú yǐ xià liú xī　wú zhōu jí ér zì bèi　bèi fǎ dù ér xīn zhì
泭以下流兮，无舟楫而自备。背法度而心治
xī　pì　yǔ cǐ qí wú yì　nìng kè sǐ ér liú wáng xī　kǒng huò
兮，辟⑳与此其无异。宁溘死而流亡兮，恐祸
yāng zhī yǒu zài　bú bì cí　ér fù yuān　xī　xī yōng jūn zhī bù
殃之有再。不毕辞㉑而赴渊㉒兮，惜壅君之不
shí
识。

①娭：嬉戏。②秘密：即“黾勉”，勤勉。③庬：敦厚。④景：同“影”。⑤壅君：被蒙蔽的君主。⑥薮幽：水泽幽暗的地方。⑦百里：百里奚，春秋时虞国大夫，后被晋国俘虏，晋献公把他当作陪嫁女儿的奴隶送给秦国。后来他逃至楚国，秦穆公闻其贤，用五张羊皮赎回，授之国政，号曰五羖大夫，后助秦穆公成霸业。⑧伊尹：原来是有莘氏的陪嫁奴隶，曾经当过厨师。后来任商汤的相，辅助汤攻灭夏桀。⑨宁戚：春秋时卫国人，他在喂牛时唱歌，齐桓公听到认为他是个贤人，任用他做辅佐之臣。⑩缪：同“穆”，秦穆公。⑪弗味：不能玩味辨别。⑫禁：封山。⑬久故：故旧。⑭訑谩：欺诈。⑮申旦：自夜达旦。⑯殀：夭折，死亡。⑰蕙若：蕙草和杜若，都是香草。⑱嫫母：传说是黄帝的妃子，貌极丑。⑲错置：安排，陈列。错，同“措”。⑳辟：通“譬”，譬如。㉑毕辞：说完话。㉒赴渊：投水。

民间有一种说法，人在临离世之前，脑海中会对自己一生中重要的经历进行回顾。屈原这首《惜往日》的题目，恰恰验证了这句话。在生命的尽头，屈原回望自己多舛的一生，心中已没有恨，也不再有太多执着渴盼，唯有满怀的痛惜。“惜往日”三个字，当可概括他下定决心赴江而亡时的全部心境。忆及往日，痛惜往日，因往日而感到哀伤，如此而已。

往日的岁月里，有他所有的骄傲。那时，君王有励精图治之心，而他在君王身侧，“入则与王图议国事，以出号令；出则接遇宾客，

应对诸侯，王甚任之”（司马迁《史记·屈原贾生列传》），君臣一心，楚国上下生机勃勃，一切尚好，还尚未崩坏。

可惜好景不长，而这短暂如白驹过隙的好景，却让屈原在此后的凄苦年岁里，隔着再也跨不过去的时间的沧海，不住地怀念。彼时，他专心于国事，日夜辛劳，就算有了过失，君王也能宽容，并不治罪，可是到后来，君王听信小人谗言，不辨真假，竟将一无过错的忠臣远远放逐，往昔与今朝，怎堪比照？

过去已回不去，屈原却一遍又一遍地在回忆里重温。他身在放逐地，生命掉入幽深的枯井，伸出手去，也触不到只在过去闪耀的光。唯有头顶的日月，恒久明亮温暖，让所有人都蒙受光辉。命运乖蹇，将他所有的挣扎都逼向徒劳。

世事一场大梦，人间几度秋凉。决心“恬死亡而不聊”的屈原，看到他深爱的家国已然倾塌，而楚地的山水依旧永恒。他站在这亘古的江流之畔，心中不知是否有了顿悟。或许，他也曾为自己许下良愿：此生，经历过太多悲欢，品尝过太多痛苦，到头来也不过将一个华彩的梦做至绝望，那便将一切悲喜是非寄托于来世，愿来生只做一个简简单单的人，行走于陌上，欣欣然看这世界，冰封解冻，春暖花开。

第二章　祭祀神明

三闾大夫的职责

屈原一生主要担任过两个职务，一个是左徒，一个是三闾大夫。关于三闾大夫的职责，我们前面也有过介绍，除了掌管贵族屈、景、昭三大氏子弟的教育，就是主持宗庙祭祀。然而，大家可能不知道，由于三闾大夫的后一项职责，屈原被很多人认为是当时楚国的大巫师。

提到巫师，相信不少小朋友立即会想到哈利·波特。虽然同为巫师，其实两者有很大不同，首先我觉得屈原未必会魔法，因为如果他能像哈利·波特一样，魔杖一挥就能让人定住，甚至把人杀死，那么秦国的百万雄师他一个人就搞定了，也就不会落得个“自沉汨罗江”的结局了。尽管如此，我相信作为大巫师的屈原有自己的法器，而且他也会念咒语。屈原的咒语可比哈利·波特的要长得多，这些咒语被后来的人们收进了《楚辞》，合在一起称为《九歌》。

在古代文化中“九”代表多，所以《九歌》并不是只有 9 篇，事实上共有 11 篇。更准确地说，《九歌》中收录的其实是楚国的祭神乐歌，有人认为这是屈原自己创作的，也有人认为是他在民间祭祀乐歌的基础上加工润色的，但不管怎么说，著作版权归屈原总是没有错的。

《九歌》当中的第一首叫《东皇太一》，下面大家就跟我一起来学习吧。

dōng huáng tài yī
东皇太一

战国·楚·屈原

jí rì xī chén liáng mù jiāng yú xī shàng huáng fǔ cháng jiàn xī
吉日兮辰良，穆将愉兮上皇。抚长剑兮

yù ěr qiú qiāng míng xī lín láng
玉珥①，璆②锵鸣兮琳琅。

yáo xí xī yù zhèn hé jiāng bǎ xī qióng fāng huì yáo zhēng
瑶席兮玉瑱③，盍④将把兮琼芳。蕙肴蒸

xī lán jí diàn guì jiǔ xī jiāo jiāng
兮兰藉，奠桂酒兮椒浆。

yáng fú xī fǔ gǔ shū huǎn jié xī ān gē chén yú sè xī
扬枹⑤兮拊⑥鼓。疏缓节兮安歌，陈竽瑟⑦兮

hào chàng
浩倡。

líng yǎn jiǎn xī jiāo fú fāng fēi fēi xī mǎn táng wǔ yīn fēn
灵偃蹇⑧兮姣服，芳菲菲兮满堂。五音纷

xī fán huì jūn xīn xīn xī lè kāng
兮繁会，君欣欣兮乐康。

①珥：剑鞘出口旁像两耳的突出部分，又称剑鼻。②璆：美玉。③玉瑱：玉器。④盍：通“合”，会集。⑤枹：鼓槌。⑥拊：敲打。⑦竽瑟：均为古乐器。⑧偃蹇：形容巫师优美的舞姿。

在学习这首诗之前，我们得先弄明白一个问题，即这个“东皇太一”到底是哪位大神？对于这个问题，就像《楚辞》里的许多问题一样，历来争议颇多，过程咱就不细说了，其结果为“东皇太一”是春神。

对于春神，现在有一个更好听的名字，叫作“春姑娘”。显然，春姑娘是一位女性神，但春神在过去却有两位，一位叫句芒，是个男性神，长着人的面貌、鸟的身子，出行乘坐两条龙；另一位叫作简狄，是名女性神，她既是春神，又是爱神。

在《东皇太一》中没有表明神的性别，所以不知道他是句芒还是简狄。不过，我们可以肯定，这是一位很受先民爱戴的神，为了欢迎他的到来，人们慎重地选择吉日良辰来祭祀。

在最吉祥的日子，主祭者手抚着镶饰玉珥的长剑，整饬好身上华美的服饰，恭恭敬敬地做好祭祀的准备。献祭的供案上摆放着美玉和香草，祭品用蕙草包裹，桂椒制作的美酒芬芳醉人，一一敬献上神。

祭祀开始，祭巫举起鼓槌，鼓声舒缓，祭歌安闲，随后，竽瑟齐鸣，声势震天，在这繁音曼舞、乐声浩荡的庄重而热烈的氛围中，春神即将降临。

"君欣欣兮乐康"，天神降临人间的姿态，如此欣喜安乐，让祭殿"芳菲菲兮满堂"，芳香馥郁，令人心旷神怡；也让祭祀的人群翩翩起舞，欢欣无边，喜悦无边。从此以后，春神定会赐福祉于人间，给人类的生命繁衍、农作物的生长带来福音。

对春的到来，楚人所想、所求，便是如此简单纯粹。

飘逸俊伟的云神

你一定听说过雷神、雨神、风神，但你听说过云神吗？事实上，还真有这样一位天神，不单有，而且这位天神还长得飘逸俊伟，称得上是天神里的高富帅了。

在《九歌》当中有一首《云中君》，就是专门祭祀这位云神的，咱们来看一下。

云中君

战国·楚·屈原

浴兰汤兮沐芳，华采衣兮若英。灵连蜷[①]兮既留，烂昭昭兮未央。

蹇[②]将憺[③]兮寿宫，与日月兮齐光。龙驾兮虎服，聊翱游兮周章。

灵皇皇兮既降，猋[④]远举兮云中。

览冀州兮有余，横四海兮焉穷。

思夫君兮太息，极劳心兮忡忡。

①连蜷：身姿矫健美好。②蹇：发语词。③憺：安居。④猋：迅速前进。

这首《云中君》采用以主祭的巫师与扮云神的巫师（灵子）对唱的形式，来颂扬云神，表现对云神的思慕之情。开头四句是祭巫先唱，表现祭祀的虔诚和祭祀场面。“蹇将憺兮寿宫”以下四句为云中君（充作云中君的灵子）所唱，表现出神的尊贵、排场与威严。接着，祭巫唱“灵皇皇兮既降，猋远举兮云中”，是说祭享结束后云中君远离而去。“览冀州兮有余，横四海兮焉穷”，则是云神升到高空后眼底所见。最后两句，是祭巫表示对神灵离去的惆怅与思念。

祭巫在兰草浸泡而成的香汤里沐浴，细细洗净了身体，然后穿上如花儿般华彩美丽的正服，于祭殿迎神。这是一场盛大的祭神仪式，扮演云神的灵子正在神圣的殿堂里翩然起舞，神祇在他身上流连不去，让他的身体不断闪现神光。

沐浴，更衣，敛华容，着盛装，如此庄重深情，皆是人对神的尊崇和礼颂。云神对人亦是多情，听他唱：我在天上时，可与日月齐光，既借日月生辉，亦可映日托月，今日乘驾龙车，树五方之帝的旌旗，来到人间，在供神的地方停驻，为不负你们的虔诚祈祷和祭祀之意，便姑且安然乐享这盛大的供奉，遨游人世，观览四方吧。

在那个古老的年代，天上的神与人间的人，并没有遥隔万里，只需要一场虔敬庄严、热烈盛大的祭神之典，就可以铺陈一条上达天庭、下抵尘世的大道。人人心中皆有神祇，那些美丽多情、丰神俊朗的女神与男神，仿佛真实存在一般，存活在每个人的生命之中。因为有了神祇，万物有灵且美；因为神祇多情护佑，人世间方可安享太平康乐。所以迎神的仪式、祭神的过程，才值得庄重虔诚以待，值得倾注如许深情。

神祇虽然多情，却不能长久于人间逗留，一旦祭享结束，便要折返天上。人与神，到底是有隔的。云神游览九州四海，体察下情，向世人许诺雨行云施、风调雨顺，是倾囊相授、平易亲近；而云神一开始在迎神仪式里驾着龙车皇皇降临，最后忽然如旋风般上升，重回天上云中，却是威严不凡，是高高在上的尊贵。

神对世人，是施与，是恩赐；世人对神，是景仰，是依赖。祭祀仪式的结尾处，面对云神高贵而决然的离去，人们“思夫君兮太息，极劳心兮忡忡”，无可挽留，只好徒然思念，满心忧伤。

为什么会思念云神，并且愁肠百结呢？这是因为楚地的先民们只知道，风吹云散之际，人的无助、无力会显得格外明晰。若非神的垂怜，他们便撑不过那滴水不降的焦渴季节，无法在广袤无垠的天地间笃定地生存，无法在苍茫渺远的未知面前不被恐惧击倒，不失去希望。

谁都希冀云神永爱世人，永佑人间，可是谁都知道，若不是这世间仍有天灾人祸，云神带来的风调雨顺也就不会那样珍贵，需要用一场又一场盛大的仪式，舞之蹈之，歌之颂之。

湘水女神很生气

在今天的湖南省境内，有一条大河叫湘江，据说是湖南省最大的河流。它的干流全长 844 千米，流域面积 94660 平方千米，流经湖南省永州市、衡阳市、株洲市、湘潭市、长沙市，至岳阳市的湘阴县注入洞庭湖。在战国时代，这条河被称为湘水，位于楚国境内。

古代人遵奉万物有灵的观念，认为山有山神，水有水神。湘水由两名水神主宰，一个为湘君，一个为湘夫人。从名称大家应该就能判断出来，这两位肯定是两口子。有人认为，湘君就是舜帝，湘夫人则是他的妻子，这是怎么回事儿呢？

估计很多同学都听过“湘妃竹”的故事。相传，尧帝知道舜贤明，就将两个女儿娥皇、女英嫁给他，并把帝位也传给了他。舜帝在位 39 年，把天下治理得很好，不料却在南巡时死在途中，被当地人葬在九嶷山。娥皇、女英得知这个消息，千里迢迢赶来寻夫，她们一路哭泣，眼泪洒在洞庭湖君山的翠竹上，竹子上竟然呈现出点点泪斑，有紫色的，有雪白的，还有血红血红的，这便是“湘妃竹”。

故事到这里并未结束，后来娥皇、女英投湘水而死，死后其灵魂就成了湘水女神，被称为湘夫人。按理说，湘夫人应该是两位，但在流传过程中，人们逐渐将她们合并成一位。既然妻子是湘夫人，那么舜自然就成了湘君。

湘夫人千里寻夫，并为他而死，可见他们感情是非常深厚的。

不过，这回她却生丈夫的气了。到底是怎么回事呢？我们一起来看下面这首《湘君》。

湘君

战国·楚·屈原

君不行兮夷犹，蹇谁留兮中洲？美要眇[1]兮宜修，沛吾乘兮桂舟。令沅湘兮无波，使江水兮安流！望夫君兮未来，吹参差兮谁思！

驾飞龙兮北征，邅[2]吾道兮洞庭。薜荔柏兮蕙绸，荪桡[3]兮兰旌[4]。望涔阳兮极浦，横大江兮扬灵。扬灵兮未极，女婵媛[5]兮为余太息。横流涕兮潺湲[6]，隐思君兮陫侧。

桂棹兮兰枻[7]，斲冰[8]兮积雪。采薜荔兮水中，搴芙蓉兮木末。心不同兮媒劳，恩不甚兮轻绝！石濑[9]兮浅浅[10]，飞龙兮翩翩。交不忠兮怨长，期不信兮告余以不闲。

鼂[11]骋骛[12]兮江皋，夕弭节兮北渚。鸟次兮屋上，水周兮堂下。捐余玦兮江中，遗余佩兮醴浦。采芳洲兮杜若，将以遗兮下女。时

bù kě xī zài dé liáo xiāo yáo xī róng yǔ
不可兮再得，聊逍遥兮容与。

①要眇：姿态美好。②邅：绕道。③荪桡：缠绕以荪草的船桨。④兰旌：以兰草为旌旗。⑤婵媛：忧愁悲伤。⑥潺湲：水流淌。⑦兰枻：兰木的船舷。⑧斲冰：波浪翻滚，水花四溅的景象。⑨石濑：沙石间的浅滩。⑩浅浅：水流迅速。⑪鼂：通“朝”，早晨。⑫骋骛：疾驰。

诗题既然是《湘君》，这首诗自然是祭祀湘君的，不过全诗却是以湘夫人的语气写成的，主要写她久盼湘君不来而产生的思念和怨伤。

我们可以将全诗分为四段，第一段写湘夫人乘着小船来到与湘君约会的地点，却不见湘君前来，她在失望中吹起了哀怨的排箫；第二段接着写久等湘君不至，于是湘夫人便驾舟向北前往洞庭湖去寻找，但仍然不见湘君的踪影；第三段写湘夫人失望至极的怨恨之情；第四段补叙出湘夫人浮湖横江从早到晚的时间，并再次强调她最终还是没有见到湘君。

从这首诗中我们可以看来，那时的神不像后世那样，泯灭了凡尘俗人的七情六欲。他们与人一样，有喜怒哀乐，有悲欢离合，有情爱，有血肉。这天，湘夫人盛装打扮，乘舟来到与湘君相约的地点。沅湘的江水非常平静，缓缓流淌，似是不忍惊扰了这场美丽的约会。然而，为悦己者容的湘夫人望断秋水，也不曾等来她殷殷期盼的郎君，她只好吹起排箫，排解思念。箫声呜咽，如泣如诉，思情悠悠如水，绵绵不绝。

如果是在现代，在约会中男方敢迟到，那女孩一定会大发脾气。不过，湘水女神看起来脾气很好，修养很高，虽然失望，但并未立即恼怒，而是选择静静地等待。她穿上华服，用薜荔作帘、蕙草作帐，以香荪为桨、木兰为旌，如凿冰堆雪般划开水波，在滚滚波涛上彷徨，在浅水石滩旁徘徊，将等待和爱意装点得繁盛美好，就连痛苦和伤神，也因为汩汩流淌的水、广阔无垠的江河，而被吟成一支如水的歌。

可是，她吹箫低诉，驾起龙舟北游洞庭，遍寻丈夫，却仍然不见他的踪影，于是她有再好的修养也终于爆发了，她泪如雨下，激愤怨恨，甚至想要抛弃定情的玉环和佩饰。不过，最后她还是再次平静了下来。这一番动人心魄的情思流转，情绪的悱恻辗转，注定是眉梢眼角不可泄露的温柔秘密，兜兜转转，只能回到自身。

这场等待，是她一个人的事。她将爱意变作怨恨，又将怨恨化入更深的爱，独自一人跋涉过情绪的暗影——她的美，爱情的美，她的绝情，爱情的绝望，都只属于她自己。

原来神仙也闹误会

读完前面的诗，你一定会为湘夫人打抱不平。这位湘君也太不像话了，怎么能让爱人等那么久呢？既然已经约定好，男子汉大丈夫，怎么能够爽约呢？即便不去，那也得事先通知一下吧，不要让人家苦苦等待啊！

那么，湘君到底去哪了呢？被什么事耽搁了吗？还是遇到什么危险了吗？诗中竟然一点也没说，真让人着急！先别着急，湘君的行踪就在下面这首《湘夫人》里。

xiāng fū rén
湘夫人

战国·楚·屈原

dì zǐ jiàng xī běi zhǔ mù miǎo miǎo xī chóu yú niǎo niǎo xī
帝子降兮北渚，目眇眇兮愁予。嫋嫋①兮

qiū fēng dòng tíng bō xī mù yè xià bái fán xī chěng wàng yǔ jiā
秋风，洞庭波兮木叶下。白薠②兮骋望，与佳

qī xī xī zhāng niǎo cuì xī pín zhōng zēng hé wéi xī mù shàng
期兮夕张。鸟萃兮蘋中，罾③何为兮木上。

yuán yǒu zhǐ xī lǐ yǒu lán sī gōng zǐ xī wèi gǎn yán huāng hū
沅有茝兮醴有兰，思公子兮未敢言。荒忽
xī yuǎn wàng guān liú shuǐ xī chán yuán mí hé shí xī tíng zhōng
兮远望，观流水兮潺湲。麋何食兮庭中？
jiāo hé wéi xī shuǐ yì zhāo chí yú mǎ xī jiāng gāo xī jì xī xī
蛟何为兮水裔？朝驰余马兮江皋，夕济兮西
shì wén jiā rén xī zhào yú jiāng téng jià xī xié shì
澨④。闻佳人兮召予，将腾驾兮偕逝。

zhù shì xī shuǐ zhōng qì zhī xī hé gài sūn bì xī zǐ tán
筑室兮水中，葺之兮荷盖。荪壁兮紫坛，
jū fāng jiāo xī chéng táng guì dòng xī lán lǎo xīn yí méi xī
匧⑤芳椒兮成堂。桂栋⑥兮兰橑⑦，辛夷楣兮
yào fáng wǎng bì lì xī wéi wéi pì huì mián xī jì zhāng bái yù
药房。罔薜荔兮为帷，擗蕙櫋⑧兮既张。白玉
xī wéi zhèn shū shí lán xī wéi fāng zhǐ qì xī hé wū liáo zhī xī
兮为镇，疏石兰兮为芳。芷葺兮荷屋，缭之兮
dù héng hé bǎi cǎo xī shí tíng jiàn fāng xīn xī wǔ mén jiǔ yí bīn
杜衡。合百草兮实庭，建芳馨兮庑门。九嶷缤
xī bìng yíng líng zhī lái xī rú yún
兮并迎，灵之来兮如云。

juān yú mèi xī jiāng zhōng yí yú dié xī lǐ pǔ qiān tīng zhōu
捐余袂兮江中，遗余褋⑨兮醴浦。搴汀洲
xī dù ruò jiāng yǐ wèi xī yuǎn zhě shí bù kě xī zhòu dé liáo
兮杜若，将以遗兮远者。时不可兮骤得，聊
xiāo yáo xī róng yǔ
逍遥兮容与！

①嫋嫋：微风徐徐吹拂的样子。②白薠：水草名。③罾：用木棍或竹竿做支架的方形渔网。④澨：水边。⑤匧：当为“匊”字形误，即后世的“掬”字。⑥桂栋：桂木做的梁栋。⑦兰橑：木兰做的椽子。⑧櫋：隔扇。⑨褋：无里之衣，即贴身穿的汗衫之类。

这首诗与前一首相对应，题目虽然是《湘夫人》，主人公却是湘君，大意是写湘君企盼湘夫人而其不至，产生的思慕哀怨之情。

从这首诗中，我们才明白，并非湘君违约，而是因为约定时间出现差错，从而产生了误会。

当湘夫人离开约会之地，乘舟北上，在楚地纵横的水路里辗转寻找爱人踪迹时，湘君终于如约而至。他站在洞庭湖的山岸边四望，却望不见她的倩影。

此时此刻，二人分明都怀着无比的深情，企盼见到彼此，却偏偏一人心生怨念、焦灼追寻，一人困惑失望、搔首踟蹰。

秋风阵阵吹来，洞庭湖上波浪翻涌，岸上树叶飘旋，放眼展望，一片空阔苍茫之景渐次铺开。清澈的流水潺潺，时日不知不觉在等待中推移不返，水边泽畔，美好的香草遍地生长，堪比伊人之美。

如此美景当前，若能与美丽的伊人相会，那该是何等的喜悦啊！

若与她相会，应该是在水中央一座别致的宫室内。宫室以碧绿荷叶为顶，用香荪为壁，用紫贝装饰中庭，厅堂上撒满香椒，以玉桂为梁，以木兰为椽，以辛夷为门楣，用白芷点缀房间，以薜荔为帐，蕙草挂上屋檐，以白玉为席，以石兰为屏风，杜衡缠绕四周，总之是一座缤纷、芳香、华美艳丽能够与伊人相配的庭院。

宛在水中央的宫室，自然只是湘君的想象。可是，热恋之人的想象，却因了炽烈的爱意而变得流光溢彩，恍若宝石般璀璨晶莹。若不曾有这场美丽的错过，他怎知欢乐的难得、幸福的虚幻，怎会因一场神奇美妙的想象而确证心底饱满的真情。

可惜，从想象中回过神来，他心爱的神女仍然没有现身。伤心之余，他将情人的赠物扔向江心，却又立刻从水中绿洲采来杜若，打算赠送给自己的恋人。

可以说，《湘君》和《湘夫人》是由一次约会时间上的误差而引出的悲剧，但合起来又是一幕两情相悦、忠贞不渝的爱情喜剧。当他们在耐心平静地相互等待之后终于相见时，这场因先来后到而产生的误会和烦恼一定会在顷刻间烟消云散，迎接他们的将是湘君在幻觉中所感受的那种幸福与欢乐。

掌管生死的大司命

大司命，从名字上我们就可以判断出他的能力，“司”是掌管的意思，“命”即性命，“大司命”自然就是掌管人类性命的神。

掌管人类性命？不就是阎王爷吗！没错，我们也可以把大司命理解成当时楚国的“阎王爷”。不过与阎王爷相比，大司命没有那么可怕，而是一位天神。

前面我们讲湘君的妻子叫湘夫人，那么大司命是不是也有爱人呢？当然有，不过他的爱人却不叫司命夫人，而叫少司命。至于为什么叫少司命，我们将在下面一节讲，现在还是先来看看《大司命》这首诗吧。

dà sī mìng
大司命

战国·楚·屈原

guǎng kāi xī tiān mén, fēn wú chéng xī xuán yún. lìng piāo fēng xī
广开兮天门，纷吾乘兮玄云①。令飘风兮
xiān qū, shǐ dōng yǔ xī sǎ chén.
先驱，使涷雨②兮洒尘。

jūn huí xiáng xī yǐ xià, yú kōng sāng xī cóng rǔ. fēn zǒng zǒng
君迴翔兮以下，踰空桑兮从女③。纷总总
xī jiǔ zhōu, hé shòu yāo xī zài yú!
兮九州，何寿夭兮在予！

gāo fēi xī ān xiáng, chéng qīng qì xī yù yīn yáng. wú yǔ jūn xī
高飞兮安翔，乘清气兮御阴阳。吾与君兮
zhāi sù, dǎo dì zhī xī jiǔ kēng.
斋速，导帝之兮九坑④。

líng yī xī pī pī, yù pèi xī lù lí. yī yīn xī yī yáng,
灵衣兮被被⑤，玉佩兮陆离。壹阴兮壹阳，

zhòng mò zhī xī yú suǒ wéi
众莫知兮余所为。

zhé shū má xī yáo huá jiāng yǐ wèi xī lí jū lǎo rǎn rǎn xī
折疏麻兮瑶华，将以遗兮离居。老冉冉兮

jì jí bù jìn jìn xī yù shū
既极，不寖⑥近兮愈疏。

chéng lóng xī lín lín gāo chí xī chōng tiān jié guì zhī xī yán
乘龙兮辚辚，高驼兮冲天。结桂枝兮延

zhù qiāng yù sī xī chóu rén
伫，羌愈思兮愁人。

chóu rén xī nài hé yuàn ruò jīn xī wú kuī gù rén mìng xī yǒu
愁人兮奈何，愿若今兮无亏。固人命兮有

dāng shú lí hé xī kě wéi
当，孰离合兮可为？

①玄云：黑云。乘玄云即以玄云为车。②涷雨：暴雨。③女：通“汝”，你。④九坑：九州之山。坑，山脊。⑤被被：很长很大的样子。⑥寖：逐渐。

这是一首祭祀大司命的歌舞辞，以大司命和少司命对唱的形式表现出来，前面是大司命的唱词，其中既有他的自述，也有他与少司命的对话。通过这些唱词，描绘出了大司命威严、神秘、忠于职守、督察人间善恶、握有生杀大权的形象。“折疏麻兮瑶华”之后则是少司命的唱词，表达了她对大司命的爱慕与怀念。

天门大开，大司命以龙为马，以云为车，命旋风在前方开路，指使暴雨洗净空中尘埃，盘旋降临人间。这般声势浩大的排场，气壮山河的威严，让人几乎以为从天而降的神祇是主宰一切的天帝。然而，抵达九州大地的神，不过是在天宫位列末班的大司命。只因他掌管人间生死，才被大地上的子民赋予了如此高的威望，如此大的气场。

“纷总总兮九州，何寿夭兮在予”，九州的黎民百姓，谁长寿，谁夭亡，都由大司命来定夺。对凡人而言，还有什么比生死更大的事？与之相比，至高无上的天帝反倒显得过于遥远了。对天帝，人们或许尊崇敬仰；对大司命，人们却是怀着无比的敬惧之心来祭拜的：有尊敬，也有畏惧，一如每个人对生的尊敬，对死的畏惧。

大司命只是“高飞兮安翔”，安闲地高高飞翔，便可“乘清气兮御阴阳”，乘着清明之气驾驭阴阳，凭借着万物阴阳生成之理，执掌生死存亡。这便是天命，看不见，摸不着，触碰不到，无可把握。在天命面前，人类如此渺小。那样一种存在于天地之间的未知而强大的力量，轻易便可以翻转每个人的命运与生死，毫无道理可讲。

生死，终究不可避免，人的寿命自有定数，不可能长过天地永恒。正因为如此，每一个个体，每一段生命的旅程，才变得不可替代，贵重如斯。楚国先民在与自然做斗争的过程中，既观照了草木的零落，也观照了自我的衰亡。他们将自己生死无常、寿夭不齐的抽象思考，塑造成为具体可感的大司命的形象，并在迎神、送神的过程中寄托了自己长生不老的愿望。这就是《九歌·大司命》的原始意图。当诗人屈原利用这一形式抒发情感的时候，他则是在人神离合的情节中，寄寓了自己君臣离合变化的情思和希冀，以及追求不得的失落与惆怅。

这位“送子娘娘”没听过

不知道大家听没听说过“送子娘娘”，如果没听过的话，可以问问家里的老人，他们一定知道。从称呼我们应该就能判断，这位“送子娘娘”是专管生育的神仙。过去人们迷信，如果女子结婚以后长期不生育，就会跑去求一求“送子娘娘”，从庙里买个泥娃娃回家，这就叫作“拴娃娃”。

担任“送子娘娘”这个职务的神仙有很多，最古老的应该是女娲娘娘。我们都知道“女娲造人”的神话，所有人都是她造出来的，“送子”的任务当然归她管；后来道教兴起，这份工作就转给碧霞元君了，据说她是泰山之女，所以又称为“泰山娘娘”“泰山老奶奶”；佛教兴起后，又有了“送子观音”，人们把送子的重任又交给了大慈大悲的观音菩萨。此外，还有“金花娘娘”“花婆圣母”等负责某一区域的送子任务。

在战国时代的楚国，也有一位“送子娘娘”，她就是我们前面提到的“少司命”。其实，大家可以想象得到，她的丈夫大司命负责人的死亡，那么她负责生育应该也是顺理成章的。另外，从名称来看，“少”就是小的意思，“司命”就是掌管生命，合起来就是“掌管小孩的生命”，也就是生育。不过，随着文化的发展，这位“送子娘娘”早已经在现实生活中消失，只存在于《楚辞》中，所以民间老百姓对她并不熟悉。

闲话少说，咱们一起来看看这位曾经的“送子娘娘”到底是啥样的吧。

shào sī mìng
少司命

战国·楚·屈原

qiū lán xī mí wú luó shēng xī táng xià lǜ yè xī sù zhī
秋兰兮麋芜[1]，罗生兮堂下。绿叶兮素枝，
fāng fēi fēi xī xí yú fú rén zì yǒu xī měi zǐ sūn hé yǐ xī chóu
芳菲菲兮袭予。夫人自有兮美子[2]，荪何以兮愁
kǔ
苦？

qiū lán xī qīng qīng lǜ yè xī zǐ jīng mǎn táng xī měi rén
秋兰兮青青，绿叶兮紫茎。满堂兮美人，
hū dú yǔ yú xī mù chéng
忽独与余兮目成。

rù bù yán xī chū bù cí chéng huí fēng xī zài yún qí bēi mò
入不言兮出不辞，乘回风兮载云旗。悲莫

bēi xī shēng bié lí　lè mò lè xī xīn xiāng zhī
悲兮生别离，乐莫乐兮新相知。

hé yī xī huì dài　shū ér lái xī hū ér shì　xī sù xī dì
荷衣兮蕙带，儵③而来兮忽而逝。夕宿兮帝
jiāo　jūn shuí xū xī yún zhī jì
郊，君谁须兮云之际？

yǔ rǔ yóu xī jiǔ hé　chōng fēng zhì xī shuǐ yáng bō　yǔ rǔ mù
与女游兮九河，冲风至兮水扬波。与女沐
xī xián chí　xī rǔ fà xī yáng zhī ē　wàng měi rén xī wèi lái
兮咸池，晞④女发兮阳之阿。望美人兮未来，
lín fēng huǎng xī hào gē
临风怳⑤兮浩歌。

kǒng gài xī cuì jīng　dēng jiǔ tiān xī fǔ huì xīng　sǒng cháng
孔盖兮翠旍⑥，登九天兮抚彗星。竦⑦长
jiàn xī yōng yòu ài　sūn dú yí xī wèi mín zhèng
剑兮拥幼艾，荪独宜兮为民正。

①蘼芜：香草名。②美子：对他人子女的美称。③儵：迅速。④晞：晒干。⑤怳：心神不宁。⑥翠旍：用翡翠鸟羽毛做成的旌旗。⑦竦：执。

这是一篇祭祀少司命的歌舞辞，与前一篇《大司命》是相连的，少司命和大司命都已经在场，所以并没有下神、迎神的环节。不过，本篇的宾主关系和上一篇是相反的，《大司命》的后半段是女巫以少司命的口吻所唱，因此本篇开头便是男巫以大司命口吻赞颂少司命。

在前一篇中，少司命反复表现出愁苦的心情，所以本篇一开头大司命就说："夫人自有兮美子，荪何以兮愁苦？"意思是说："人们自有他们的好儿好女，你为什么要如此忧心忡忡呢？"对此，少司命虽以"悲莫悲兮生别离"作答，却立刻接续了一句"乐莫乐兮新相知"。悲哀固然难以避免，快乐也同样不请自来。

身为掌管人间子嗣的神，少司命每一次来到人间，都会遇到许多参加迎神祭祀的妇女，她们怀抱着繁衍子嗣的良好愿望，向

神祇祈求，而少司命也会对此心领神会，尽量满足她们的心愿。女神少司命的多情，让人与神在虔心祈祷的瞬间心灵相通。这个过程，对人间的女子而言，自然是一份难得的福祉，对天上的少司命而言，也是无限欢喜。

有相知便有别离，有别离，也就必定会有新的相知，正如有生就有灭，有悲伤就有喜乐，一切都是自然，都是必然。正如女神少司命身上，既有对待大司命时的温柔体贴，一往情深，亦有手持长剑守护儿童之时的凛然和坚毅。

生命的哀伤无可回避，但每个人都可以在生命的哀伤之后，为自己找回希望。若将生命里所有的缺失、遗憾，看作在此之后乍然降临的惊喜和欢悦的见证，人生或许也会因此精彩、美丽得多。

驾龙车的太阳神

问大家一个问题：古希腊神话中的太阳神叫什么名字？

我相信，百分之八十的人会回答“阿波罗”。这个答案当然是错误的，阿波罗是预言与光明之神，真正的太阳神其实是赫利俄斯。大家之所以会有这个知识的误区，是因为在古希腊神话晚期，阿波罗有了太阳神属性，后世的一些诗人和戏剧家甚至让他取代赫利俄斯成为太阳神。不过，后世的这些文学作品并不是希腊神话，所以希腊神话中正统的太阳神仍然是赫利俄斯。

对于古希腊的太阳神争夺战咱们可别抱有嘲笑的态度，因为中国的太阳神至少有五位呢，他们分别是羲和、炎帝、日主、东君、太阳星君，其中羲和还是一位太阳女神，传说中的十个太阳就是她生出来的。不过，这里要讲的是当时楚国的太阳神——东君。

在古希腊神话中，太阳神赫利俄斯是一个高大魁伟、英俊无须的美男子，身披紫袍、头戴光芒万丈的金冠。他每天驾着四匹火马拉的太阳车划过天空，给世界带来光明。说起来，咱们的东君跟赫利俄斯还真有几分相似呢，下面我们就一起来学习《九歌·东君》，大家不妨比较一下，到底像不像。

dōng jūn
东君

战国·楚·屈原

tūn jiāng chū xī dōng fāng, zhào wú jiàn xī fú sāng. fǔ yú mǎ xī ān qū, yè jiǎo jiǎo xī jì míng.

暾①将出兮东方，照吾槛②兮扶桑。抚余马兮安驱，夜皎皎兮既明。

jià lóng zhōu xī chéng léi, zài yún qí xī wēi yí. cháng tài xī xī jiāng shàng, xīn dī huí xī gù huái. qiāng shēng sè xī yú rén, guān zhě dàn xī wàng guī.

驾龙辀③兮乘雷，载云旗兮委蛇④。长太息兮将上，心低佪兮顾怀。羌声色兮娱人，观者憺兮忘归。

gēng sè xī jiāo gǔ, xiāo zhōng xī yáo jù. míng chí xī chuī yú, sī líng bǎo xī xián kuā. xuān fēi xī cuì zēng, zhǎn shī xī huì wǔ. yìng lǜ xī hé jié, líng zhī lái xī bì rì.

緪瑟⑤兮交鼓，箫钟兮瑶⑥簴⑦。鸣篪⑧兮吹竽，思灵保⑨兮贤姱⑩。翾飞兮翠曾⑪，展诗兮会舞。应律兮合节，灵之来兮蔽日。

qīng yún yī xī bái ní cháng, jǔ cháng shǐ xī shè tiān láng. cāo yú hú xī fǎn lún jiàng, yuán běi dǒu xī zhuó guì jiāng. zhuàn yú pèi xī gāo chí xiáng, yǎo míng míng xī yǐ dōng xíng.

青云衣兮白霓裳，举长矢兮射天狼。操余弧兮反沦降，援北斗兮酌桂浆。撰余辔兮高驼⑫翔，杳冥冥兮以东行。

①暾：形容旭日初升的样子。②槛：栏杆。③龙辀：龙驾的车。④委蛇：飘动舒卷的样子。⑤緪瑟：张紧瑟上的弦。⑥瑶：使动摇。⑦簴：悬挂钟磬的木架两侧的立柱。⑧篪：古代管乐器的一种。

⑨灵保：神巫。⑩贤姱：贤且美。⑪曾：举起翅膀。⑫驼：通“驰”，驰翔。

当远古的人类孤独地站立于苍茫天地之间，仰望头顶那轮光芒万丈、明亮温暖的太阳时，心底充满敬畏、崇拜。生命的诞生，万物的生长，皆离不开太阳。所以，对太阳的歌颂，对太阳神的祭拜，几乎是古今中外一个永恒的主题。

在先秦时期的楚地，先民们想象东方的天空有一位太阳神东君，每日驾着天马和太阳之车，由东至西不疾不徐地行驶，把光与热遍洒人间。

这位神祇是如此慷慨无私，山川大地，九州四海，无不受到他的照拂；这位神祇还如此多情，白日将尽，黑夜来临，他竟然为此“长太息兮将上”，叹息自己即将飞升上天，回到自己的栖息之所，不能再徘徊于人间，为天地带来光明，继续履行这神圣的职责，因而“心低佪兮顾怀”，内心充满眷念彷徨。

他陶醉于驾起龙车时车马轰隆作响的声音，和飘动的绚丽云旗所带来的快感；陶醉于为人间带来一切希望和力量的荣耀，以至于乐而忘返。

为什么呢？人间迎祭太阳神的场面是这样盛大热闹，人们弹起琴瑟，敲起钟鼓，奏篪吹竽，轻盈起舞，应律而歌，众神闻声，遮天蔽日纷纷降临。无论天上人间，生命本就该这样肆意纵情。掌管生命之源、光明之源的神祇，更应当雍容英武，有崇高的博爱，有炽热的情怀，为自己、也为人间带来无上的福祉。

太阳神东君眷念着人间万物，以至于在暮色降临之后，在黑夜的天空里，仍旧继续为人类工作着。他举起长箭，去射那贪婪成性、欲霸占他方的天狼星，操起天弓，阻止灾祸降到人间；然后以北斗为壶，斟满桂花美酒，向大地倾倒，赐下福祉，随后驾着龙车继续前行，直至夜色褪下它黑色的皮肤，晨光熹微，光明再度普照天地。

这一番描绘，当真大气。试想，除了君临天下的太阳神，还有谁能够射杀天狼，以北斗斟酒？辽阔的天地，无际的星辰，成了太阳神东君小试身手的背景。而这位神祇，心中真正挂念的却是脚下的九州大地，人间万物。白天，他驾驭太阳，大放光彩；黑夜，他收敛光芒，却仍为护佑人间而战，为人类赐福，这般多情醇厚的神，难怪楚人祭拜他时，最为虔诚热烈，难怪屈原也为他写下最华美的祭词。

山鬼并不是鬼

如果我们将《楚辞》中的名句做一个排行榜，看看哪句人们最熟悉，相信前十名当中一定有“若有人兮山之阿，被薜荔兮带女罗”。不过，很多人对这句大概只是“略有耳闻”，或者说“有点印象”，至于其中的意思则模模糊糊，而出自哪一篇也完全不知道。

我现在可以告诉大家，这两句出自《九歌·山鬼》。看到这里，你可能会吓一跳：“什么？山鬼？好可怕啊。”先别急着害怕，其实山鬼并不是山里的鬼，而是山神，她还是一名婀娜多姿的女神呢，一点也不可怕。

下面，我们就一起去拜访这位漂亮的女神吧。

山鬼（shān guǐ）

战国·楚·屈原

若（ruò）有（yǒu）人（rén）兮（xī）山（shān）之（zhī）阿（ē），被（pī）薜（bì）荔（lì）兮（xī）带（dài）女（nǚ）罗（luó）。既（jì）含（hán）睇（dì）①兮（xī）又（yòu）宜（yí）笑（xiào），子（zǐ）慕（mù）予（yú）兮（xī）善（shàn）窈（yǎo）窕（tiǎo）。

chéng chì bào xī cóng wén lí xīn yí chē xī jié guì qí pī shí
乘赤豹兮从文狸，辛夷车兮结桂旗。被石
lán xī dài dù héng zhé fāng xīn xī wèi suǒ sī yú chǔ yōu huáng xī
兰兮带杜衡，折芳馨兮遗所思。余处幽篁②兮
zhōng bú jiàn tiān lù xiǎn nán xī dú hòu lái
终不见天，路险难兮独后来。

biǎo dú lì xī shān zhī shàng yún róng róng xī ér zài xià yǎo
表独立兮山之上，云容容兮而在下。杳
míng míng xī qiāng zhòu huì dōng fēng piāo xī shén líng yù liú líng
冥冥兮羌昼晦，东风飘兮神灵雨。留灵
xiū xī dàn wàng guī suì jì yàn xī shú huā yú
修③兮憺④忘归，岁既晏⑤兮孰华予⑥。

cǎi sān xiù xī yú shān jiān shí lěi lěi xī gé màn màn yuàn gōng
采三秀兮于山间，石磊磊兮葛蔓蔓。怨公
zǐ xī chàngwàng guī jūn sī wǒ xī bù dé xián
子兮怅忘归，君思我兮不得闲。

shān zhōng rén xī fāng dù ruò yǐn shí quán xī yìn sōng bǎi jūn
山中人兮芳杜若，饮石泉兮荫松柏。君
sī wǒ xī rán yí zuò léi tián tián xī yǔ míng míng yuán jiū jiū xī
思我兮然疑作，雷填填兮雨冥冥，猨啾啾兮
yòu yè míng fēng sà sà xī mù xiāo xiāo sī gōng zǐ xī tú lí yōu
又夜鸣。风飒飒兮木萧萧，思公子兮徒离忧。

①含睇：含情而视。②幽篁：幽深的竹林。③灵修：对爱人的尊称。④憺：安乐。⑤晏：晚。⑥华予：使我如花开般美丽。

这是一首迎神诗，迎接的对象自然是被称作“山鬼”的山神。按照先秦及汉代的祭祀礼俗，巫师降神必须先将自己装扮得与神灵的相貌、服饰相似，这样神灵才肯“附身”受祭。同时，由于山鬼属于“山川之神”，不降临祭祀现场，因此要装扮成山鬼模样的女巫入山迎接神灵。

本诗一开头，在云气缥缈、雾霭迷离的山林间，身披薜荔石兰、腰束女萝杜衡的女巫行走在迎神的路上，窈窕身姿若隐若现，动人眼波微微流转，仿佛脉脉含情，笑靥嫣然，在她清秀美好的面

庞上如花绽放。

“既含睇兮又宜笑”，只此一句，便将女巫清新鲜翠、恍若清晨新露的气质写活于眼前，堪与《诗经·硕人》里“巧笑倩兮，美目盼兮”的美人庄姜比肩。女巫迎的神是山鬼，迎山川之神，与通常的祭神仪式不同，不是在祭殿等待神灵降临，而是需要巫女入山迎接，献上祭品。

山鬼行踪缥缈，不会轻易现身，所以女巫要将自己装扮得靓丽华美，以吸引神女附身，她甚至还模仿山鬼的口吻：“子慕予兮善窈窕。”你看，我这样美好，你是不是很羡慕？如此直爽可爱的自夸自赞，恰恰贴合了山鬼自由活泼、调皮开朗的性格。不知那位神龙见首不见尾的山林神女听了，会有怎样会心的欢喜。

开着笔尖状花朵的辛夷、芬芳的桂枝，装饰着车帐，女巫手拈花枝，乘着赤豹，身后跟随着斑斓花狸，沿着曲折山隈走来，这真是一次绚丽、欢快、热闹的迎神之旅。可是，这座山实在太过陡峭险峻，密林太过幽深昏暗，以至于女巫错失了迎接山鬼的时机。她焦急地寻觅山神的身影，登上高山之巅俯瞰脚下深林，可是脚下云雾溶溶，遮蔽了视野；在幽暗的深林四处搜索，但是林中古木参天，遮挡了阳光，让白昼也如同黑夜般暗淡。

那山间飘旋的东风，飞洒的细雨，莫非全是神灵所降？但为何她不肯露面？我们祭祀山灵，不就是想求得护佑和福祉？如今她不现身，还有谁能够使我们在年华渐老时永如花艳，青春常驻？

念及迎神失败，无法得到神灵的庇佑，女巫不禁对山鬼生出哀怨，“怨公子兮怅忘归”，你为何没有到来？难道“君思我兮不得闲”？你看我今日打扮得像杜若一样芬芳美丽，为何你不肯出现？

仿佛是为呼应女巫的心情，雷声滚滚，风雨蒙蒙，猿啼阵阵，穿透沉沉夜幕，整座山林更显幽暗凄凉。起初，她拈着花枝，乘着赤豹，在何等欣喜和欢悦的氛围里，何等绚丽多姿的排场下走来，如今，却要满怀思念和哀愁离去。

“思公子兮徒离忧”，对神灵的思念和期盼，何尝不是人类对自己的垂怜：人生的烦恼和惆怅这么多，生命的悲哀无从化解，身为人类，如此渺小。女巫发出哀音阵阵，或许，是因为“古人‘以哀音为美’，料想神灵必也喜好悲切的哀音”，他们盼着这份悱恻哀思，能够引来神灵的怜悯，赐给世人恒久的福祉。

为楚国死难将士献祭

虽然山鬼不是真的鬼，但三闾大夫的职责除了祭神，确实还包括祭祀鬼魂。对于这一点，从我们前面介绍的《招魂》中便可见一斑。《招魂》招的是国君楚怀王的亡灵，那么在战争中死难的将士们的亡灵呢？当然也得由屈原来祭奠。

如我们所知，屈原生活在楚怀王和楚顷襄王时代。当时秦国经过商鞅变法，在战国七雄中后来居上，扩张势头咄咄逼人，楚国便成为其攻城略地的主要对象之一。从公元前313年起，楚国和秦国发生多次战争，全部都是秦胜而楚败，死在疆场的楚国将士不计其数。古代将尚未成年（不足20岁）而夭折的称为殇，也用以指未经丧礼的无主之鬼。作为战败的一方，没有人替那些战死的楚国将士操办丧礼，因此他们也就只能成为“无主之鬼”。为此，作为三闾大夫的屈原，统一为他们举办丧礼进行祭祀，而祭辞被后人选入《九歌》之中，名为《国殇》。

guó shāng
国 殇

战国·楚·屈原

cāo wú gē xī pī xī jiǎ, chē cuò gǔ xī duǎn bīng jiē。 jīng
操吴戈兮披犀甲，车错毂兮短兵接。旌

bì rì xī dí ruò yún shǐ jiāo zhuì xī shì zhēng xiān líng yú zhèn
蔽日兮敌若云，矢交坠兮士争先。凌余阵
xī liè yú xíng zuǒ cān yì xī yòu rèn shāng mái liǎng lún xī
兮躐①余行②，左骖③殪④兮右刃伤。霾两轮兮
zhí sì mǎ yuán yù fú xī jī míng gǔ tiān shí zhuì xī wēi líng
絷⑤四马，援玉枹⑥兮击鸣鼓。天时坠兮威灵
nù yán shā jìn xī qì yuán yě
怒，严杀尽兮弃原野。

chū bú rù xī wǎng bù fǎn píng yuán hū xī lù chāo yuǎn dài
出不入兮往不反，平原忽兮路超远。带
cháng jiàn xī xié qín gōng shǒu shēn lí xī xīn bù chéng chéng jì yǒng xī
长剑兮挟秦弓，首身离兮心不惩。诚既勇兮
yòu yǐ wǔ zhōng gāng qiáng xī bù kě líng shēn jì sǐ xī shén yǐ
又以武，终刚强兮不可凌。身既死兮神以
líng zǐ hún pò xī wéi guǐ xióng
灵，子魂魄兮为鬼雄。

①躐：践踏。②行：军队的行列。③骖：古时用四匹战马牵一辆战车，左右两旁的马叫骖。④殪：死亡。⑤絷：拴住马足。⑥枹：鼓槌。

正如我们前面所讲，这是屈原为哀悼死难爱国将士作的乐歌，可以将其分为两节，前面一节是描写在一场短兵相接的战斗中，楚国将士奋死抗敌的壮烈场面；后一节主要是颂悼他们为国捐躯的高尚志节。

从第一节“旌蔽日兮敌若云”一句可知，这是一场敌众我寡的殊死战斗。当敌人来势汹汹、冲乱楚军战阵时，楚国将士们仍然个个奋勇争先。只见战阵当中有一辆主战车冲了出来，这辆原本由四匹马拉的大车，虽然左外侧的骖马已中箭倒毙，右外侧的骖马也被砍伤了，但车上的人却将战车的两个轮子埋进土里，笼住马缰，举起玉槌擂响了进军的战鼓。一时间，杀声阵阵，引得老天爷也跟着威怒起来。等到杀气散尽，战场上却只留下了一具具尸体，静卧荒野。

人生短暂，如同晨曦中的一滴露珠，在第一道阳光的温暖下，就会转瞬消逝。生于乱世，不知何时就会埋于无名之地。乱世中人往往也将生死看得淡了。听鼓角争鸣，望烽火边城，策马扬鞭，一骑绝尘，青春的渴慕与热盼都是战死沙场，报答家国双重恩。谁不知道远赴战场既辛苦又危险呢，但是保家卫国是每一个男人责无旁贷的使命，纵然战死疆场，留下一堆白骨，也誓死不悔。

屈原想到他们自加入军队，披上战甲的那一日起，便再也不能全身而退，想到最终他们手握兵器安静地躺在杀气散尽的荒野之上，简直不能抑制心中热烈激昂的感情，他忍不住要用最美好的事物来赞美他们：他们拿着吴地出产的最锋利的戈矛，秦地出产的最强劲的弓箭，披着犀牛皮制成的盔甲，握着有美玉嵌饰的鼓槌；同时，他还将最好的形容词给了他们“首身离兮心不惩，诚既勇兮又以武，终刚强兮不可凌，身既死兮神以灵，子魂魄兮为鬼雄”，他们即使身首分离也无所畏惧，他们英勇果敢、武艺超凡、永远刚强、不可凌犯，生时是人杰，死后亦为鬼雄。

在楚国灭亡之后，楚地流传过这样一句话：“楚虽三户，亡秦必楚。”屈原此作在颂悼阵亡将士的同时，也隐隐表达了对洗雪国耻的渴望，从这一点来说，他的思想与楚国广大人民息息相通。作为一位伟大诗人，他所写的不仅是个人的悲欢，他所写的一系列作品，道出了楚国人民热爱家国的心声。

《楚辞》里最短的诗

如果问大家，《楚辞》当中最长的诗是哪一首，相信很多同学都能毫不犹豫地说出正确答案《离骚》。可是，你知道《楚辞》当中最短的诗是哪一首吗？不知道不要紧，我现在告诉你，它就是下面要进的《礼魂》。

在先秦古诗中，有很多奇特的短诗，如《女承筐》有10个字：“女承筐，无实；士刲羊，无血。”《弹歌》只有8个字：“断竹，续竹；飞土，逐宍。”《乘马》也只有8个字：“乘马班如，泣血涟如。”《侯人歌》甚至只有短短4个字：“侯人兮猗。”

当然，《礼魂》还没有那么短，它总共有27个字，相比于2500字的《离骚》来说，简直就是蚂蚁站在大象面前了。为前面那些长诗而苦恼的你，看了这首诗应该松一口气了吧。

下面，我们就一起来看看这首《楚辞》中最短的诗吧。

lǐ hún
礼魂

战国·楚·屈原

chéng lǐ xī huì gǔ chuán pā xī dài wǔ kuā nǚ chàng xī róng yǔ
成礼①兮会鼓②，传芭③兮代舞，姱女④倡⑤兮容与。

chūn lán xī qiū jú cháng wú jué xī zhōng gǔ
春兰兮秋菊，长无绝兮终古。

①成礼：指祭祀之礼完毕。②会鼓：急疾击鼓，鼓点密集。③传芭：舞者手持香草，相互传递。芭，通“葩”，一种香草。④姱女：美丽的女子。⑤倡：领唱。

对于这首诗，从题目到内容历来都有很大争议。目前，有一种观点得到了较为广泛的认可，此观点认为《礼魂》是通用于前面十篇祭祀各神之后的送神曲，由于送的不只是神还包括人鬼，因此称“礼魂”而不称“礼神”。

事实上，屈原《九歌》所描绘的这一场场祭神之礼、娱神之式，何尝不是楚人犒劳自己、娱乐自己的仪式？《东皇太一》中“灵偃蹇兮姣服，芳菲菲兮满堂”的欢快热闹的祭神场景，《云中君》里“灵连蜷兮既留，烂昭昭兮未央”的神祇流连不去的灿烂景象，

《东君》中“翾飞兮翠曾，展诗兮会舞”的流光溢彩的神巫之舞，体现的自然是人对神的礼敬和崇仰，却也是人的自我陶醉，自顾自地欢娱，自己赐予自己的狂欢。

神的威严，来源于人对自然和生命的敬畏。神的多情，也是人的多情。

当祭神的仪式接近尾声，人们会敲起密集的鼓点，一边互相传递花朵，一边轮番地跳起舞，美丽的女子齐声歌唱，歌声舒缓从容，就这样热烈而隆重地将降临人间的神祇送走。送神之时，神对人间难免眷恋彷徨，人对神祇也依依不舍，仪式仍然庄重欢快、华丽热闹，唯其如此，才更显出人神之间的情深义重。

所有人都希望这场迎神、敬神的仪式可以恒久地热闹下去，永无终结之日；希望神祇常驻人间，享用人们的供奉，聆听人们心底的渴盼和期冀，为人间驱赶灾厄，摒绝痛苦；希望春日供以兰，秋天供以菊，以时令之花把美好的愿望告于众神，让这美好的生活日日如此，岁岁如此，“长无绝兮终古”——人们之所以创造出神祇，耗费人力财力和心血举办祭祀神灵的仪式，向自己创造出来的神祈福祷告，目的无非是愿春兰与秋菊，从此长无绝。

春兰与秋菊，如所有的芳美香草一般，年复一年地凋谢，却又年复一年地再度新生。它们在每一个季候里绽放，燃烧自己最美的芳华，如同一个人尽情生活，尽情燃烧自己有限的生命，只为不负此生。

人们总是将散发着郁郁生机的芳草供奉在祭台之上，仿佛将整个南国大地的勃勃生命力都化入一场永恒的祈求：但求千秋万代生生不息。

美好的时光，美好的愿望，美好的生活。正是对一切美好事物的向往和追求，让先民们一步步跋涉过未知的黑暗和恐惧，一点点消融掉生命固有的痛苦与悲哀，坚韧而毅然地活了下来，并且创造出璀璨的艺术和文明，泽被后世。

第三章　神话传说

屈原为啥喜欢神话

作为一个文明古国，中国在各个领域都有傲视群雄的资本，但是神话方面却是个很大的弱项，与丰富多彩的古希腊神话、古印度神话相比，简直让人觉得有些惭愧，甚至有人曾提出“中国无神话”的谬论。

中国当然有神话，甚至内容也很丰富，只是没有像古希腊那样被系统而完整地保存下来。这些神话素材只剩下一些零星的片段，东一处西一处散落在古书当中，而《楚辞》便是其中之一。

《楚辞》当中有大量的神话，主要集中在屈原的作品里。在本章，我就给大家详细介绍一下屈原作品里的神话故事。不过在此之前，我们还得弄明白一个问题：为什么屈原那么喜欢神话？在回答这个问题之前，我们先来回答另一个问题：保存神话最集中、最丰富的是哪一部古书？答案是《山海经》。

《山海经》和《楚辞》有关系吗？当然有。鲁迅先生称《山海经》是“古之巫书”，换句话说，也就是说《山海经》是一部“巫师必读手册”，他的观点得到了很广泛的认同。又据专家考证，《山海经》是由战国中后期的楚国人所作。为什么是楚国人呢？因为“楚地巫风盛行”。

看到这里大家应该明白了吧？作为楚国三闾大夫、主管祭祀的屈原，不可能与《山海经》毫无关系，如果《山海经》出现在他之前，那么他手上就必然会有一部，甚至那就是他作为“大巫师”的必读书；如果出现在他之后，那必然也从他的诗作中搜集了素材；甚至有人提出，最早的《山海经》可能就是屈原整理编写的，不过这一点并没有实证，只不过是大家的推测。不管怎么说，屈原作品中提到的很多神话内容都可以和《山海经》相互印证。

从前一章关于《九歌》的学习中，我们知道，屈原受当时楚国巫文化的影响很深，那些高大的神灵不仅是他祭祀的对象，也是他崇拜的对象。正是由于他的诗歌流传，才使我们的神话宝库更加丰富。

在屈原的作品中，神话素材最集中的是《天问》。所谓“天问”，也就是“问天”，即向老天爷发问，屈原在开篇就将我们带入了一个天地创立、宇宙形成的宏伟视野。

tiān wèn
天问（节选一）

战国·楚·屈原

yuē suì gǔ zhī chū shuí chuán dào zhī shàng xià wèi xíng hé yóu kǎo zhī
曰：遂①古之初，谁传道之？上下未形，何由考之？

míng zhāo méng àn shuí néng jí zhī píng yì wéi xiàng hé yǐ shí zhī
冥昭瞢暗②，谁能极之？冯翼③惟像，何以识之？

míng míng àn àn wéi shì hé wéi yīn yáng sān hé hé běn hé huà
明明暗暗，惟时④何为？阴阳三合⑤，何本何化？

yuán zé jiǔ chóng shú yíng dù zhī wéi zī hé gōng shú chū zuò zhī
圜⑥则九重，孰营度之？惟兹何功⑦，孰初作之？

……

九天之际，安放安属？隅隈多有，谁知其数？

天何所沓[8]？十二焉分？日月安属？列星安陈？

出自汤谷[9]，次于蒙汜[10]。自明及晦，所行几里？

夜光何德，死则又育[11]？厥利维何[12]，而顾菟[13]在腹？

①遂：通“邃”，远。②瞢暗：混沌不明貌。③冯翼：混沌空蒙貌。冯，通“凭”，满。④时：通“是”，这样。⑤三合：参错相合。三，通“参”。⑥圜：同“圆”，指天。⑦功：同“工”，工程。⑧沓：会合，指天地相合。⑨汤谷：即旸谷，日出的地方。⑩蒙汜：神话中太阳止息的地方。⑪死则又育：指月亮的缺和圆。⑫利：借为“黧”，黑色，指月中黑影。⑬顾菟：月中的兔名。菟，即“兔”。

“请问：亘古最初的形态，是谁传承告诉后人的？天地还没有成形的时候，这个时期凭什么考证？幽冥晦暗、日夜不分之时，谁能够将它考察明白？宇宙混沌一片，只有虚拟之‘像’，要如何才能知晓这个道理？开天辟地，昼夜分明，什么时候演化成这样？阴阳两极交互，生而万物，何为基础，又孕育何物？都说天外九重天，谁丈量过这个距离？这样恢宏的工程，起初又是谁来完成？

……

“四面八方的浩渺天际，何处依存？何处连接？曲折的角落数不胜数，这个数量谁又能数得清？天地在哪个地方开始会合？黄道天体又如何分为十二区？日月如何依附于天上而不坠落？群星又如何排列得井然有序？太阳从旸谷出发，在蒙水河边栖息。这朝发夕落的过程，它又奔驰了多少里？月亮啊月亮，你何德何能，可以有那生生不息的圆缺？你上面黑色之物又是什么？难道真有一只玉兔在那里？”

天地到底是谁创造的、怎么创造的呢？这个问题只能由神话来回答，大家首先想到的一定是“盘古开天辟地”的故事。其实，这个故事形成的时间很晚，直至三国时徐整作《三五历纪》才出现。“盘古开天辟地”的故事恰恰回答了屈原在《天问》中关于天地创造的提问，显然不能否认徐整在编写这个故事时对《天问》进行了借鉴。当然，除此之外他还吸收了南方少数民族中“盘瓠”的传说。

虽然大家对“盘古开天辟地”的故事应该都很熟悉，我这里还是要做一个简述，大家可以将其对照《天问》原文来进行学习。

很久很久以前，天和地还没有分开，宇宙混沌一片，好像个大鸡蛋。盘古就在这混沌之中，一直睡了一万八千年。

有一天，盘古突然醒了。他见周围一片漆黑，感到很生气，伸手摸到一把大斧头，于是就抡起来朝眼前的黑暗猛劈过去。只听一声巨响，混沌一片的东西渐渐分开了。那些轻而清的东西，缓缓上升，变成了天；重而浊的东西，慢慢下降，变成了地。

天和地分开之后，盘古担心它们会再合拢，于是就头顶着天，脚蹬着地，站在当中。天每天升高一丈，地每天加厚一丈，盘古也随之越长越高。这样不知过了多少年，天和地逐渐成形了，盘古也倒了下去。

盘古倒下去以后，身体发生了巨大变化：他呼出的气息变成了风和云，他发出的声音化作了隆隆雷声，他的双眼变成了太阳和月亮，他的手足和身躯变成了大地的四极和五方的名山，他的血液变成了江河，他的筋脉变成了道路，他的肌肉变成了田土，他的头发和胡须变成了天上的星星，他的肌肤变成了辽阔的大地，他的汗毛变成了花草树木，他身上出的汗变成了雨露和甘霖。总之，盘古用整个身体使新生的世界变得丰富而美丽。

女娲娘娘的故事

天地是由盘古创造出来的，那么人类又是怎么出现的呢？这时，女娲娘娘就登场了。根据我们现有的神话资料，女娲娘娘的伟大功业有很多，其中最重要的有两个，一个是“造人”，另一个是“补天”。

为了便于大家理解与掌握，我先将关于女娲娘娘的故事简单介绍一下，然后再列出《楚辞》原文，对照故事与注释对原文进行解析。本章后面的小节，也都采取这个模式。

据说，盘古天地开辟之后，虽然大地上已经有了山川草木以及鸟兽鱼虫，但是没有人类。行走在这片土地上的女娲不免有些寂寞，她觉得这世界好像缺少点什么，但是缺少什么呢？有一天，她颓然地坐在一个池塘旁边，茫然地对着池塘中自己的影子。这时，一片树叶飘落池中，静止的池水泛起了小小的涟漪，使她的影子也微微晃动起来。突然，她觉得自己心头的死结解开了，原来是因为世界上缺少一种像她一样的生物。

想到这儿，她马上用手在池边挖了些泥土，往里加了点水，照着自己的影子捏了起来。捏着捏着，她竟然捏成了一个小小的东西，模样与女娲差不多，也有五官七窍，双手两脚。说来也很神奇，当女娲把这个泥娃娃往地面上一放，这个小东西就有了生命——眼睛睁开了，嘴巴张开了，手舞足蹈，活蹦乱跳。

女娲一见这情景，满心欢喜，接着又捏了许多，并把这些小东西叫作“人”。

这些可爱的小人围绕在女娲娘娘身边，跳跃并欢呼着，表达对她赋予自己生命的敬爱和感激之情。然后，他们就或单独、或成群地散开了，分布到广阔无垠的原野的各个地方。

当人类繁衍起来后，也不知过了多久，忽然遇到一场大劫难：水神共工和火神祝融打来了。这两位神仙从天上一直打到地下，闹得到处都不安宁，最终祝融胜了，但失败的共工不服，一怒之下，头撞不周山。

这不周山原来是一根撑天的大柱子，经水神这一撞，竟然崩裂了！天倒下了半边，出现了一个大窟窿，地也陷成一道道大裂纹，山林烧起了大火，洪水从地底下喷涌出来，龙蛇猛兽也出来吞食人类。

女娲眼看自己创造的人类遭遇这样的灾祸，感到很是痛苦，于是决心补天。她选用各种各样的五色石子，架起火将它们熔化成浆，用这种石浆将残缺的天窟窿填好，随后又斩下一只在水中作乱的大龟的四脚，当作四根柱子把倒塌的半边天支起来。

经过女娲一番辛劳整治，苍天总算补上了，人们又重新过上安乐的生活。这场特大的灾祸还是留下了痕迹，从此，天向西北倾斜，因此太阳、月亮和众星辰都很自然地归向西方，又因为地向东南塌陷，所以一切江河都往那里汇流。

在女娲补天的过程中，还有件事值得说一说。在天崩地裂的时候，有几座山也顺着波浪向东南方向奔流，眼看就要沉下去了，山上有不少求仙的道士，不住地哀求。这时，她看到有一群大龟正在海面上，于是便将这几座山放在大龟背上，让它们驮到安稳的地方。后来，这些山便成了仙山，道士也成了神仙。

神山原本有五座，神龟有十五只，每座山下面有三只。不料，大海当中有一个龙伯国，国民全是巨人，他们有一天来到神山附近，看到山下有很多大龟，于是喜出望外，就捉来几只大象作为诱饵投向水中。神龟驮着神山6万年才换一次班，它们也是饿坏了，看到大象一口就吞进了嘴里，还没反应过来便被巨人用鱼竿钓起来装进了背篓，带回家美餐一顿。结果有六只神龟被捕杀吃掉，直接导致两座神山被吹进了海眼，最终沉入海底，成百上千的神仙无家可归。天帝知道这件事之后大怒，惩罚龙伯国人从此只能以鱼为食，不得再吃海龟，而且每过一百年他们的寿命就会减少100岁，身高降低10米，直到和普通人一样为止。

《天问》中涉及女娲娘娘的材料不算多，只有三个零散的小段落，我们一起来看下。

天问（节选二）

tiān wèn

战国·楚·屈原

guǎn wéi yān jì tiān jí yān jiā
斡①维②焉系，天极焉加？

bā zhù hé dāng dōng nán hé kuī
八柱③何当④，东南何亏？

……

áo dài shān biàn hé yǐ ān zhī
鳌⑤戴山抃⑥，何以安之？

shì zhōu líng xíng hé yǐ qiān zhī
释舟陵行⑦，何以迁⑧之？

……

dēng wèi wéi dì shú dǎo shàng zhī
登立⑨为帝，孰道尚之？

nǚ wā yǒu tǐ shú zhì jiàng zhī
女娲有体，孰制匠⑩之？

①斡：转轴。②维：绳。③八柱：传说中支撑天的八座山。④当：在；一说对着。⑤鳌：大龟。⑥抃：拍手，四肢挥动。

⑦陵行：在陆上行走。⑧迁：移走。《列子·汤问》载："龙伯之国有大人，一钓而连六鳌，合负而趣归其国。"⑨立：通"位"。⑩匠：造。

虽然材料少且零散，但是非常重要，因为这是关于女娲的最早文献记载，它包含了许多重要的信息，下面我们就一条一条来进行解读。

"斡维焉系，天极焉加？八柱何当，东南何亏？"翻译成白话文意思就是：星辰日月绕行的绳索，系在天轴的哪个地方？天轴顶端又归于何处？支撑天体的八根柱子，现在何方？东南的地势为何会低这么多？这一段虽然没有提到女娲，但是和女娲补天的故事有着密切的关系。它告诉我们，自从盘古死去之后，天就是由八根柱子来支撑的，因此共工撞不周山才会导致天塌地陷，这直接造成了东南地势低陷，也才有了女娲补天。

需要注意的是，《天问》的内容是非常散乱的，既没有时间顺序，也没有逻辑顺序，我在这里只是按文字的先后进行解读。下面一段"鳌戴山抃，何以安之？释舟陵行，何以迁之？"翻译成白话文就是：海中神龟顶着大山遨游，怎不见这山有所动摇？巨人不坐船，在陆地垂钓，怎能使二神山向北漂浮？相信不用我多解释，大家应该就明白，这段讲的正是龙伯巨人用象钓神龟的事故，而神龟所驮的神山，正是女娲在补天过程中放在上面的。

"登立为帝，孰道尚之？女娲有体，孰制匠之？"这一段翻译成白话文是：承受天命登位称帝，是谁引导他登上高台？女娲有着特殊的形体，又是谁造就了她？在这里，女娲明确出现了。不过，这里面有些古怪，前面两句"登立为帝，孰道尚之？"似乎说的并不是女娲，而后面的问题也是没头没脑的。然而，仔细琢磨一下，后两句似乎可以形成这样的理解：女娲制作了别人的身体，那么她的身体又是谁做的呢？这样一来，女娲造人的神话就出现了。

羿与嫦娥的故事

大家都知道后羿射日与嫦娥奔月的传说。不过，在这里我先纠正一个错误，事实上有两个叫羿的人，一个叫大羿（或夷羿），一个叫后羿。前者是帝尧时人物，后者是夏太康时期人物，虽然俩人都是神箭手，但射日的是大羿，所以正确的说法应该是“大羿射日”。为了方便大家阅读，下面我便只叫他“羿”好了。

《天问》中有一些关于羿和嫦娥的素材，不过与我们以前熟悉的版本有很大不同，下面我先依据这个版本把故事讲一下。

我曾经说过，羲和是一位太阳女神，生下了十个太阳，而她是帝俊的妻子，所以帝俊便是十个太阳的父亲。十个太阳不受管束，到下界作乱，炙烤大地，弄得人们无法生存，于是尧王便向上天求告，结果连作为太阳之父的帝俊也看不下去了，便派出善于射箭的天神羿到人间，去给儿子们一些教训。

羿领了帝俊的使命，便带着同为天神的妻子嫦娥来到下界。帝俊的本意，只不过是让羿吓唬吓唬他那些淘气的孩子，最多也只是略微弄伤一两个就行了。不料，羿到下界后见人们受十日之苦太甚，对他们深恶痛绝。在众人的欢呼声中，羿搭上箭拉满弓，对着一个太阳射去，只见流火乱飞，一只硕大无比的金色三足乌鸦落到地上，这就是太阳的化身。

大祸已经铸成，羿索性一不做二不休，对准想要逃遁的太阳连发数箭，数不清的金色羽毛从空中飘落，三足乌鸦一只只坠落下来。最后，只剩下一个太阳留给人们照明。

干完这件大事之后，羿还替人民除去了许多恶禽猛兽。他先后在中原一带杀了吃人的怪兽猰貐，到畴华之野杀了独角虬龙，跑到北方的凶水杀了九个脑袋的水火怪九婴，然后又在东方的青丘之泽杀了为害人间的鸷鸟魌堆，到洞庭湖一带杀了吞象的巨蟒巴蛇。最后，羿又来到桑林，杀了大野猪封豨。

羿为人民除了七大害，百姓们全都感恩戴德。他将大野猪宰杀了，将肉剁得细细的，做成肉膏蒸熟献给帝俊。不料，帝俊不仅没有对他进行奖赏，反而革了他们夫妻的神籍，使他们永远也无法再上天。这当然是在意料之中的事，谁让他下狠手杀了帝俊的九个儿子呢。

嫦娥本是天女，因为受丈夫的连累无法上天，自然对他很是埋怨，两人经常吵架。羿感到很是抑郁，于是便带领家众到处游荡打猎。在打猎过程中，羿结识了洛水女神雒嫔，也就是宓妃。据说，宓妃本是伏羲的女儿，因在洛水淹死而成为洛水女神，嫁给了河伯冰夷。不料，这位河伯生性放荡，喜欢拈花惹草，让宓妃感到极为痛苦。我们学过"河伯娶妇"的故事，便是他花心的证明。同为天涯沦落人，羿与宓妃便生出来一段感情。

纸是包不住火的，这件事终于被河伯知道了，闹了起来。然而，小小的河伯哪里是天神羿的对手，羿一箭就射瞎了他的一只眼睛，正要射第二箭时，却被宓妃拦下了，因为河伯毕竟是她的丈夫。此后，宓妃便断绝了与羿的来往。

这时，羿也醒悟过来，他觉得对不住妻子嫦娥，听说西王母有不死药，于是便跑去讨要。西王母将仅剩的两粒不死药交给羿，并告诉他吃一粒可不死，两粒同吃便能升天。羿将药带回家交给嫦娥，与她商定选择吉日一同吃。不料，嫦娥一心想要回天上，想自己独吞灵药又担心被羿报复，于是便联合寒浞想要先杀死羿。寒浞是羿的手下，早就对美貌的嫦娥垂涎欲滴，两人一拍即合。

寒浞不仅是羿的手下，还是羿的徒弟，他跟随羿学射箭，也是名神箭手。有一天，寒浞约羿同去打猎，让他走在前面，然后从背后射冷箭，不料羿听到背后有箭的破空之声，一回身便将那支箭握在手中。他极是气愤，摘下弓便要向寒浞射去，不料手中弓一拉便断了。原来，他的宝弓已经被妻子嫦娥换掉了。

正当羿犹疑之际，寒浞的同伙用一根桃木大棒猛地打在羿的后脑上，就这样，伟大的英雄羿死在了小人的手中。当寒浞带着羿的尸体回去时，正好看到嫦娥吞了灵药向月亮飞去。

这真是一个令人伤心而愤怒的故事。下面，我们还是来看一看《天问》的原文吧。

tiān wèn
天问（节选三）

战国·楚·屈原

rì ān bú dào? zhú lóng hé zhào?
日安不到？烛龙①何照？

xī hé zhī wèi yáng, ruò huá hé guāng? hé suǒ dōng nuǎn? hé suǒ xià hán?
羲和之未扬，若华②何光？何所冬暖？何所夏寒？

yān yǒu shí lín? hé shòu néng yán? yān yǒu qiú lóng, fù xióng yǐ yóu?
焉有石林？何兽能言？焉有虬龙，负熊以游？

xióng huǐ jiǔ shǒu, shū hū yān zài? hé suǒ bù sǐ? cháng rén hé shǒu?
雄虺③九首，倏忽焉在？何所不死？长人④何守？

mí píng jiǔ qú, xǐ huā ān jū? yì shé tūn xiàng, jué dà hé rú?
靡蓱⑤九衢⑥，枲⑦华安居？一蛇吞象，厥大何如？

hēi shuǐ xuán zhǐ, sān wēi ān zài? yán nián bù sǐ, shòu hé suǒ zhǐ?
黑水⑧玄趾⑨，三危⑩安在？延年不死，寿何所止？

líng yú hé suǒ qí duī yān chǔ yì yān bì rì wū yān jiě yǔ
鲮鱼⑪何所？鬿堆⑫焉处？羿焉彃⑬日？乌⑭焉解羽⑮？

……

dì jiàng yí yì gé niè xià mín hú shè fú hé bó ér qì bǐ luò pín
帝降夷羿，革孽夏民。胡射夫河伯，而妻彼雒嫔⑯？

píng yáo lì jué fēng xī shì shè hé xiàn zhēng ròu zhī gāo ér hòu dì bú ruò
冯⑰珧⑱利决⑲，封豨⑳是射。何献蒸㉑肉之膏，而后帝不若？

zhuó qǔ chún hú xuàn qī yuán móu hé yì zhī shè gé ér jiāo tūn kuí zhī
浞㉒娶纯狐㉓，眩㉔妻爰㉕谋。何羿之射革㉖，而交吞揆㉗之？

……

bái ní yīng fú hú wéi cǐ táng ān dé fú liáng yào bù néng gù cáng
白蜺婴茀㉘，胡为此堂？安得夫良药，不能固臧？

tiān shì zòng héng yáng lí yuán sǐ dà niǎo hé míng fú yān sàng jué tǐ
天式从横，阳离爰死。大鸟何鸣，夫焉丧厥体？

①烛龙：神话中的神龙。②若华：若木的花，传说生长在日入的地方。③虺：毒蛇。④长人：指长寿之人。⑤靡蓱：一种奇异的萍草。蓱，通“萍”。⑥衢：“欋”的借字，树根盘错，此指水草根叶纠缠。⑦枲：麻的别名。⑧黑水：水名。⑨玄趾：地名。⑩三危：山名。⑪鲮鱼：神话中的怪鱼，美人鱼的原型。⑫鬿堆：即鬿雀。神话中的食人怪鸟。《山海经·东山经》：“北

号之山，有鸟焉，其状如鸡而白首，鼠足而虎爪，其名曰魁雀，亦食人。”⑬弹：射。⑭乌：乌鸦，指古代神话传说中太阳里面的三足乌。⑮解羽：指太阳被射落，里面三足乌的羽翼散落下来。⑯雒嫔：洛水的女神，即宓妃。⑰冯：通“凭”，挟。⑱珧：蚌蛤的甲壳，用以装饰弓头。此指弓。⑲利决：善于射箭。决，套在右手大拇指上用象骨做成的用以钩弦的套子。⑳封豨：大野猪。封，大。㉑蒸：通“烝”，冬祭。㉒浞：即寒浞，传说是羿的相。㉓纯狐：羿的妻子。㉔眩：迷惑。㉕爰：于是。㉖射革：传说羿力大善射，能射穿七层皮革。㉗揆：消灭。㉘白蜺婴茀：蜺，同“霓”。婴，缠绕。茀，曲。

同学们要注意，虽然《天问》中涉及羿与嫦娥的故事不算少，但仍然相对简练、散乱，我前面讲的那个神话故事，在《天问》材料的基础上，也用其他古书的素材进行了补充，所以大家不必拿原文去一一对应故事，只需借助故事来理解原文就可以了。

原文有三段，翻译成白话文应该是这样的：“日光可有照不到的地方？烛龙照亮的又是何处？羲和还没有御日出行，若木之花如何放光？是否有地方冬日温暖？是否有地方夏日寒凉？是否有地方石林耸立？是否有野兽能说人语？哪里有虬龙，驮着黄熊飞来行去？九头蛇来往急速，它的老巢又在哪里？什么地方有人能长生不死？这些长生者何德何能而如此？分枝丛生的浮萍和麻之花，根系又在哪里？灵蛇能够把象一口吞下，它到底得有多大？黑水、交趾和三危又在何处？延长寿命而不死，大去之日又在何时？传说中的鲮鱼又在何处？怪鸟魁雀又在哪里？后羿为何要射日？日中金乌为何会死？

“天帝让羿降临人世间，让他为夏朝百姓除去祸患，为何他要射瞎河伯，又霸占了河伯之妻？强弓利箭，弯指放箭，肥硕野猪是极好的猎物。以此为丰厚的祭礼，为何天帝却不喜欢？寒浞想要娶他的妻子，而这女子也是个狐媚人物喜欢计谋。为何羿勇武善射，却陷入了他们的杀身陷阱？

“白虹披身作为衣饰，嫦娥仙子为何如此华丽？哪里来的神丹妙药，却又不能长久保藏？天地此长彼消变化不息，阳气离开就会使生命停息。大鸟金乌多么肥壮，为何竟会身死命丧？”

在这些材料之中，关于羿的神话线索有很多，其中最主要的有两个，一是“羿弹日，乌解羽”，即羿射下太阳，太阳的元神金乌解体了；二是“射河伯，妻雒嫔”，即与宓妃发生感情，射瞎了河伯的眼睛。这段神话是《天问》中独有的，所以非常珍贵。

我建议大家细读原文，看还有没有什么新的发现，可以相互讨论。

河伯与宓妃的故事

在上一节的故事里，我们认识了一个好色而无能的河伯。实际上，河伯是黄河的河神，他虽然打不过天神大羿，对普通百姓来说却是神通广大，因而享受人们的祭祀。另一方面，他既然能够娶伏羲的女儿宓妃，定然也有自己的所长，不可能一无是处。

据说，河伯原名冯夷，也作冰夷，生前是华阴潼乡的一个庄稼人，但他不安心耕种，一心只想着成仙。有一天，他打算渡过黄河去寻找成仙之法，不料却掉进河里淹死了。冯夷原本也是有些道行的，他就跑到天帝那里去告状，结果天帝就让他做了黄河的河神。

这位冯夷生前便十分俊美，成神之后更加风流倜傥、玉树临风。传说他是鱼尾人身，头发是银白色的，眼睛和鳞片是流光溢彩的琉璃色，看上去只有不到 20 岁，并且身上总是有着淡淡的水香。用我们现在的眼光看，这就是一个典型的花花公子，不过俗话说“萝卜白菜，各有所爱”，大概洛水女神就喜欢这种类型的吧。

关于宓妃与河伯结合的经过，说法有很多，其中有一则是这样的：作为伏羲的女儿，宓妃原本应该嫁给帝俊的小儿子九隆，但是这家伙每天都缠着宓妃，宓妃就很讨厌他。有一天，宓妃来到洛水边弹琴，九隆也跟来了。这时，河伯正独自在黄河里闲得无聊，忽然听到美妙的琴声，就循声而去，来到洛水边一看，就立即被美丽无双的宓妃吸引住了目光。于是，河伯就发动大水，九隆和宓妃就一起掉进水里了。九隆在水中抓着宓妃，不停地问：“这就是你想要的吗？”宓妃只觉得很喜欢这洪水，于是便跟随河伯来到河底的宫殿，并最终成了他的妻子。无论过程如何，河伯与宓妃事实上都是一对水神夫妇，就像南方的湘君与湘夫人一样。

作为水国的王，河伯自然不会是一个光杆司令，他手下有大批的官员和兵马，因此他出行的时候会有很大的排场。在《楚辞》当中有一首《河伯》，对此有着充分的描述，我们一起来看看吧。

hé bó
河伯

战国·楚·屈原

yǔ rǔ yóu xī jiǔ hé chōng fēng qǐ xī héng bō chéng shuǐ chē xī hé gài jià liǎng lóng xī cān chī
与女[①]游兮九河[②]，冲风起兮横波。乘水车兮荷盖，驾两龙兮骖螭[③]。

dēng kūn lún xī sì wàng xīn fēi yáng xī hào dàng rì jiāng mù xī chàng wàng guī wéi jí pǔ xī wù huái
登昆仑兮四望，心飞扬兮浩荡。日将暮兮怅忘归，惟极浦兮寤怀[④]。

yú lín wū xī lóng táng zǐ bèi què xī zhū gōng líng hé wéi xī shuǐ zhōng
鱼鳞屋兮龙堂，紫贝阙兮朱宫，灵何为兮水中？

chéng bái yuán xī zhú wén yú yǔ rǔ yóu xī hé zhī zhǔ liú
乘白鼋⑤兮逐文鱼⑥。与女游兮河之渚，流

sī fēn xī jiāng lái xià
澌⑦纷兮将来下。

zǐ jiāo shǒu xī dōng xíng sòng měi rén xī nán pǔ bō tāo tāo
子交手⑧兮东行，送美人兮南浦。波滔滔

xī lái yíng yú lín lín xī yìng yú
兮来迎，鱼隣隣⑨兮媵⑩予。

①女：通“汝”，你。②九河：黄河的总名，前人说是黄河到兖州境即分九道，故称九河。③骖螭：以螭为骖。④寤怀：寤寐怀想，形容思念之极。⑤鼋：大鳖。⑥文鱼：有花纹的鱼。⑦流澌：古代成语，意思就是流水。⑧交手：古人将分别，则相执手表示不忍分离。⑨隣隣：一本作“鳞鳞”，如鱼鳞般密集排列的样子。⑩媵：原指随嫁或陪嫁的人，这里指护送陪伴。

这首《河伯》是《九歌》当中的一篇，是专门为祭祀河伯所写，因为在“羿与嫦娥的故事”里涉及了河伯，所以就移到这里来，以便让大家在认识上有一个连贯性。

对于这首诗的内容有两种理解，一种说法是讲河伯与宓妃的恋爱，是河伯带妻子在自己管辖之地巡游；另一种说法是主祭者随着河神沿着黄河做了一番巡礼。虽然前一种更加富有浪漫气息，但考虑到《九歌》的主旨是祭神，所以我们还是采取后一种观点。

本诗一开始，作者便以开阔的视野，通过主祭者的眼睛对河伯的气势进行了描述：

“河伯以神龙为驾，车顶覆盖着荷叶，遨游黄河，这是何等的雄壮。

“河伯驾着龙车，溯流而上，一直飞到黄河的发源地昆仑山。到这里登高一望，只见黄河之水浩浩荡荡，恍如从天上而来，顿觉心胸开阔、意气飞扬，然而转瞬间，‘日将暮兮怅忘归，惟极浦兮寤怀’，恨天色渐晚，忘了归去，极目眺望，河水尽头处的故乡，让他寤寐怀想。”

河伯的家自然在水中，那锦鳞披盖的华屋，雕绘蛟龙的大堂，紫贝堆砌的城阙，朱红涂饰的宫殿，奢华富丽，屈原却问：“灵何为兮水中？”河伯你为什么住在这水中？

屈原笔下虽是祭河伯，实则言说的却是一己胸怀。昆仑是屈原远祖的出生地，自然也是他的故乡，他站在高入云霄的昆仑山上，远望万里之外的楚地。在他心里，汉水、湘水之畔的楚国，他为此付出心血和深情的那一片地域，才是他心之所系的故乡。

最后，当河伯欲再往东行时，他和主祭者握手道别，主祭者送他到面南的水边分手处。河伯巡视黄河下游，波涛滚滚而来，热烈欢迎河伯的莅临，成群结队、排列成行的鱼儿伴随着河伯，为他护驾。这里的人物关系的转换非常明确，当主祭者告别以后，波涛欢迎、鱼儿随从的对象只能是河伯。最后一个“予”字，不仅点出了主人公，也暗示了楚国人民对作者的感情。

尧舜禅让的故事

尧是上古的一位贤王，他勤于政事，造福百姓。如我们前面所说，正是由于他的祷告，帝俊才派来了羿，解除了由十个太阳造成的大旱灾。此外，尧在任期间还干了许多大事，如完善政治制度、制定历法、发明酿酒方法、创造围棋等。

尧年老之后，就开始考虑接班人的问题。据说，尧有十个儿子，其中有一个叫丹朱，另外九个不知道名字，但他们个个都不成才，整天只知道吃喝玩乐，于是尧就时常留心天下的贤人，想把帝位让给贤人。

刚开始，尧听说有个叫许由的贤人，于是便亲自登门，表示自己禅让帝位的意图。不料，这许由是个清高的人，他连夜跑到箕山下的颍水边上躲了起来。尧大概以为许由是担心自己没有执政经验干不好才跑的，所以便再派人告诉他，说可以让他从九州长做起。许由听了这话，更是生气，就跑到河边去洗自己的耳朵，表示自己的耳朵被这话给污染了。有个叫巢父的听了这件事，对许由的行为很鄙视，说："你如果不是整天在外边东游西荡，提高自己名声，谁会知道你是谁啊。现在却来这里洗耳朵！"当时巢父牵着一头小牛要饮水，他不想让许由的洗耳水脏了牛嘴，于是便带着它去上游饮水。

许由不行，那就换个人吧。这时，四方诸侯都向尧推荐一个人，他就是舜。舜生于妫水，小时候他母亲就去世了，他父亲是个盲人，所以被称为瞽叟。瞽叟后来又续娶了一个妻子，生下儿子叫象。有人说，这个象不是名字，就是一只真正的大象，这就有神话的色彩了。舜这个继母非常狠毒，把舜当成眼中钉，整天和亲儿子象琢磨怎样害死他。瞽叟的脑筋糊涂，也帮着他们来害自己的长子舜。可怜的舜，时常遭受父亲的毒打，遇到还吃得消的小棍子就承受，遇到吃不消的大棍子就逃到荒野中去，对着苍天痛哭，呼唤自己死去的亲娘。

舜长大一些后，便离开了这个毫无温暖的家。据说，他相继在历山辛勤耕种，在雷泽渔猎，在黄河之滨烧制陶器，在寿丘制作日用杂品，在顿丘、负夏一带经商做生意。舜虽然离家单过，但他心中并不记恨，仍然孝敬父母，爱护异母弟弟象，时常带着自己的劳动所得去看望他们。由于这种高尚的品德，他在民间的威望越来越高，人们都喜欢和他待在一起，凡是他所住的地方，一年就会成为村，两年就会成为镇，三年就会成为城。

尧听说了舜的事迹后，也觉得这个年轻人靠谱，但还是要对他考察一番，于是就把自己的两个女儿——娥皇和女英嫁给了他，还让自己的九个儿子和他一起生活，以观察他的品德；又让他职掌五典、管理百官、负责迎宾礼仪，以观察他的才能。同时，尧还赐给了舜细葛布衣裳和琴，以及许多牛羊等财产。

舜从穷小子一下子变成富贵之人，让他的继母和弟弟象更加嫉恨，等舜带着新媳妇回家探亲时，他们便三番五次想要害死他，谋夺他的财产和妻子。瞽叟也帮着妻子和小儿子，一起害自己的长子。舜在娥皇与女英的帮助下，一次次躲过了陷害。而且，他也没有因此对父母及弟弟产生怨恨，仍然待他们像以前一样好。

舜通过了考验，尧便把天子的位置禅让给他。做了天子的舜，回家乡去拜见他的父亲瞽叟，还是像以前那样恭敬孝顺。直到这个时候，瞽叟才明白自己这个儿子有多好，后悔自己以前做的坏事，父子俩终于和解了。同时，舜还把那桀骜难驯的弟弟象封到有鼻去做诸侯，象受封后也受了感动，觉得哥哥宽厚伟大，从此变成了一个好人。

好了，故事讲完了，我们来看看《楚辞》的原文吧。我在这里告诉大家，本章中所选的神话素材，除了一小部分来自《九歌》和《远游》，剩余大部分都是出自《天问》。同样，关于“尧舜禅让”的素材也记载于《天问》，但不是很多，只有两小段。

天问（节选四）
tiān wèn

战国·楚·屈原

shùn mǐn zài jiā, fù hé yǐ guān
舜闵[①]在家，父[②]何以鳏？

yáo bù yáo gào, èr nǚ hé qīn
尧不姚[③]告，二女何亲？

……

shùn fú jué dì, zhōng rán wéi hài
舜服厥弟[④]，终然为害。

hé sì quǎn tǐ, ér jué shēn bù wēi bài
何肆犬体，而厥身不危败？

①闵：同“悯”，爱，此指孝。②父：舜的父亲瞽叟。③姚：舜的姓，这里指舜的父亲。④弟：指舜弟象。

这两段文字内容不多，对于研究上古贤王舜却非常有价值，翻译成白话文是这样的：“舜在家里非常仁孝，父亲为何让他独身？尧不告诉舜父瞽叟，二妃如何与舜成亲？……舜帝友爱他的弟弟，弟弟还是对他加害。为何放肆如同猪狗？其身并不危险失败？”

这些文字告诉我们，屈原对于舜的故事相当熟悉。据专家们考证，舜所处的时代比屈原要早 1800 年，那是相当遥远了，而且尧舜所处的时代大概没有文字，因此屈原得到的信息也是人们口耳相传传下来的，所以他对一些细节产生了疑问。屈原的疑问视角很独特：舜在娶娥皇、女英之前是不是有妻子呢？尧嫁女儿时见没见、告诉没告诉自己的亲家公呢？如果瞽叟那样嫌恶儿子，有没有反对他娶尧的女儿呢？为什么象那样坏，舜不仅不惩罚他，反而封他做诸侯，舜对其他的敌人也是这样仁爱吗？

对于后一个问题，屈原显然是有所指的，因为舜并不是对所有人都这样仁爱，治水的鲧据说就是被他处死的，这就是我们下一节要讲的故事了。

鲧禹治水的故事

虽然尧是一位贤王，但他的运气实在不好，在大神羿的帮助下，好不容易消除了大旱灾，不料随之而来的却是大水灾。那时候，中原地带洪水泛滥，无边无际，洪水淹没了庄稼、房屋，人民流离失所、背井离乡，日子过得很艰苦。如果把这件事与前面的神话结合，大概是由于羿射瞎了河伯的一只眼睛，导致河伯脾气暴躁，将怒气撒在老百姓身上了吧。毕竟，在人们心目中，羿是永远的大英雄。

且不管原因如何，忧心如焚的尧赶忙把四方诸侯召集起来，商量治水的办法。在这次部落会议上，大家都一致推荐鲧来担负这个重任。

鲧接受任务后不敢怠慢，赶紧开始想治水的办法。他听说帝俊有一个宝物叫息壤，看上去是一块几尺见方的黄土，但只要把它放在地上，说一声“长”，它就会迅速扩大，驱走洪水，露出陆地。鲧探听到了秘藏息壤的地方以后，就请神鸟带路，请神龟挖洞，偷出了息壤。鲧把息壤放在地上，说一声“长”，果然，息壤马上几里、几十里、几百里地伸展开来。洪水慢慢被赶退了，陆地重新露了出来。逃到山上、树上的人们重新回到陆地，准备重建家园。

可是，帝俊很快就知道了息壤被盗的事情，立即把它收回去了，结果洪水又重新泛滥开来，人们又陷入灾难之中。鲧再也没有办法了，又过了九年，大水还是没有消退。这时，尧已经退位，舜主持朝政，革去了鲧的职务，将他处死在羽山。

鲧虽然死了，但由于事业还没有成功，志向还没有达到，他的灵魂不甘心就这样长眠，因此他的尸体三年也没有腐烂。突然有一天，只听得一声巨响，鲧的肚子裂开了，从里面钻出了他的儿子——大禹。

大禹同父亲一样，有一颗善良的心。他决心继承父亲的遗志，治理洪水，完成拯救百姓的事业。大禹走遍了山南海北，摸清了地形和江河的走向等情况，决定用引洪水入大海的方法来消除水灾。舜对于大禹的这个方案很是赞同，于是便将鲧当年治水首领的职权交给了他。

治洪工程开始了。大禹亲自拿着镐头，率领成千上万的人挖渠开山，疏通河道。曾经帮助鲧偷取息壤的神龟也来帮忙运送土石，神力很大的应龙也用坚硬的尾巴在地上划出深沟，来导引洪水。

在治水的过程中，大禹不怕辛苦，不畏艰险，埋头苦干。夏天，烈日当空，山石被晒得滚烫，大禹汗流浃背，仍然不停地干着；到了晚上，还要对付毒虫猛兽的袭击。冬天，北风呼啸，天寒地冻，大禹一镐一镐地挖着冻得坚硬的土地，手都磨出了血泡，可他毫不在意，稍稍休息一下，又干了起来。为了治水，大禹还“三过家门而不入”。人们都被感动了，在大禹的带领下，经过十三年的苦战，终于疏通了河道，制服了洪水。

人们重新返回家园，过上了安定幸福的生活。大家都非常感谢、敬佩大禹，于是当舜年老的时候，便一致推举禹成为天子。

在《天问》当中，有两段文字涉及鲧禹治水，我们一起来看下。

tiān wèn
天问（节选五）

战国·楚·屈原

bú rèn gǔ hóng shī hé yǐ shàng zhī qiān yuē hé yōu hé bù kè ér xíng zhī
不任汩①鸿②，师③何以尚之？佥④曰何忧，何不课而行之？

chī guī yè xián gǔn hé shèng yān shùn yù chéng gōng dì hé xíng yān
鸱龟曳衔⑤，鲧何听焉？顺欲成功，帝何刑焉？

yǒng è zài yǔ shān fú hé sān nián bù shī bó yǔ fù gǔn fú hé yǐ biàn huà
永遏在羽山⑥，夫何三年不施？伯禹⑦愎鲧，夫何以变化？

zuǎn jiù qián xù suì chéng kǎo gōng hé xù chū jì yè ér jué móu bù tóng
纂就前绪，遂成考⑧功。何续初继业，而厥谋不同？

hóng quán jí shēn hé yǐ tián zhī dì fāng jiǔ zé hé yǐ fén zhī
洪泉极深，何以窴⑨之？地方九则⑩，何以坟之？

hé hǎi yìng lóng hé jìn hé lì gǔn hé suǒ yíng yǔ hé suǒ chéng
河海应龙⑪，何尽何历？鲧何所营？禹何所成？

kāng huí píng nù dì hé gù yǐ dōng nán qīng jiǔ zhōu ān cuò chuān gǔ hé wū
康回⑫冯怒⑬，墬⑭何故以东南倾？九州安错⑮？川谷何洿⑯？

dōng liú bú yì shú zhī qí gù
东流不溢，孰知其故？

……

zǔ qióng xī zhēng yán hé yuè yān huà wéi huáng xióng wū hé huó yān
阻穷西征，岩何越焉？化为黄熊，巫何活焉？

xián bō jù shǔ pú huán shì yíng hé yóu bìng tóu ér gǔn jí xiū yíng
咸播秬黍⑰，莆⑱雚⑲是营。何由并投⑳，而鲧疾修盈㉑？

①汩：治理。②鸿：通“洪”，洪水。③师：众人。④佥：众人。⑤鸱龟曳衔：鲧治水的时候，有神鸟和神龟帮助，才偷得息壤。鸱，猫头鹰之类。⑥羽山：神话中的山名。⑦伯禹：即禹，禹称帝前被封为夏伯，故称。⑧考：父亲。⑨寘：通“填”。⑩九则：以土地的美恶九等定则。⑪应龙：有翅膀的龙。传说大禹治水时，有应龙用尾巴划地，禹就依此挖通江河，导水入海。⑫康回：即共工，神话传说中的人物。⑬冯怒：大怒。冯，通“凭”。⑭墬：古“地”字。⑮错：通“措”，设置。⑯洿：深；一说挖掘。⑰秬黍：黑黍。⑱莆：即“蒲”，水草。⑲雚：通“萑”，芦类植物。⑳并投：一起放逐，传说与鲧一起被放逐的还有共工、驩兜、三苗。㉑修盈：指罪行极多。

这两段文字翻译成白话文是这样的：“鲧治理大水并未成功，为何众人将他推崇？众人对尧说：‘您有何可担忧的？何不先试试这个人是否有才？’鲧何德何能让神鸟和神龟前来相助？按照鲧的想法，治水可以成功，但是，为何舜帝还是惩处他？把他处死在羽山，为何尸体多年不腐烂？据说，大禹是从鲧的肚子里生出，为什么会有这种奇异经历？大禹聪慧，子承父业，成就了父亲未完的功德。不过，虽然继承父业，为何两人治水理念这般不同？洪水湍流深厚，大禹用何物填平？九州之地分为九块，大禹又是如何将其分开？应龙的尾巴划过哪些区域？江河入海，途经哪里才得以汇聚？鲧迷失何处才治水无成？大禹为何治水成功？共工怒发冲冠撞了不周山，怎么就使大地向东南倾斜？九州又是如何设置？河谷之水为何聚集如此深？水向东流，为何东方从未溢满？其中的缘由，谁又清楚明白？

“鲧身死羽山，不能西进回国，崇山峻岭，他如何攀岩而过？只能化为黄熊，神巫又是如何让他死而复活？鲧为使黑粟种植满地，清除杂草，精心管理。为何他却与共工等人同被流放，他哪里有罪无可恕的过错？”

这个“鲧禹治水”的神话，可能跟课本上学的《大禹治水》有些不同，不能说哪个对哪个错，但它至少为我们提供了另外一个视角。

值得注意的是，这里面的“鸱龟曳衔”是《天问》中独有的材料，其他古籍里都没有说过，它告诉我们，鲧盗取息壤是得到了神龟和神鸟的帮助。此外，后面这一段文字还告诉我们，鲧从腹中生下禹之后，似乎又被巫师给救活了，但身子化成了黄熊。化为黄熊的鲧并没有做什么坏事，他种植黑粟，清除杂草，却被当作凶兽而驱逐。屈原不明白，这到底是为什么。

在古书当中有很多奇妙的故事，也有很多令人不解的疑问，这一切都十分有趣。我们不妨认真研读经典，从中发现真相。

启与夏朝的故事

话说禹治水成功，受到万民的拥戴，舜就把天子之位禅让给他。刚开始的时候，禹只是摄政，也就代理天子之位。后来，舜南巡时死在苍梧之野，在诸侯的拥戴下，禹才正式即王位，定都阳城，国号夏。禹是夏朝的第一位天子，因此后人也称他为夏禹。

禹在治水过程中并非单打独斗，他有很多得力的助手，其中伯益的功劳最大。因此，等禹年老之后，便打算效法尧和舜，把天下禅让给伯益。然而，伯益却没有兴趣，逃到山林中躲了起来。于是，禹的儿启便获得了王位，成为夏朝的第二位国君。从此，世袭制代替了禅让制，“公天下”变成了“家天下”。同时，也宣告原始社会结束，奴隶社会开始，启是传统意义上被公认的中国第一位帝王。

据说这启也是一位传奇帝王，关于他的出生，还有一个传奇的故事。那时禹正在轩辕山治水，他的夫人女娇也跑来帮忙。这轩辕山十分险峻，山路像车辕般回还往复，所以才叫作“轩辕”，但必须得打通它，水才能顺利流过去。禹对女娇说：“这工作实在不容易，不是你们妇女能干的，你不如先回去做饭。我在这山崖上挂一面鼓，听见鼓声你就来给我送饭。”女娇答应了。禹这样说是有原因的，等太太一走，他摇身一变，就变成了一头毛茸茸的大黑熊，不断用嘴拱、用四个爪子扒，拼着自己的力气来凿山开路。没想到，正当禹干得起劲时，他后脚爪带起的一块石头正好打中了崖边的鼓。女娇听见鼓声，连忙来给丈夫送饭，结果正好看到丈夫的熊样。她怎么也没想到自己的丈夫竟然是一头熊，就大叫一声，丢下饭篮转身逃走。禹听见太太的叫喊，才回过神来，于是赶忙追上去解释，可是他忙中出错，竟然忘记变回原形。女娇回头看见追赶来的还是一头熊，心里更加害怕，于是跑得更快了。两人就这样一逃一追，很快就来到了山脚下。女娇眼看自己要被追上了，于是也摇身一变，变成了一块石头。禹见夫人变成石头，又急又气，于是就朝石头大叫：“还我儿子来！”原来，女娇这时已经怀孕了。结果，那石头就向北方破裂开，生了一个男孩，禹给这男孩取名为“启”。启，就是“裂开”的意思。

怎么样，这个故事很神奇吧？大家根据这个能有什么联想吗？咱们前面讲过，鲧死后多年尸体不烂，禹从鲧腹中生出，然后鲧又被巫师救活，变成了黄熊。这中间是不是有什么联系呢？大家可以思考一下。

启既然是从石头里生出来的，那么他必然就不是普通人。据说，启当上国君以后，曾三次乘坐龙车到天上做客。天帝请他听美妙的音乐，名字叫作《九辨》和《九歌》。启对这音乐实在太喜欢了，于是就偷偷记下来带到了人间，让人修改了一下，就成了传说中的《九招》，也有人称为《九韶》。

在《天问》中，也有关于夏启的内容，我们一起来看下。

tiān wèn

天问（节选六）

战国·楚·屈原

yǔ zhī lì xiàn gōng jiàng xǐng xià tǔ sì fāng yān dé bǐ tú
禹之力献功，降省下土四方，焉得彼嵞①
shān nǚ ér tōng zhī yú tái sāng
山女，而通②之於台桑③？

mǐn fēi pǐ hé jué shēn shì jì hú wéi shì bù tóng wèi
闵④妃⑤匹合，厥身是继，胡维嗜不同味，
ér kuài zhāo bǎo
而快鼌饱⑥？

qǐ dài yì zuò hòu cù rán lí niè hé qǐ lí
启⑦代益⑧作后⑨，卒⑩然离⑪蠥⑫。何启惟忧，而能拘是达？

皆归射鞫⑬，而无害厥躬⑭。何后益⑮作⑯革⑰，而禹播降⑱？

启棘宾商⑲，《九辩》《九歌》。何勤子屠⑳母，而死㉑分竟地？

①嵞：即“涂”，涂山，古国名。②通：相会。③台桑：古地名。④闵：忧。⑤妃：配偶。⑥鼂饱：一朝饱食，比喻一时的快乐。鼂，即“朝”。⑦启：禹的儿子。⑧益：启的贤臣，禹曾选定他继承帝位。⑨后：君主。⑩卒：通“猝”。⑪离：通“罹”，遭到。⑫蠥：即孽，灾祸，忧患。⑬射鞫：泛指武器，意思是说在启和益作战时，益的部下都向启交出武器，而对启无所伤害。⑭厥躬：指启。躬，本身。⑮后益：即益，因做过君主，所以叫后益。⑯作：通“祚”，帝位。⑰革：革除。⑱播降：指繁荣昌盛。播，通“蕃”。降，通“隆”。⑲商：“帝”字之讹。⑳屠：裂剥。㉑死：通“尸”。

《天问》中的这段文字，翻译成白话文大意是这样的：“大禹勤劳地治理水患，巡查四方，怎么就遇见了涂山氏的女儿，还与她结合于台桑？大禹和那位女子得天作之合，自己也有了子嗣绵延。为何相隔万里、种姓不同，本不该在一起的人却相爱？启想取益代之，成为君王，岂料又遭到了厄运。为什么他身处困境，却仍旧能够逃脱？启、益两军大战，箭如雨下，为何启能够毫发无伤？为何益国祚衰败，被夺王位，禹的后代却能够世世昌隆？启在梦中上天做客，得到了《九辩》《九歌》。上苍为何厚子薄母，让其母身变成石头化为碎片？”

从以上材料中，我们可以看出，屈原对于启的认识与传说中的大体相同，但其中也有差别。比如，传说中益是主动让贤的，但屈原告诉我们，益和启曾经发生激烈的战争，启获得了胜利。此外，启似乎也没有真正上天做客，而只是做了一个梦。我在这里简单地提了两点，大家如果有兴趣，可以再进一步研究。

王亥与商朝的故事

夏启死后，王位就在他的子孙中一代一代传下去，虽然中间曾被有穷国的后羿篡夺，但又被少康给夺了回来。少康之后，传了十一代，就传到履癸的手里。履癸，就是著名的暴君夏桀。

夏桀无道，搜刮民脂民膏，大兴土木建造豪华宫殿瑶台，不管百姓死活，骄奢淫逸。据说，夏桀的宠妃妹喜爱听撕绢的声音，他就让人把府库里各种精美的绢抱出来，一匹一匹地撕给她听，以讨她的欢心。另外，夏桀还有个宫女是一条妖龙，每天要拿人当粮食，他竟然一点不害怕，称她为“蛟妾”，一日三餐如数供应。

夏桀有个御膳官叫伊尹，是一位贤人，找机会劝谏他，差点就被杀掉。伊尹听说居住在亳城的汤王是一位贤王，于是就跑到亳城投靠他。这位汤王，就是商朝的开国国君商汤。不过，那时候汤王所在的商国还只是夏朝管辖的一个方国。关于夏桀如何囚禁汤王，汤王如何在伊尹的帮助下打败夏军并流放夏桀，这一段故事相信大家都耳熟能详，所以我就不再细讲。

在这里，我给大家具体讲讲商族的起源，以及商族另一位王的故事。这个王的名字叫王亥，《天问》中用比较长的篇幅对他进行了介绍。下面，我们还是从头讲起吧。

据说，商族的祖先叫契，他是有娀氏部落首长的女儿简狄吞下燕子蛋受孕而生的。简狄原本是帝喾的妃子，所以契也可以说是帝喾的儿子。这位契和伯益一样，因为帮助禹治水有功，舜便让他做了掌管教育的官，并把商这个地方封给他。契死后，他的子孙便一直是商地的王，而王亥就是其中著名的一个。

王亥大约处在汤王之前的六七代，那时的商族还是原始部落，过着迁徙不定的游牧生活，商人除了善于饲养牲畜，还非常善于做生意，所以我们现在还把做生意的人称为“商人”。王亥是一个饲养高手，他喂的牛羊总是膘肥体壮而且繁殖很快，人们都学习他的饲养方法，于是牛羊很快就成群结队、漫山遍野了。

王亥见国内牛羊很多，人民的温饱解决了，于是就和弟弟王恒一起把多余的部分选出些，赶到北方的有易族去换些谷物、器具之类的，以改善人们的生活。有易的国王叫绵臣，是个老头子，他所管辖的地方以农业为主，缺少的正是牛羊，因此对王亥兄弟俩进行了热情的招待。这两兄弟在有易一住就是好几个月，每天吃吃喝喝，生活过得很滋润。不料，后来却爆发了一场丑闻。

绵臣的王后是一个美貌的女人，而且很风流，她见王亥身体雄壮，便喜欢上了他，不久两人便搅在了一起。可是，弟弟王恒也喜欢王后，他发现哥哥与王后的奸情后心中炉火燃烧，于是就告诉了有易王的御前卫士，打算给哥哥一个教训。这年轻的武士得知后左右为难，如果把奸情揭露出来有伤国家尊严，如果密报老王绵臣又没有真凭实据，于是他就做出了另一个选择，跑去把王亥给杀了。

王亥死了，绵臣很意外，经过查问，真相终于大白，老绵臣怒火中烧，他没收了王亥带来的全部牧夫和牛羊，并且把王恒赶了出去。王恒回到草原，添油加醋地把事情告诉了本族人民。不仅丢了大批财产，连国王都让人杀了，真是奇耻大辱！大家听完都义愤填膺，立即拥戴王恒做了新王，整军练武，决定向有易报仇。

然而，王恒却不敢带兵杀回有易，因为他担心杀回去后自己谋害哥哥的事情暴露，于是就千方百计劝说人民，叫大家不要急躁，让他带着少数随从前去索要牛羊，要不回来再兴师问罪。终于，人们同意了这个骗子的说法。于是，王恒便以国王的身份来到有易。

老绵臣知道商族不好惹，立即把牧夫和牛羊都还给了他，并且殷勤招待，礼数比以前还周到。得到这一大笔财产后，王恒主意又变了，他觉得回去的话这些财产还得分给大家，不如自己待在这里独自享用，于是竟然赖在有易不肯走了。绵臣对这个老流氓没有办法，只好任其自然，好在他的财产在本国花销，各不吃亏。

据说，王恒这一住就是几年，商族的百姓见他久不回来，以为他也遇害了，于是就拥戴他的儿子上甲微做了新国王。这上甲微虽然年轻，但英明能干，他带着族人杀向有易，灭了这个国家，而老流氓王恒也在战乱中被愤怒的有易人给杀死了。

故事讲完了，下面我们来看看《天问》中的相关记载。

tiān wèn
天问（节选七）

战国·楚·屈原

yuán hú shì yù, hòu dì shì xiǎng. hé chéng móu xià jié, zhōng yǐ miè sàng?
缘鹄①饰玉，后帝②是飨。何承谋夏桀，终以灭丧？

dì nǎi jiàng guān, xià féng yī zhì. hé tiáo fàng zhì fá, ér lí fú dà yuè?
帝乃降观，下逢伊挚③。何条④放致罚，而黎服大说？

jiǎn dí zài tái, kù hé yí? xuán niǎo zhì yí, nǚ hé xǐ?
简狄在台，喾⑤何宜？玄鸟⑥致贻，女何喜？

gāi bǐng jì dé, jué fù shì zāng. hú zhōng bì yú yǒu hù, mù fú niú yáng?
该⑦秉季⑧德，厥父是臧。胡终弊于有扈⑨，牧夫牛羊？

gān xié shí wǔ, hé yǐ huái zhī? píng xié màn fū, hé yǐ féi zhī?
干协时舞，何以怀之？平胁曼肤，何以肥之？

yǒu hù mù shù yún hé ér féng jī chuáng xiān chū qí mìng hé cóng
有扈牧竖⑩，云何而逢？击床先出，其命何从？

héng bǐng jì dé yān dé fú pǔ niú hé wǎng yíng bān lù bú dàn huán lái
恒⑪秉季德，焉得夫朴牛？何往营班禄，不但还来？

hūn wēi zūn jì yǒu dí bù níng hé fán niǎo cuì jí fù zǐ sì qíng
昏微遵迹，有狄⑫不宁。何繁鸟萃棘，负子肆情？

xuàn dì bìng yín wēi hài jué xiōng hé biàn huà yǐ zuò zhà hòu sì ér féng cháng
眩弟并淫，危害厥兄。何变化以作诈，后嗣而逢长？

chéng tāng dōng xún yǒu shēn yuán jí hé qǐ bǐ xiǎo chén ér jí fēi shì dé
成汤东巡，有莘爰极。何乞彼小臣⑬，而吉妃⑭是得？

shuǐ bīn zhī mù dé bǐ xiǎo zǐ fú hé wù zhī yìng yǒu shēn zhī fù
水滨之木⑮，得彼小子。夫何恶之，媵有莘之妇？

tāng chū chóng quán fú hé zuì yóu bú shèng xīn fá dì fú shuí shǐ tiǎo zhī
汤出重泉⑯，夫何罪尤⑰？不胜心伐帝，夫谁使挑之？

①鹄：天鹅，此处指装饰花纹。②后帝：指商汤。③伊挚：即伊尹，挚是伊尹的名。④条：鸣条，商汤打败夏桀的地方，一说是商汤流放夏桀的地方。⑤喾：古代传说中的五帝之一，号高辛氏，有人认为就是帝俊。⑥玄鸟：燕子。⑦该：即王亥，契的六世孙。⑧季：即王亥的父亲，叫冥。⑨有扈：当作有易。⑩牧竖：

指王亥。⑪恒：王恒，王亥之弟。⑫有狄：有易。⑬小臣：奴隶，指伊尹。⑭吉妃：善妃。《吕氏春秋·本味》篇记载，汤向有莘国要伊尹，有莘国不给，汤于是请求有莘国君把女儿嫁给他，有莘国君很高兴，就把伊尹作为陪嫁的奴隶一道送来。⑮水滨之木：指空心桑树。《吕氏春秋》载，伊尹的母亲住在伊水边上，伊水泛滥，全邑淹没，她变成一棵空心桑树，生下伊尹，有莘国有女子采桑，在空桑中得到伊尹，献给有莘国君，伊尹长大后做了有莘国君的小臣。⑯重泉：地名。据《史记·夏本纪》载，夏桀曾将汤囚禁在夏台，重泉当是夏台中囚禁人的地方。⑰罪尤：罪过。

为了便于大家整体理解，我还是照例把这段文字翻译成白话文：“伊尹献上祭器精美玉质，献上祭品丰盛宴飨。为何他要假装为夏谋策，使夏桀身死国亡？汤巡视四方，体察民意，遇到了伊尹。他在鸣条战胜了夏桀，将其放逐，为何百姓却非常欢喜？

“简狄深居九层高台，帝喾如何知晓佳人且前来求爱？燕子给她送来了一枚卵，为何她吞下就有孕在身？

“亥继承了其父季的美好德行，并得到了认可嘉奖，为何还被困于有易氏，为人驱使放牛牧羊？亥在有易手持强盾，翩翩起舞，怎样的英姿吸引着那里的姑娘？有易氏的姑娘肤若凝脂、体态丰美，他怎么如此壮实美好？有易那个放牧的童仆，如何撞见了丑事？击床杀掉了奸夫就夺路而逃，又是谁指使他下的杀手？王恒继承了父亲季的德行，他怎样得到了那驾车的大牛？他为何要去有易颁布爵禄？最终弄得一去不回？

“上甲微继承父祖之行，有易百姓就不得安宁。为何他晚年荒淫无度，背着儿子和媳妇乱伦？糊涂而骄奢，陷害自己的兄长，为什么坏人诡计多端，为人险恶，最后却能够子孙满堂？

“成汤巡视东方，到了有莘之地。为何他要找的是小臣伊尹，却得到了美丽的姑娘？水边的林丛之中，弃婴伊尹被人发现。为何有莘氏厌恶于他，让他做了自己女儿的陪嫁？汤被囚禁于重泉，到底所犯何罪？他怒火重重讨伐夏桀，又是谁挑起了他这个念头？”

这段文字相对较长，大家需要仔细研读才能有所领会，从中发现一些玄机。比如，屈原告诉我们，上甲微年老之后变得荒淫无道；与王亥偷情的不是王后，而只不过是一个普通的有易女子，撞破他们并击杀王亥的也只是有易国一个放牧小子，这背后到底有什么隐情呢？

总之，通过对前面传说故事与《天问》材料的对比，我们能发现不少矛盾的地方，究竟哪一个说法更合理，我希望大家能通过独立思考，自己做出判断。此外，通过前面的故事，是不是也能够解决屈原的一些疑问呢？大家可以一起讨论。

后稷与周朝的故事

历史的车轮滚滚向前，商朝延续了500多年之后终于毁在了商纣王的手中，而打败他的就是周武王。武王灭了商，建立周朝，那么周又有哪些故事呢？我们还是回到远古，从这个民族发源的地方说起吧。

据说，周族的始祖叫后稷，他的出生也很奇特。后稷的母亲姜嫄是有邰氏的女子，同时也是帝喾的正妃，有一次她到郊外游玩，踩在一个神秘的大脚印上，便有了身孕，生下了后稷。帝喾对这个莫名其妙得来的儿子自然很生气，于是就叫人把他扔在了巷口，不料那些牛马经过时全都小心翼翼地绕着走，生怕踩到他；帝喾转而又命人把他扔到山林里，刚好有一帮农夫在那里砍树，闹哄哄的，又没有成功；帝喾接着又把他丢到荒野的寒冰上，结果神奇的事情发生了，一只大鸟从天边飞来，用翅膀将婴儿裹住，好像母亲抱着自己的孩子给他温暖。作为母亲的姜嫄看到这种情形，再也舍不得丢掉孩子了，于是又抱回去抚养。因为曾经想要把他丢弃，所以后稷的小名就叫作“弃”。

后稷长大以后非常善于种植庄稼，尧听说后就聘请他做了农师，指导全国人民从事农业生产。到了舜的时代，为了表彰后稷的贡献，就把邰这个地方封给了他。从此，稷的后代子孙便成了这里的王，一直到周文王姬昌。

到文王姬昌的时候，商朝已经传到了商纣王的手中。这个家伙是历史上著名的暴君，他干的坏事数也数不清，比夏桀可以说有过之而无不及。纣王除了终日沉湎酒色，还穷兵黩武，对百姓实行酷刑重税。他只喜欢听阿谀奉承的话，对那些惯于拍马屁的小人给予赏赐，而对直言进谏的忠臣却手段残忍。比干是纣王的叔叔，对这个荒唐的侄子实在看不过眼，劝他几句，就被他挖了心；梅伯是商朝的司徒，也是一位直臣，对纣王进行劝谏，结果被剁成了肉酱；纣王的另一个叔叔箕子见到这种情形，便只得装疯卖傻，才保全了性命。

文王姬昌听说这些事情，不过暗中叹息了几声，竟被奸臣告发，被纣王抓起来，关进了羑里。羑里是商朝最大的监狱。当时，文王的大儿子伯邑考正在商朝做人质，替纣王驾车，纣王不管这个年轻人有没有罪，直接让人把他剁成肉酱，做熟了给文王吃。后来，文王的臣子太颠、散宜生等人不断运作，给纣王送去大量珠宝和美女，才把文王救出来。

文王回去后，立志要推翻纣王的残暴统治。他在养兵蓄锐的同时，一边联络诸侯，一边广纳贤才，终于得到了太公望，拜为国师。太公望，原本姓姜，就是我们熟悉的姜子牙姜太公。可惜，经过羑里的折磨，文王的身体不太好，还没等到起兵伐纣他就去世了。他的儿子姬发继承王位，就是著名的周武王了。

武王继位后，伐纣的时机已经成熟，但由于文王刚刚去世，朝中便有人建议将伐纣时间往后推，持有这种观点的代表便是武王的弟弟周公旦。武王在姜太公的支持下，力排众议，抬着文王的神主牌位，率领各路诸侯向商朝的都城朝歌进发。结果我们都知道了，在牧野之战中商军大败，武王率兵攻入朝歌，纣王把他那些珠宝聚在一起，点了一把火，然后自己跳进去烧死了。

商朝结束，周朝的时代开启。周武王死后，他的子孙们便一代代统治这个国家，其中既有名君，但也不乏昏君。比如，有一个周昭王，就喜欢整日游玩，他听说南方的越裳国准备进贡几只白色野鸡，但因为路途遥远，总也等不来，于是就带着一帮随从浩浩荡荡地前去迎接，结果给沿途的楚国百姓带来很大困扰。楚国人恨这帮家伙，知道他们返程时要过汉江，就在船上动了手脚，结果船行到江心就裂开了，昭王及其随从就这样被淹死了。

昭王死后，他的儿子满即位，就是周穆王。结果，这位天子比他父亲还喜欢游玩，古书《穆天子传》就是记录这家伙游玩经历的。周穆王有八匹骏马，他整天就让他的马夫造父驾着马车四处游荡，足迹遍布天下。据说他还到过西王母国，见过传说中的西王母呢。

当然，与后来的周幽王相比，这两位周天子还只是贪玩而已，不算太过分。周幽王是西周最后一个王，他为了博宠妃褒姒一笑，竟然点燃烽火台，戏弄诸侯。结果，等犬戎攻入西周都城镐京时，没有一个诸侯前来救驾，于是周幽王姬宫湦被杀死，西周灭亡。

西周灭亡后，诸侯拥立幽王的儿子姬宜臼在东方的洛邑继位，是为周平王，史称东周。再后来，东周的王室逐渐衰颓，于是就有了春秋五霸与战国七雄，而屈原所处的时代，正是战国七雄的末期。于是，我们就这样从神话传说走入了历史。

关于这段混杂在传说中的漫长历史，《天问》究竟是怎样记录的呢？我们一起来看下吧。

tiān wèn

天问（节选八）

战国·楚·屈原

huì zhāo zhēng méng hé jiàn wú qī cāng niǎo qún fēi shú shǐ cuì zhī
会鼂争盟，何践吾期？苍鸟[1]群飞，孰使萃之？

dào jī zhòu gōng shū dàn bù jiā hé qīn kuí fā zú zhōu zhī mìng yǐ zī jiē
到[2]击纣躬，叔旦[3]不嘉。何亲揆[4]发足，周之命以咨嗟？

shòu yīn tiān xià qí wèi ān shī fǎn chéng nǎi wáng qí zuì yī hé
授殷天下，其位安施？反成乃亡，其罪伊何？

zhēng qiǎn fá qì hé yǐ háng zhī bìng qū jī yì hé yǐ jiàng zhī
争遣伐器，何以行之？并驱击翼，何以将之？

zhāo hòu shèng yóu nán tǔ yuán dǐ jué lì wéi hé féng bǐ bái zhì
昭后[5]成游，南土[6]爰底。厥利惟何，逢彼白雉[7]？

mù wáng qiǎo méi fú hé wèi zhōu liú huán lǐ tiān xià fú hé suǒ qiú
穆王[8]巧梅？夫何为周流？环理天下，夫何索求？

yāo fū yè xuàn hé háo yú shì zhōu yōu shuí zhū yān dé fú bāo sì
妖夫曳衒，何号于市？周幽谁诛？焉得夫褒姒？

tiān mìng fǎn cè hé fá hé yòu qí huán jiǔ huì zú rán shēn shā
天命反侧，何罚何佑？齐桓[9]九会，卒然身杀。

bǐ wáng zhòu zhī gōng shú shǐ luàn huò hé wù fǔ bì chán chǎn shì fú
彼王纣之躬，孰使乱惑？何恶辅弼，谗谄是服？

bǐ gàn hé nì ér yì chén zhī léi kāi ē shùn ér cì fēng zhī
比干何逆，而抑沉[10]之？雷开[11]阿顺，而赐封之？

hé shèng rén zhī yì dé zú qí yì fāng méi bó shòu hǎi jī
何圣人之一德，卒其异方？梅伯受醢，箕

zǐ yáng kuáng
子详狂。

jì wéi yuán zǐ dì hé zhú zhī tóu zhī yú bīng shàng niǎo
稷维元子[12]，帝何竺[13]之？投之於冰上，鸟

hé yù zhī
何燠之？

hé píng gōng xié shǐ shū néng jiàng zhī jì jīng dì qiè jī
何冯[14]弓挟矢，殊能将之？既惊帝切激，

hé féng zhǎng zhī
何逢长之？

bó chāng hào shuāi bǐng biān zuò mù hé lìng chè bǐ qí
伯昌[15]号衰[16]，秉鞭作牧。何令彻彼岐

shè mìng yǒu yīn guó
社，命有殷国？

qiān zàng jiù qí hé néng yī yīn yǒu huò fù hé suǒ jī
迁藏就岐，何能依？殷有惑妇[17]，何所讥？

shòu cì zī hǎi xī bó shàng gào hé qīn jiù shàng dì fá yīn
受赐兹醢，西伯上告。何亲就上帝罚，殷

zhī mìng yǐ bú jiù
之命以不救？

shī wàng zài sì chāng hé shí gǔ dāo yáng shēng hòu hé xǐ
师望在肆，昌何识？鼓刀扬声，后何喜？

wǔ fā shā yīn hé suǒ yì zài shī jí zhàn hé suǒ jí
武发杀殷，何所悒？载尸[18]集战，何所急？

bó lín zhì jīng wéi qí hé gù hé gǎn tiān yì dì fú shuí
伯林雉经，维其何故？何感天抑墬，夫谁

wèi jù
畏惧？

huáng tiān jí mìng wéi hé jiè zhī shòu lǐ tiān xià yòu shǐ
皇天集命[19]，惟何戒之？受礼天下，又使

zhì dài zhī
至代之？

①苍鸟：鹰。喻武王伐纣，将帅勇猛如鹰鸟群飞。②到：一作“列”，分解。③叔旦：武王的弟弟周公旦。④揆：谋划。⑤昭后：周昭王。⑥南土：南方，指楚国。《史记·周本纪》正义引《帝王世纪》云：“昭王德衰，南征，济于汉，船人恶之，以胶船进王，王御船至中流，胶液船解，王及祭公俱没于水中而崩。”⑦雉：野鸡。史载交趾之南，有越裳国，周公居摄，越裳国来献白雉。昭王德衰，不能使越裳国复献白雉，故欲亲往迎之。⑧穆王：周穆王，西周第五代君主。⑨齐桓：齐桓公，春秋五霸之一。⑩抑沉：压制埋没。⑪雷开：纣王的奸臣。⑫元子：嫡妻生的长子。⑬竺：通“毒”，憎恶。⑭冯：同“凭”，持。⑮伯昌：周文王，名昌，殷时封为雍州伯，又称西伯，故曰伯昌。⑯衰：衰世。⑰惑妇：指殷纣王的宠妃妲己。⑱尸：木主，灵牌。⑲集命：指皇天将赐天命。

上面这段长长的文字，翻译成白话文应该是这样的：“早晨在牧野宣誓，诸侯们如何按时而来？犹如雄鹰合群一般勇武，谁又将他们团结一致？整顿队伍攻击商纣，周公旦却不同意。为何他又亲自为武王谋划，而为周室安邦定国后，他为何总是唏嘘长叹？

“都说殷朝天授神权，为何王朝又变换？殷朝从建立到亡国，其中又有什么天道之理？诸侯大军在前，又是如何指挥阵列？士卒齐头并进，阵列两行，是哪位英明的将领率军？

“昭王四处游历，到了南方各地，他到底目的为何？难道仅仅为了寻找珍贵的白色野鸡？穆王善马驰骋，他为何总喜欢游历四方？遍游东西南北，他到底所求为何？

“妖人相携沿街兜售，为何他们要高叫吆喝？周幽王要诛杀的是谁？怎样就惹来了褒姒邪魅？上苍反复无常，罚谁奖谁很难讲。齐桓公为安定周室，九会诸侯，为何突然那般凄惨身死？

“纣王这个孤家寡人，到底是谁迷乱了他？为何他厌弃忠正之士，反而亲近小人？比干到底哪里得罪了纣王，要受到那般的剖心之苦？雷开又怎样的阿谀奉承，才得到了那般丰厚的奖赏？

为何圣人的德行都相近，最终的结局却各不同？梅伯被剁成肉酱，箕子只能装疯卖傻。

“后稷明明是帝喾的嫡长子，为何却被如此嫌弃？稷被遗弃在寒冰之上，为何大鸟会主动送暖？（稷善务农）如何能操弓执箭，才干特异可以为将帅？既然他出生就已经惊动了神明，为何还能子孙繁昌？

“姬昌乱世中号令天下，为国事不辞辛苦。周武王姬发为何放弃岐地，终而替殷朝统治天下？周太王携带宝藏迁到岐地，他如何说服大家相依跟随？

“纣王身边有妖魅妇人，谁还能忠正直言？纣王杀文王之子做成肉汤，赐予文王，这不共戴天之仇，文王必告上天庭。为何纣王受到了应得惩罚，却挽救不了殷朝灭亡之运？

“姜太公隐身在市井之中，贵族姬昌又是如何认识他的？姜太公吆喝叫卖之声，为何文王听了喜不自禁？武王伐纣之时，他为何如此愤慨？他带着父亲的灵位领军进攻，为何如此急切神速？

“纣王自焚而死，其中又有什么缘故？为何他还会哀呼直号，难道还有人对他有所畏惧？上天既然选定了殷王室为人间之主，为何又要让后人将其颠覆？殷朝受理天下，为何又要让周朝取而代之？”

大家需要注意的是，本章白话文的分段是根据内容来划分的，与原文并没有进行直接的对应。关于这一段文字，我同样提几个点希望大家关注。比如，“师望在肆，昌何识？鼓刀扬声，后何喜？”似乎是在告诉我们，文王遇到姜太公时，他并没有在河边用直钩垂钓，而是在肉铺卖肉。又如，“妖夫曳衒，何号于市？”白话文的意思是：妖人相携沿街兜售，为何他们要高叫吆喝？然而，屈原到底想要表达什么呢？结合上下文，这妖人似乎和褒姒有关，但他们背后到底有什么关系呢？褒姒是妖人派来灭幽的吗？大家需要自己进行思考判断。此外，诗中提到的“齐桓九会，卒然身杀”

是春秋时期的事情了，我在故事中并没有讲到，大家可以自己寻找相关史料进行填补。

赤松子的故事

在屈原的作品中，要说神话素材丰富的，除了《天问》就数《远游》。这首诗的内容主要写想象中的天上远游，其中出现了大量的神仙怪异之物，非常具有奇幻色彩，由于原诗较长，我只挑选两位神仙的故事来给大家讲一讲，一个是赤松子，另一个是王子乔。在这一节，我们先来讲讲赤松子。

相传，赤松子是炎帝时的雨师，也就是雨神。事实上，他原本只是一个普通的人，因为常常服食一种叫作“水玉”的富贵药物，结果练成了神奇的本领，能够跳进火里而不被烧死。在那熊熊的烈火中，他的身体随着烟气的上下而浮动，经过长时间的焚烧终于脱胎换骨成了神仙。

成了神仙以后，赤松子就跑到昆仑山，住在西王母曾经住过的石头宫殿里。每当风雨来临时，他就飞到高高的悬崖上，顺着风雨上下翻飞戏耍。炎帝有一个小女儿看见后，觉得很好玩，就拜赤松子为师，跟着他一起修炼，最后也成了神仙。

我想，屈原之所以喜欢赤松子，大概是因为他是从人修炼成仙的吧。他似乎由此认定，自己也可以像赤松子那样修炼成仙。下面，我们来看一下《远游》中关于赤松子的原文。

yuǎn yóu
远游（节选一）

战国·楚·屈原

wén chì sōng zhī qīng chén xī　yuàn chéng fēng hū yí zé
闻赤松之清尘兮，愿承风乎遗则。
guì zhēn rén zhī xiū dé xī　měi wǎng shì zhī dēng xiān
贵真人之休德兮，美往世之登仙。

yǔ huà qù ér bú jiàn xī míng shēng zhù ér rì yán
与化去①而不见兮，名声著而日延。

qí fù yuè zhī tuō chén xīng xī xiàn hán zhòng zhī dé yī
奇傅说②之托辰星兮，羡韩众③之得一。

xíng mù mù yǐ jìn yuǎn xī lí rén qún ér dùn yì
形穆穆以浸④远兮，离人群而遁逸。

yīn qì biàn ér suì zēng jǔ xī hū shén bēn ér guǐ guài
因气变而遂曾举⑤兮，忽神奔而鬼怪。

shí fǎng fú yǐ yáo jiàn xī jīng jiǎo jiǎo yǐ wǎng lái
时仿佛以遥见兮，精晈晈以往来。

jué fēn āi ér shū yóu xī zhōng bù fǎn qí gù dū
绝氛埃而淑尤⑥兮，终不返其故都。

miǎn zhòng huàn ér bú jù xī shì mò zhī qí suǒ rú
免众患而不惧兮，世莫知其所如⑦。

①化去：指仙去。②傅说：殷高宗武丁的宰相，传说他死后，精魂乘星上天。③韩众：即韩终，春秋齐人，为王采药，王不肯服，于是他自己服下成仙。④浸：渐。⑤曾举：向上高高飞升。⑥淑尤：化凶为吉。王逸《楚辞章句》：“淑，善也；尤，过也；言行道修善过先祖也。”⑦如：往。

我们先来将这段文字翻译成白话文：“我听说赤松子清高绝俗，愿意继承他的遗风像他一样行事。看重修真之人的美德，羡慕古人能够升仙超脱生死。虽然形体羽化消失不见，但名声却显耀且万古长存。傅说骑星升天是多么的神奇，而韩众服药成仙更是教人羡慕。身形肃穆地渐渐远去，离开人群高飞而去。凭借精气高飞上天，飘飘忽忽若鬼神出没。朦胧中似乎远远地可以看见，神灵的光芒来往闪烁。超越尘俗赛过先祖，再也不必返回故国乡里。摆脱众多患难无所畏惧，世人全都不知他们的影踪。”

这段文字相对比较浅显，通过对赤松子、傅说、韩众等仙人的羡慕之情，表达了作者对成仙之路的向往。但同时，他也清醒地意识到，自己是成不了仙的，因为这些仙人都是能够不再眷恋故乡的，而这一点他却做不到。事实上，这种矛盾贯穿了屈原的作品，他一方面想要摆脱世俗的羁绊，另一方面却又无法忘怀自己的故国——楚国。假如他真的有机会成仙，想必也会犹豫再三最终放弃。

在这段文字中，除了赤松子，还提到了另外两名仙人，即傅说和韩众，都是由人而成仙的。关于他们的事迹，这里就不再细说了，有兴趣的话可以自己找材料学习。

王子乔的故事

说完赤松子，我们再来讲讲王子乔。王子乔并非只存在于传说中，历史上真的有这样一个人。他是东周时期周灵王的太子，姬姓，名晋，字子乔，大约生于公元前 567 年。这样算来，他只比屈原早了 200 多年。

王子乔天资聪颖，温良博学，不慕富贵，喜爱静坐吹笙，乐声优美如凤凰鸣唱，在 15 岁行冠礼后，他就开始以太子的身份辅政。据说，晋平公听闻这位未来的周王有胆有识，就派当时的名流师旷前往探查，问他以君子之德、治国之道，王子乔旁征博引、侃侃而谈，让师旷钦佩不已。

不过，王子乔并没有成为周王。公元前 551 年，谷、洛二水泛滥，王宫也受到洪水的威胁，王子乔与父亲周灵王在治洪策略上发生分歧。周灵王准备沿用堵的方法，王子乔坚决反对，他以“川不可壅”据理力争，提出用疏导的办法来治水，还以禹的父亲鲧用堵的方法治水失败的教训劝诫灵王，指出他的行为是“亡王之为也”。忠言逆耳，也许是王子乔的批评过于尖刻了吧，周灵王一怒之下将他废黜为庶人。王子乔被废黜后，内心的苦闷可想而知，不到三年就抑郁而终，年仅 17 岁。

也许是人们太喜欢这位小王子了，不相信他真的死了，于是另一种说法就流传开来。据说，王子乔并没有死，而是仙人浮丘生将王子乔带去嵩山修炼了。三十多年以后，一个名叫桓良的人遇见王子乔，王子乔对他说："请你转告我的家人，请他们七月七日与我在缑氏山相会。"到了那一天，王子乔乘坐白鹤出现在缑氏山的山顶，可望而不可即，几天之后他便挥手与世人作别，飞升而去，这就是"王子登仙"的传说。

显然，屈原对于王子乔成仙这件事是相信的，不然就不会在《远游》中写出下面这段文字。

远游（节选二）

yuǎn yóu

战国·楚·屈原

chóng yuē chūn qiū hū qí bù yān xī xī jiǔ liú cǐ gù jū
重曰：春秋忽其不淹①兮，奚久留此故居？

xuān yuán bù kě pān yuán xī wú jiāng cóng wáng qiáo ér yú xì
轩辕②不可攀援兮，吾将从王乔③而娱戏！

cān liù qì ér yǐn hàng xiè xī shù zhèng yáng ér hán zhāo xiá
餐六气④而饮沆瀣⑤兮，漱正阳⑥而含朝霞。

bǎo shén míng zhī qīng chéng xī jīng qì rù ér cū huì chú
保神明之清澄兮，精气入而麤秽除。

shùn kǎi fēng yǐ cóng yóu xī zhì nán cháo ér yī xī
顺凯风⑦以从游兮，至南巢而壹息。

jiàn wáng zǐ ér sù zhī xī shěn yī qì zhī hé dé
见王子而宿之兮，审壹气之和德。

yuē dào kě shòu xī bù kě chuán
曰：道可受兮，不可传。

qí xiǎo wú nà xī qí dà wú yín
其小无内⑧兮，其大无垠。

wú gǔ ér hún xī bǐ jiāng zì rán
无滑⑨而魂兮，彼将自然。

yí qì kǒng shén xī yú zhōng yè cún
壹气孔⑩神兮，于中夜存。

xū yǐ dài zhī xī　　wú wéi zhī xiān
虚以待之兮，无为之先。

shù lèi　yǐ chéng xī　　cǐ dé zhī mén
庶类⑪以成兮，此德之门。

①淹：滞留。②轩辕：即黄帝，姓公孙，名轩辕。③王乔：即王子乔，传说中得道成仙者，据说他是周灵王之子，故以王子为称，也叫王子晋。④六气：据道家之说，世上有天地四时六种精气，修炼者服食之即能成仙。⑤沆瀣：露水。⑥正阳：六气中日中之气。⑦凯风：南风。⑧内：同“纳”，容纳。⑨滑：紊乱。⑩孔：甚，很。⑪庶类：众类万物。

这段文字讲诗人在游历过程中与仙人王子乔相遇的经过，当然这只是诗人的幻想罢了。在幻想中，诗人不仅见到了王子乔，还聆听了他的教诲。

诗人把仙人的话，用富有节奏的文字记录下来，实质上是通过王子乔的话，表达自己对远游的体会：既然现世已无有道贤君，那么上天悟道就是成仙立德了。古人说，人生三项不朽的事业分别是立德、立言、立功，其中立德最重要。既然在人间不能立德，成仙修行就是最佳的道路了。

王子乔的话，诗人的领悟，都集中在做一个有道德的人这点上，由此可见诗人仍未忘情于世俗，人间的道德规范深刻地烙印在他的心上。

下卷　后世各家

第一章 宋玉

宋玉是屈原的学生吗

在这本书的第一节，我们探讨了秦宣太后芈月与屈原的关系，认为她应该不可能是屈原的学生，电视剧《芈月传》只是编剧基于一些史料进行的合理想象。不过，在真实的历史中，屈原似乎的确有一名学生，他就是写下《高唐赋》《神女赋》以及《登徒子好色赋》的宋玉。

我在这里为什么用一个“似乎”呢？当然是这件事有争议。在屈原的作品中没有提到宋玉，宋玉的作品中也没说过自己的老师是屈原。最早确认两人师徒关系的是东汉人王逸，他比屈原晚了三四百年，于是有学者就觉得可能不靠谱，认为他其实是把《史记》中的“祖（承袭、效法）屈原”理解为“师从屈原”了。

不过，抱有这种怀疑态度的人只是少数，大多数人都认为宋玉就是屈原的学生。据考证，宋玉原本是宋国的公子，出生于宋国都商丘（今河南商丘），因父子矛盾而出走楚国。到楚国以后，宋玉刚开始是跟随屈原的，屈原被放逐的时候他还很年轻，便跟随景差（cuō）。这位景差也是个大辞赋家，下一节我们会讲到。景差对宋玉很不错，把他推荐给了楚顷襄王，担任文学侍臣，后来又当了大夫。

宋玉不仅文采好，而且容貌俊美，被列入古代四大美男子。他的作品留下来的有很多，大多数是赋，楚辞只有一首，就是下面我们要介绍的《九辩》。据说，这首诗是宋玉为悼念他的老师屈原而写的，但也有人表示反对，大家不妨一起来判断一下。

jiǔ biàn
九辩（节选）

战国·宋·宋玉

bēi zāi qiū zhī wéi qì yě xiāo sè xī cǎo mù yáo luò ér biàn
悲哉秋之为气也！萧瑟兮草木摇落而变
shuāi liáo lì xī ruò zài yuǎn xíng dēng shān lín shuǐ xī sòng jiāng
衰，憭慄[1]兮若在远行，登山临水兮送将
guī xuè liáo xī tiān gāo ér qì qīng jì liáo xī shōu lǎo ér shuǐ
归，泬寥[2]兮天高而气清，宗廖[3]兮收潦而水
qīng cǎn qī zēng xī xī bó hán zhī zhōng rén chuàng huǎng kuǎng
清，憯凄[4]增欷兮薄寒之中人，怆怳[5]圹
lǎng xī qù gù ér jiù xīn kǎn lǐn xī pín shì shī zhí ér zhì
悢[6]兮，去故而就新，坎廪兮贫士失职而志
bù píng kuò luò xī jī lǚ ér wú yǒu shēng chóu chàng xī ér sī zì
不平，廓落兮羁旅而无友生。惆怅兮而私自
lián yàn piān piān qí cí guī xī chán jì mò ér wú shēng yàn yōng
怜。燕翩翩其辞归兮，蝉宗漠而无声。雁廱
yōng ér nán yóu xī kūn jī zhōu zhā ér bēi míng dú shēn dàn ér
廱[7]而南游兮，鹍[8]鸡啁哳而悲鸣。独申旦而
bú mèi xī āi xī shuài zhī xiāo zhēng shí wěi wěi ér guò zhōng xī
不寐兮，哀蟋蟀之宵征。时亹亹[9]而过中兮，
jiǎn yān liú ér wú chéng
蹇淹留而无成。

bēi yōu qióng cù xī dú chǔ kuò yǒu měi yì rén xī xīn bú yì
悲忧穷戚兮独处廓，有美一人兮心不绎[10]。
qù xiāng lí jiā xī lái yuǎn kè chāo xiāo yáo xī jīn yān bó zhuān sī
去乡离家兮徕远客，超逍遥兮今焉薄？专思
jūn xī bù kě huà jūn bù zhī xī kě nài hé xù yuàn xī jī sī
君兮不可化，君不知兮可奈何！蓄怨兮积思，
xīn fán dàn xī wàng shí shì yuàn yí jiàn xī dào yú yì jūn zhī xīn
心烦憺兮忘食事。愿一见兮道余意，君之心
xī yǔ yú yì chē jì jià xī qiè ér guī bù dé jiàn xī xīn shāng
兮与余异。车既驾兮朅[11]而归，不得见兮心伤

bēi　yǐ jié líng　xī cháng tài xī　tì chán yuán　xī xià zhān shì
悲。倚结軨⑫兮长太息，涕潺湲⑬兮下沾轼。

kāng kǎi jué xī bù dé　zhōng mào luàn　xī mí huò　sī zì lián xī
忼慨绝兮不得，中瞀乱⑭兮迷惑。私自怜兮

hé jí　xīn pēng pēng xī liàng zhí
何极，心怦怦兮谅直。

①憭慄：凄凉。②泬寥：晴朗空旷，天高气清的样子。③宋廖：清澄平静。④憯悽：悲痛。⑤怆怳：失意悲伤。⑥圹悢：失意怅惘。⑦廱廱：雁鸣声。⑧鹍：一种长得像鹤的鸟。⑨亹亹：行进不停。⑩绎："怿"的假借，愉快。⑪朅：离去。⑫结軨：车栏，用木条构成，故称。⑬潺湲：流水声，此喻泪流不止。⑭瞀乱：心中烦乱。

由于原文篇幅较长，我们这里只节选了其中的一部分，大家如果有兴趣，可以自己去找全文来读。

全诗一共十章，这里所选的是前两章。诗人在一开始便点明了悲秋的主题："悲哉秋之为气也！萧瑟兮草木摇落而变衰。憭慄兮若在远行，登山临水兮送将归。"在先秦典籍中，虽然不乏人们对秋寒的畏惧，但大多数描写的还是秋天收获的喜悦。在这里，宋玉却把秋天万木凋落与人的遭遇联系了起来。"坎廪兮贫士失职而志不平""廓落兮羁旅而无友生""怆怳圹悢兮，去故而就新""时亹亹而过中兮，蹇淹留而无成"，失去了官职，没一个人同情，独自流浪，人过中年而事业无成，似乎所有的不幸，都集中在诗中这位主人公的身上。于是，这位孤独的流浪者只能在枯叶飘零的岁月里自怜自艾，他眼中秋天的景物，全都带上了悲伤的颜色。贫士悲秋的主题一旦确定，诗歌就顺利地展开了。

从第二章到第十章，《九辩》反复

抒述见秋而悲的原因。其中，第二章讲述的是美人被抛弃的悲伤：“有美一人兮心不绎，去乡离家兮徕远客，超逍遥兮今焉薄。”美丽的女人竟然被抛弃，独自飘零远方，而她所思恋之君却不理睬，爱情破灭了，不能不伤心。正如屈原作品中那样，这里的美人并不是指美女，而是被君王疏远的臣子。

从节选的这两段中，我们可以看出，宋玉所描写的主人公既可以是自己，也可以是屈原，甚至可以由自己而想到老师屈原，而又由老师想到自己。也就是说，可以同时指两个人。在这里，我们不妨当成是屈原吧，因为对于爱国主义大诗人屈原，后世有许许多多的悼念者，而作为屈原的学生，宋玉理应是第一个悼念他的人。

事实上，后世那些悼念屈原的人，大多都有着和他一样的情怀与愤懑。因此，我们接下来要介绍的《楚辞》作品，基本上都有类似的情形，看似是在为屈原鸣不平，实则也在抒发作者自己心中的一腔愁闷。

第二章　景差

屈原被招魂了吗

前面我曾给大家介绍过一篇《招魂》。楚怀王被秦国囚禁，死在了咸阳，屈原按照楚地风俗，为他举行了一场“招魂”仪式，让其灵魂返回故乡，而《招魂》这首诗正是仪式中的祭文。

我们知道，屈原被放逐江南，最终自沉汨罗江。这个地方虽然现在山清水秀是个好地方，但在战国时代却是人烟稀少的蛮荒之地，四周都是原始森林，居住者也多是些没有开化的原始部落。显然，让屈原的灵魂在这里安息是不合适的，那么，有没有人为他招魂呢？答案是肯定。不过，招魂者不是宋玉，而是景差。

我前面讲过姓与氏的区别，楚国王族的姓是“芈”，王族的氏为“熊”，另外还有三大氏族分别为屈、景、昭，都是芈姓。在史书上经常看到这样一句话：楚虽三户，亡秦必楚。这里的“三户”指的并不是三户人家，而是三大氏族。由此，我们可以知道景差与屈原是同姓不同氏，都是楚国的王族。另外，我们前面也说过，三闾大夫的职责是负责楚国贵族屈、景、昭三大氏子弟的教育。因此，我们可以大胆推测，这位景差很可能也是屈原的学生。

史料中关于景差的记载很少，不过从为屈原招魂这件事来看，他大概是继屈原之后的又一位三闾大夫吧。这一点虽然是我的推论，但可以从屈原被流放后投到景差门下得到侧面佐证。想来，这位新任的三闾大夫也应该是屈原的得意弟子，但正如《史记》所说，他大约“好辞而以赋见称，然皆祖屈原之从容辞令，终莫敢直谏”。换句话说，就是景差虽然学到了屈原的文采，辞赋写得很好，却没有学到老师的正直与勇气，不敢向楚王犯颜进谏。不过，在我看来，司马迁对景差似乎有些苛责了，因为面对楚顷襄王那样软弱又昏庸的主子，就是舍出性命去劝谏，大概也是对牛弹琴吧。景差在屈原死后为他招魂，从这一点来看，景差也算是一个不错的学生了。

景差为屈原写的招魂词叫作《大招》，原文较长，我在这里选一部分介绍给大家。

dà zhāo
大招（节选）

战国·楚·景差

qīng chūn shòu xiè, bái rì zhāo zhǐ. chūn qì fèn fā, wàn
青春受谢，白日昭只。春气奋发，万
wù jù zhǐ. míng líng jiā xíng, hún wú táo zhǐ. hún pò guī
物遽①只。冥②凌③浃④行，魂无逃只。魂魄归
lái! wú yuǎn yáo zhǐ. hún hū guī lái! wú dōng wú xī, wú nán
来！无远遥只。魂乎归来！无东无西，无南
wú běi zhǐ.
无北只。

dōng yǒu dà hǎi, nì shuǐ yóu yóu zhǐ. chī lóng bìng liú,
东有大海，溺水浟浟⑤只。螭龙并流，
shàng xià yōu yōu zhǐ. wù yǔ yín yín, bái hào jiāo zhǐ. hún hū wú
上下悠悠只。雾雨淫淫，白皓胶只。魂乎无
dōng! yáng gǔ jì zhǐ.
东！汤谷宋只。

hún hū wú nán! nán yǒu yán huǒ qiān lǐ, fù shé yán zhǐ. shān
魂乎无南！南有炎火千里，蝮蛇蜒只。山
lín xiǎn ài, hǔ bào wān zhǐ. yú yōng duǎn hú, wáng huǐ qiān
林险隘，虎豹蜿只。鰅鳙⑥短狐，王虺⑦骞⑧
zhǐ. hún hū wú nán! yù shāng gōng zhǐ.
只。魂乎无南！蜮伤躬只。

hún hū wù xī xī fāng liú shā mǎng yáng yáng zhǐ shǐ shǒu
魂乎无西！西方流沙，漭洋洋只。豕首
zòng mù pī fà ráng zhǐ cháng zhǎo jù yá xī xiào kuáng
纵目，被发鬤[9]只。长爪踞牙，诶笑[10]狂
zhǐ hún hū wù xī duō hài shāng zhǐ
只。魂乎无西！多害伤只。

hún hū wù běi běi yǒu hán shān chuō lóng xì zhǐ dài shuǐ
魂乎无北！北有寒山，逴龙赩[11]只。代水
bù kě shè shēn bù kě cè zhǐ tiān bái hào hào hán níng níng
不可涉，深不可测只。天白颢颢[12]，寒凝凝
zhǐ hún hū wù wǎng yíng běi jí zhǐ
只。魂乎无往！盈北极只。

hún pò guī lái xián yǐ jìng zhǐ zì zì jīng chǔ ān yǐ dìng
魂魄归来，闲以静只。自恣荆楚，安以定
zhǐ chěng zhì jiū yù xīn yì ān zhǐ qióng shēn yǒng lè nián
只。逞志究欲，心意安只。穷身永乐，年
shòu yán zhǐ hún hū guī lái lè bù kě yán zhǐ
寿延只。魂乎归来！乐不可言只。

①遽：争相。②冥：幽冥。③凌：驰骋。④浃：遍。⑤浟浟：水流迅疾。⑥鰅鳙：神话传说中的怪鱼，善于害人。⑦王虺：大蛇。⑧骞：抬头。⑨鬤：毛发蓬乱的样子。⑩诶笑：嬉笑。诶，同“嬉”。⑪赩：赤色。⑫颢颢：白茫茫。

有人认为这首《大招》是屈原写的，而招魂的对象是楚怀王，但同一个对象为什么要写两篇招魂词呢，而且其水平又较《招魂》差很多，显然不对。于是，又有人提出，可能是屈原早期的作品，招魂的对象是楚怀王之前的楚威王。然而，楚威王是公元前 329 年去世的，那时屈原才不过 12 岁，就算他是个天才，能写出这样的文章，但他那时肯定还没进入仕途，自然也不是三闾大夫，为什么要给楚威王招魂呢？所以，我们还是把这首《大招》归入景差的名下，招魂对象自然就是屈原。

这首诗是按照招魂词的固定格式写的，共分为三部分：第一

部分极力渲染四方的种种凶险怪异，第二部分着意烘托楚国故居之美，最后一部分则大力称颂楚国任人唯贤、政治清明、国势强盛等，以引导灵魂返回楚国。我们所节选的是其中的第一部分。

冬去春来，温暖阳光洒遍大地，面对世间万物竞相生长的景象，景差向天地呼唤：“魂魄啊你不要逃，快点归来吧！不要往东，东方有浩瀚的海洋，水深流急，更有螭龙出没，雾雨淫淫，天地间一片白茫茫；也不要往南，南方有赤炎千里，山林险峻，蝮蛇虎豹横行，还有怪鱼鰅鳙和含沙射人的短狐，会伤害你的身体；不要往西，西方有无边无际的流沙，那里有眼睛竖长、披头散发、长爪利齿的怪物；更不要往北，北方有寒冷的山岭，遍体通红的烛龙，又有无从涉渡、深不可测的代水。魂啊，归来荆楚大地吧，这里闲适又安静，可以自在遨游，一切如你所愿。”

这首《大招》虽然不如《招魂》浪漫奇诡，但仍以其华丽的语言，为我们展现出了一幅幅奇谲诡异、绚丽多姿的画面。全诗几乎都用四言句，显得简洁整齐、古朴典雅，尽管景差的作品留传下来的只有这一首，但也基本上反映了景差的整体创作风格。

第三章　贾谊

来自大汉朝的追悼

屈原去世以后，公元前223年，秦军攻破楚都寿春，俘虏了楚王负刍，楚国灭亡。在此之前，秦国已经相继灭了赵、韩、魏。灭楚后的第二年，秦灭燕国，又过一年，灭了齐国。至此，秦国完成了统一中国的大业，建立起一个中央集权的强大国家——秦朝。

在这个过程中，屈原的事迹和作品虽然在楚地广泛流传，对民间产生了极大影响，但由于秦楚曾经长期敌对，秦始皇嬴政不喜欢楚辞，因此秦灭六国后的几十年间，楚辞没有出现在任何典籍上，好似消失了一般。到汉王朝建立以后，楚辞才得到迅速传播，从楚地推至全国，从民间流向宫廷，很快便在汉代文坛风靡起来，即使后来汉赋出现，楚辞依然受到人们的推崇。

为什么汉朝人那么喜欢屈原和楚辞？因为汉朝的建立者刘邦就是楚人。大家应该还记得那句“楚虽三户，亡秦必楚”吧？事实证明，这并不仅仅是一个失败者的牢骚，因为秦朝确实是由楚人给推翻的。汉高祖刘邦不仅喜欢楚辞，还自己参与创作，大家想一想，他那首著名的《大风歌》是不是有楚辞的影子呢？

“大风起兮云飞扬，威加海内兮归故乡，安得猛士兮守四方！”这首诗虽然短，但深得楚辞的精髓。正所谓“上有所好，下必甚焉”，有了皇帝的推荐，而且楚辞本身又那么好，下面效仿的自然就会很多。两汉时的著名文士，大都向《离骚》学习，也多有骚体作品传世，我们后面讲的楚辞，全部都是由汉朝人创作的。现在，我们首先来讲贾谊的《惜誓》。

xī shì
惜誓

西汉·贾谊

xī yú nián lǎo ér rì shuāi xī suì hū hū ér bù fǎn dēng cāng
惜余年老而日衰兮，岁忽忽而不反。登苍
tiān ér gāo jǔ xī lì zhòng shān ér rì yuǎn guān jiāng hé zhī yū
天而高举兮，历众山而日远。观江河之纡
qū xī lí sì hǎi zhī zhān rú pān běi jí ér yì xī xī xī
曲兮，离[1]四海之沾濡。攀北极而一息兮，吸
hàng xiè yǐ chōng xū fēi zhū niǎo shǐ xiān qū xī jià tài yī zhī xiàng
沆瀣以充虚。飞朱鸟使先驱兮，驾太一之象
yú cāng lóng yǒu qiú yú zuǒ cān xī bái hǔ chěng ér wéi yòu
舆。苍龙蚴虬[2]于左骖兮，白虎骋而为右
fēi jiàn rì yuè yǐ wéi gài xī zài yù nǚ yú hòu chē chí wù
骓。建日月以为盖兮，载玉女于后车。驰骛[3]
yú yǎo míng zhī zhōng xī xiū xī hū kūn lún zhī xū lè qióng jí
于杳冥之中兮，休息乎昆仑之墟。乐穷极[4]
ér bú yàn xī yuàn cóng róng hū shén míng shè dān shuǐ ér chí chěng
而不厌兮，愿从容乎神明。涉丹水而驰骋
xī yòu dà xià zhī yí fēng
兮，右大夏之遗风。

huáng hú zhī yì jǔ xī zhī shān chuān zhī yū qū zài jǔ xī
黄鹄之一举兮，知山川之纡曲。再举兮，
dǔ tiān dì zhī yuán fāng lín zhōng guó zhī zhòng rén xī tuō huí biāo hū
睹天地之圜方。临中国之众人兮，托回飙乎
cháng yáng nǎi zhì shào yuán zhī yě xī chì sōng wáng qiáo jiē zài páng
尚羊。乃至少原之壄兮，赤松王乔皆在旁。
èr zǐ yōng sè ér tiáo yùn xī yú yīn chēng hū qīng shāng dàn rán ér
二子拥瑟而调均兮，余因称乎清商。澹然而
zì lè xī xī zhòng qì ér áo xiáng niàn wǒ cháng shēng ér jiǔ xiān
自乐兮，吸众气而翱翔。念我长生而久仙
xī bù rú fǎn yú zhī gù xiāng
兮，不如反余之故乡。

黄鹄后时而寄处兮，鸱枭群而制之。神龙失水而陆居兮，为蝼蚁之所裁。夫黄鹄神龙犹如此兮，况贤者之逢乱世哉！寿冉冉而日衰兮，固儃回而不息。俗流从而不止兮，众枉聚而矫直。或偷合而苟进兮，或隐居而深藏。苦称量之不审兮，同权概而就衡。或推迻而苟容兮，或直言之谔谔。伤诚是之不察兮，并纫茅丝以为索。方世俗之幽昏兮，眩白黑之美恶。放山渊之龟玉兮，相与贵夫砾石。梅伯⑤数谏而至醢兮，来革⑥顺志而用国。悲仁人之尽节兮，反为小人之所贼。比干忠谏而剖心兮，箕子⑦被发而佯狂。水背流而源竭兮，木去根而不长。非重躯以虑难兮，惜伤身之无功。

已矣哉！独不见夫鸾凤之高翔兮，乃集大皇之壄。循四极而回周兮，见盛德而后下。彼圣人之神德兮，远浊世而自藏。使麒麟可得羁而系兮，又何以异乎犬羊？

①离：通“罹”，遭遇。②蚴虬：行动之貌。③驰骛：奔走。④穷极：极端，顶点。⑤梅伯：殷纣王时诸侯，因为直谏为纣所杀。⑥来革：殷纣之佞臣。⑦箕子：殷纣王大臣，见比干被剖心，便装疯逃亡。

对于贾谊，相信大家应该都不陌生，他是西汉初年著名的政论家、文学家，世称贾生，主要作品有《过秦论》《论积贮疏》《吊屈原赋》《鹏鸟赋》等。不过，究竟这篇《惜誓》的作者是不是贾谊，还有一些争议。在这里，我们就先搁置争议，还是把它归入贾谊名下。

不论作者是谁，可以肯定这是一篇悼念屈原的作品，而题目“惜誓”的意思大约就是对屈原的誓死不迁、以身殉志感到痛惜。全诗抒写屈原被放逐而离别国都的悲愤和欲高蹈远游却牵念故乡的情怀，同时也寄寓了作者本人被君主疏离而将远去的愤慨。

诗的第一章用大量笔墨对屈原离开楚国进行铺叙，这里面有《离骚》的影子，当然不是写实，而是作者的想象。第二章则通过具体形象描绘对世事黑暗进行剖析。鸿鹄振翅而起时，可以高飞至云霄，尘世之污浊，纤毫不染，可是，它若错过了高飞的时机，栖息于山林，便再无平日英姿，只能被恶鸟群起攻之，毫无还手之力。神龙在浩瀚的江河湖海中遨游时，一昂首，可以使风动云涌，一摆尾，可以让天地变色，然而它一旦离开水上岸，就会受制于微不足道的蝼蚁。

鸿鹄神龙尚且如此，何况贤者遭逢乱世？贤臣若生在治世，国泰民安，明君在上，政治清明，自当平平安安为国为民鞠躬尽瘁，但若生在以直为枉、以枉为直的乱世，便好比鸿鹄沦落山林，遭群小攻讦，亦如神龙失陷陆地，为蝼蚁之辈辖制，不仅志不得伸，清白遭污，连身家性命都会受到威胁。

只因乱世之中，君王不辨是非，不明忠奸，有人进谗献媚贪图富贵，有人直言不讳敢于谏诤，昏聩的君王却将两类人混为一谈，以同一种标准来衡量，既不能体察忠诚，也不能够明辨奸恶，分不清忠言和谗言孰轻孰重。

当贾谊为屈原吟出这番痛惜之言时，他自己也正身处难堪的境遇里，哀叹自伤。当年他以二十出头的年纪得到汉文帝赏识，被征召为博士，不久便升为太中大夫，仕途一片大好，谁知却为同僚排挤，遭贬为长沙王太傅。他的贬谪地，恰是屈原的故土。他想，此时自己的茫然或许正是昔日屈原的茫然。

身在乱世，屈原注定无路可走，而贾谊也被远远贬逐出京城，在遥远的荒山恶水中消磨生命。想那商纣暴虐，曾将梅伯剁成肉酱，也曾挖出比干的心脏，更逼得叔父箕子披发佯狂以避祸，无论贤人忠士如何奔走努力，也敌不过巨大的恶的浊流，最终都会被奸邪小人所害。再看当今的朝堂之中，标榜自己身价百倍的仍然是一些粗劣的顽石，而如美玉良石一般的贤臣，仍然无立足之地。

他们像神龟美玉一样被抛弃在名山大川，哀伤地看着时光从指缝流走，匆匆而过，从不停息，看着自己在这迅疾的流逝中逐渐苍老，却功业未建、一事无成。更难堪的是，他们胸怀匡扶济世的雄心，最终却只能看着原本可以得救的家国，一步步走向衰落和毁灭。这或许才是最痛心之事，他们随同时代一起凋亡，面对生命的苍老和历史的沧桑，一样的有心无力。

罢了罢了，思来想去，也只能徒增忧伤，当日屈原尚未得出答案，如今我贾谊又怎能得出？不如放下世俗的一切，远走高飞，超脱这无尽的烦恼。难道你没看见身为百鸟之王的凤凰正高飞而去，远远聚集在大荒之中？它们会高高翱翔于天际，遍游天地四方，等待盛世到来，方才降临于世。好比有德行的圣人，皆“远浊世而自藏”，只因浊世里只有束缚，只有伤害，他们只能全身远害，静待时势。

正因为远离浊世，凤凰才可以称为神鸟，麒麟才可以称为神兽，贤者才可以称为圣人。如果神鸟凤凰放弃无边无际的宇宙天际，在尘埃中低伏，那和鸡鸭有什么区别？如果神兽麒麟不是出入神山之间，圣水之畔，行踪飘忽，而是在俗世中被拘系着，那和犬羊有什么区别？如果贤者深陷于世俗的泥沼，随波逐流，无法坚持自我的理想，保持操守的清白，那和小人又有什么区别呢？

第四章　淮南小山

淮南小山不是一个人

乍一看到这个题目，大家可能会吓一跳：“不是人是什么？难道是妖怪不成？或者是神仙？”要解释这个问题，我们还得从淮南王刘安说起。

刘安是汉高祖刘邦的孙子，淮南厉王刘长的儿子。他一生有很多成就，他曾招集宾客方术之士数千人，编写中国思想史上划时代的学术巨著《淮南子》。据说，他还是豆腐和豆浆的发明者，以及世界上最早尝试热气球升空的实践者。刘安非常推崇屈原，他写的《离骚传》也是中国最早对屈原及其《离骚》做出高度评价的著作。

至于淮南小山到底是谁？历代学者有很多考证，有的人说就是淮南王刘安本人，有的说是刘安所养的一名门客。不过，最终大家普遍认为，淮南小山应该是刘安一部分门客的共称，类似于现在的集体笔名。现在大家明白了吧，标题上所说的“不是一个人”，重点在于“一个”，而不在于“人”。

下面，我们就一起来看看署名淮南小山的《招隐士》吧。

招隐士

西汉·淮南小山

桂树丛生兮山之幽，偃蹇①连蜷②兮枝相缭。山气𪩘𡶴③兮石嵯峨，溪谷崭岩兮水曾波④。猿狖群啸兮虎豹嗥，攀援桂枝兮聊淹留。王孙游兮不归，春草生兮萋萋。

岁暮兮不自聊，蟪蛄鸣兮啾啾。坱兮轧⑤，山曲岪⑥，心淹留兮恫慌忽。罔兮沕⑦，憭兮栗，虎豹穴，丛薄深林兮人上慄。嵚岑⑧碕礒⑨兮碅磳⑩磈硊⑪，树轮相纠兮林木茷骫⑫。青莎⑬杂树兮薠草靃靡⑭，白鹿麏麚⑮兮或腾或倚。状貌崟崟⑯兮峨峨，凄凄兮漇漇⑰。猕猴兮熊罴，慕类兮以悲。攀援桂枝兮聊淹留。虎豹斗兮熊罴咆，禽兽骇兮亡其曹⑱。王孙兮归来，山中兮不可以久留！

①偃蹇：屈曲而美好的样子。②连蜷：树枝曲折的样子。③𪩘𡶴：云气蒸腾的样子。④曾波：波澜重叠。曾，一本作“增”。⑤坱兮轧：山气弥漫，雾色暗淡的样子。⑥岪：山势曲折起伏。

⑦罔兮沕：失意犹疑的样子。⑧嵚岑：形容山高峻。⑨碕礒：山石嶙峋的样子。⑩硱磳：高耸貌。⑪磈硊：形容山石高峻。⑫茷骫：枝叶盘纡。⑬青莎：草名。⑭靃靡：随风飘拂。⑮麕麚：麕，同“麇”，獐子。麚，雄鹿。⑯崟崟：高耸的样子。⑰漇漇：滋润的样子。⑱曹：同类。

对于这首诗的主旨，人们也有争议，主要有三种观点：一种观点认为这是一首“悯屈”的作品，即感伤屈原的遭遇，对他进行追悼思念，类似于我们前面讲的《九辩》；另一种观点认为这是刘安的门客们为他写的一篇招贤文，类似于后来曹操的《短歌行》；第三种观点则认为是门客们对刘安的怀念，刘安后来因为谋反自杀，门客谎称其已成仙，以掩盖他的野心。在这里，我们采取第二种说法，即“为淮南王招致山谷潜伏之士”而作。

这首诗的开篇是对山中险恶环境的描写。作者用浓重的笔墨，把荒山幽谷中凄凉、凶险的场景描写得十分生动：在山谷深处，桂树丛生，曲曲盘旋的枝条缠绕在树干上。山谷里云雾之气蒸腾而起，弥漫在巍峨的高山、陡峭的岩石周围，岩石下的溪水里，激荡着一层层水波，极是凄清。一阵阵猿猴的悲啼传来，又有虎豹的吼叫声不绝于耳，而发出这些声音的猿猴虎豹，就栖息在桂树之间。这一段场景描写让人有触目惊心之感，作者之所以用夸张、渲染等手法描写山中环境，就是为了表明山中并不适合长期生活，因此自然而然地召唤远在山中的“王孙”赶紧归来，衬托出亲人盼“王孙”归来的迫切心情。

接着作者又进一步写出山中潜在的危险：林中处处都可能是虎豹的巢穴，那茂密幽深的草木更是让人惊疑不定。奇形怪状的岩石陡坡十分险峻，在其间行走本已十分危险，盘根错节的树木更令人寸步难行。从生的杂草把小路都掩盖起来了，随时会有白鹿、獐子等小兽奔出来，惊吓路人。猿猴、熊罴等不停地发出阵阵悲鸣，令人闻之神伤，又有虎、豹、熊等猛兽争斗的声音传来，令禽兽闻风丧胆纷纷奔逃。这一段描写，同样是在提醒王孙“山中兮不可久留”，带有明显的呼唤归来的意味。

强烈的主观色彩，夸张的环境描写，大量的渲染烘托，这是本文最鲜明的艺术特点。作者极尽夸张之能事，把山中环境描写得森然可怖，令人胆战心惊，并油然生出一种盼望山中“王孙”速速归来的愿望。

作者大量采用叠字这一修辞手法，如“萋萋”“啾啾”“峨峨”“凄凄”等，一方面能将景物描写得更为生动形象，另一方面使文章在节奏上显得极为特别，再加上作者对三字句、五字句、七字句、八字句等多种句式的交错使用，更使文章读来朗朗上口。

第五章　严忌

哀屈原，还是哀自己

看到这一章的题目，大家在脑海中产生的第一个问题可能就是：严忌是谁？的确，对绝大多数同学来说，这是一个陌生的名字。为了让大家更好地理解作品，我先简单介绍一下作者。

严忌出生于公元前 188 年，卒于公元前 105 年，拳县（今浙江嘉兴）人，是西汉初期的一名辞赋家。他原本姓庄，东汉时因避汉明帝刘庄的讳，被改为严，于是后世就称他为严忌。虽然严忌现在没什么名气，但在他那个时代他是和司马相如齐名的文人。

严忌曾是吴王刘濞的门客，后来听说刘濞想要谋反，便苦苦劝阻，但这刘濞却一意孤行，于是他就离开吴地，投奔了梁孝王刘武。虽然严忌在这里也受到了很高的礼遇，但梁孝王因跟汉武帝刘彻争夺帝位失败抑郁而终，所以作为门客的严忌其政治前途自然也就断送了。

据说严忌写过 24 篇辞赋，但其中的 23 篇都丢失了，留存到今天的只有被选入《楚辞》的一篇《哀时命》。由于篇幅较长，我们这里只节选其中一部分。

āi shí mìng
哀时命（节选）

西汉·严忌

āi shí mìng zhī bù jí gǔ rén xī fú hé yú shēng zhī bú gòu
哀时命之不及古人兮，夫何予生之不遘

shí wǎng zhě bù kě pān yuán xī lái zhě bù kě yǔ qī zhì hàn
时。往者不可扳援①兮，俫者不可与期。志憾

hèn ér bù chěng xī zhù zhōng qíng ér zhǔ shī yè jiǒng jiǒng ér bú
恨而不逞兮，杼中情而属诗。夜炯炯而不

mèi xī huái yǐn yōu ér lì zī xīn yù yù ér wú gào xī zhòng
寐兮，怀隐忧而历兹。心郁郁而无告兮，众

shú kě yǔ shēn móu kǎn chóu cuì ér wěi duò xī lǎo rǎn rǎn ér
孰可与深谋？欿愁悴②而委惰③兮，老冉冉而

dài zhī jū chǔ chóu yǐ yǐn yuē xī zhì chén yì ér bù yáng dào
逮之。居处愁以隐约④兮，志沉抑而不扬。道

yōng sè ér bù tōng xī jiāng hé guǎng ér wú liáng yuàn zhì kūn lún zhī
壅塞而不通兮，江河广而无梁。愿至昆仑之

xuán pǔ xī cǎi zhōng shān zhī yù yīng lǎn yáo mù zhī tán zhī xī
悬圃兮，采钟山之玉英。揽瑶木之橝枝兮，

wàng láng fēng zhī bǎn tóng ruò shuǐ yù qí wéi nán xī lù zhōng duàn
望阆风之板桐。弱水汩其为难兮，路中断

ér bù tōng shì bù néng líng bō yǐ jìng dù xī yòu wú yǔ yì ér
而不通。势不能凌波以径度兮，又无羽翼而

gāo xiáng rán yǐn mǐn ér bù dá xī dú xǐ yǐ ér páng yáng chàng
高翔。然隐悯而不达兮，独徙倚而彷徉。怅

chǎng wǎng yǐ yǒng sī xī xīn yū zhěn ér zēng shāng yǐ chóu chú yǐ
惝罔以永思兮，心纡轸⑤而增伤。倚踌躇以

yān liú xī rì jī jǐn ér jué liáng kuò bào yǐng ér dú yǐ xī
淹留兮，日饥馑而绝粮。廓抱景而独倚兮，

chāo yǒng sī hū gù xiāng kuò luò jì ér wú yǒu xī shuí kě yǔ wán
超永思乎故乡。廓落寂而无友兮，谁可与玩

cǐ yí fāng bái rì wǎn wǎn qí jiāng rù xī āi yú shòu zhī fú
此遗芳？白日晼晚⑥其将入兮，哀余寿之弗

jiāng chē jì bì ér mǎ pí xī jiǎn zhān huí ér bù néng xíng shēn
将。车既弊而马疲兮，蹇邅徊⑦而不能行。身

jì bù róng yú zhuó shì xī bù zhī jìn tuì zhī yí dàng
既不容于浊世兮，不知进退之宜当。

①扳援：攀附。扳，同“攀”。②欿愁悴：忧愁。欿，愁苦的样子。悴，忧伤。③委惰：懈倦，精神沮丧。④隐约：穷困的意思。⑤纡轸：心情痛苦。⑥晼晚：太阳西下。⑦邅徊：徘徊不前。

对于这首诗的主旨，过去人们都认为它是一篇哀悼屈原的作品，正如东汉王逸所说：“忌哀屈原受性忠贞，不遭明君而遇暗世，斐然作辞，叹而述之，故曰‘哀时命’也。”不过，近年来更多的人认为，严忌这首诗中哀的不是屈原，而是他自己。其中的理由有很多，比如汤炳正指出，诗中有“子胥死而成义兮，屈原沉于汨罗”的句子，而且全诗提到屈原的只有这一处，如果是专门悼念屈原，肯定不会这样写。

事实上，结合严忌的一生，“哀时命”这三字对他也确实再贴合不过了。年轻时，严忌曾以文才和辩才闻名。真名士者自风流，想来在当时，他也是紫鞍白马、风度翩翩的陌上公子，在春日好景里杏花满头，风流自诩。后来，他应召成为吴王刘濞的门客，本想拼尽一身才华，博得个大好前程，显达于世，也不枉负这天赋的异禀资质。可惜刘濞并非明主，野心却不小，竟然想要以卵击石，图谋反叛之计。严忌有识人之明，知道他谋反必败，于是只好离吴，投奔梁孝王。梁孝王虽对他礼遇有加，但正如我们前面所说，严忌此生还是未能有所作为。

这样的遭际，确实当得起一句“哀时命之不及古人兮，夫何予生之不遘时”。那些显赫一时且流芳百世的古人，如姜太公、周公姬旦，无不是待时而动，追随明君，君臣、时命相得益彰，而严忌检视自己，却只能得出一个“生不逢时”的结论：以为一展抱负的时机到了，等来的却是灾厄，躲开了灾厄，却又陷于平庸，也称得上是时运不济了。

商朝比干最后虽惨遭纣王挖心，但他到底还得到过重用，并且还留下了一生辉煌的功业，供后人景仰，垂范万世；楚国屈原虽遭流放，最后眼睁睁看着家国灭亡，以致自杀殉国，但他毕竟还有过大刀阔斧改革朝政、备受怀王倚赖和信任的时期。严忌一生自视甚高，却碌碌无为，在愚昧暗淡的现实里搁浅终生，如一粒微不足道的尘埃，投入水中，连一圈涟漪都激荡不起来。

往者不可追，来者不可及，他只有站在当下悲叹，遥望昆仑悬圃、钟山玉英、玉树长枝、板桐神山，慨叹理想如此高远，自己却只可仰望，只因没有翅膀，不能高飞。

时日无常，寿命不永，而他无法再振作精神，去走一条堵塞的路，过一条无桥可渡的河。年岁在他愁苦憔悴、颓丧倦怠之时倏忽而逝，在他夜不成寐之时从他心上痛碾而过，在他逐渐老去的焦虑和恐慌之中毫无意义地虚度，他寄希望于人生，然而正是这场人生里难料的起伏打破了他的希望。这短暂得令人惊恐又漫长得让人绝望的人生，他真不知该如何度过，是的，他有名扬当世的才华，有理想抱负，有常人难及的眼光和决断，可惜谁也不能靠不被赏识的才华，靠无从实现的理想，靠无用武之地的智慧安然一生。

终于，他发出长叹："身既不容于浊世兮，不知进退之宜当。"想要进取，时命不合，想要后退，又心有不甘，实在进退两难。混浊的世间既容不下他，进退其实也并非那么重要，进也好，退也罢，他都不可能与这个世界握手言和。

虽然严忌哀的不是屈原，但《哀时命》从头至尾确实是一篇仿屈原风格的作品，我从里面时常能够看到屈原的影子，大家是不是也有同感呢？

第六章　东方朔

你不知道的东方朔

对东方朔大家应该不陌生，很多以西汉为背景的电视剧里都有他的身影，甚至还有一部电视剧名字就叫《东方朔》。在我们的印象里，东方朔应该是一个机智多谋、风趣幽默的人，大概正因为如此，汉武帝才始终把他当作一个弄臣，不肯加以重用。

大家可能会问：什么是弄臣啊？所谓弄臣，就是古代宫廷中以插科打诨来为君王消烦解闷的人物，常由侏儒、小丑或能人异士来担任，通常拥有很低的官职，或者没有官职。历史上的东方朔，确实就是这样一副形象，司马迁在编《史记》的时候就把他归入了《滑稽列传》。

《汉书·东方朔传》记载了一则“怀肉送妻”的故事，可见东方朔的性格：有一年夏天，汉武帝下诏赏赐肉给近臣。天色都快黑了，负责分肉的官员还没来，于是东方朔就自己拔剑割了一块肉，对其他等着分肉的同僚说：“伏天肉容易坏，应当早回去，请允许我接受天子的赏赐。”说着，他抱着肉就走了。结果，有人参了他一本。第二天上朝时，武帝问东方朔：“昨天赐肉，你不等下诏就自己用剑割走了，这怎么回事啊？”东方朔连忙摘下帽子，叩头谢罪。武帝说：“先生站起来，自己责罚自己吧！”东方朔行再拜礼说：“东方朔啊，东方朔啊！接受赏赐却不等诏令下达，这是多么无礼呀！拔剑割肉，多么豪壮呀！割肉不多，是多么廉洁呀！回家送肉给妻子吃，这又是多么仁爱呀！”汉武帝听罢笑着说：“我让先生自责，没想到你倒反过来称赞自己！”

于是又赐给他一石酒、一百斤肉，让他拿回家送给妻子。

关于东方朔这类趣闻逸事有很多，如有一次汉武帝游上林苑，突然看见一株好看的树，素来知道东方朔知识渊博，于是就向他问这树的名字。东方朔说："这棵树叫善哉。"汉武帝暗中让人标记这棵树。过了几年以后，汉武帝再次问东方朔这棵树的名字，东方朔早就忘记这件事了，便信口答道："这棵树叫瞿所。"武帝指着东方朔道："东方朔啊，东方朔，你欺骗我很久了啊，你以前不是说这棵树叫善哉吗？"东方朔不慌不忙地答道："大为马，小为驹；长为鸡，小为雏；大为牛，小为犊；人生为儿，长为老。曾经的善哉，现在已经长成瞿所了啊。生老病死，万物成败，哪里有定数？"汉武帝听罢哈哈大笑。

从上面这两则故事，我们可以看出，东方朔不仅幽默风趣而且机智善辩，难怪就连说相声的都把他奉为祖师爷了。这样一位众人眼中的"弄臣"，其实也有严肃认真的一面，他平生有许多著作，尤其在辞赋方面造诣颇深，可惜留下来的不是很多，其中就有被选入《楚辞》的《七谏》。

《七谏》由七首短诗组成，按顺序依次为《初放》《沉江》《怨世》《怨思》《自悲》《哀命》《谬谏》。世人对于这组诗的主旨没什么争议，就是东方朔为追悼屈原而写的，既表现了屈原忠而被谤、信而见疑、无辜被放逐、最终投江的悲剧一生，也表达东方朔自己怀才不遇、愤世嫉俗的心境。《初放》是其中的第一首，下面我们一起来看看。

chū fàng
初放

西汉·东方朔

píng shēng yú guó xī　zhǎng yú yuán yě　yán yǔ nè sè xī
平生于国兮，长于原壄。言语讷涩兮，

又无强辅。浅智褊能①兮，闻见又寡。数言便事兮，见怨门下。王不察其长利兮，卒见弃乎原壄。伏念思过兮，无可改者。群众成朋兮，上浸以惑。巧佞在前兮，贤者灭息。尧、舜圣已没兮，孰为忠直？高山崔巍兮，水流汤汤。死日将至兮，与麋鹿同坑②。块③兮鞠④，当道宿，举世皆然兮，余将谁告？斥逐鸿鹄兮，近习鸱枭。斩伐橘柚兮，列树苦桃。便娟⑤之修竹兮，寄生乎江潭。上葳蕤⑥而防露兮，下泠泠⑦而来风。孰知其不合兮，若竹柏之异心。往者不可及兮，来者不可待。悠悠苍天兮，莫我振理。窃怨君之不寤兮，吾独死而后已。

①褊能：能力有限。②坑：同“坑”。③块：形容孤独。④鞠：躺在地上。⑤便娟：秀美。⑥葳蕤：草木茂盛。⑦泠泠：形容风很凉爽。

东方朔写这首《初放》时，虽然嘴上说的是屈原，但心里想的是他自己。在东方朔那个时代，是大汉天子野心勃勃、穷兵黩武的时代，他随侍在天子身侧，原本也应该沾染上一些雄壮豪迈的气度、激烈昂扬的气概，可惜那些辉煌的战绩、强悍的军队、可以做茶余饭后谈资的赫赫功业，全部都只属于帝王，跟他一点关系也没有。他所能做的，就只是在朝堂之上尽职尽责地当一名诙谐敏捷、滑稽多智的俳优弄臣。

然而，东方朔不甘心一生就此虚度，于是他才会借助这哀婉伤情的辞赋，写下自己怀才不遇的悲叹。他博学多才，精通兵法，关心政治，曾上陈富民强国之计，并不甘心一生皆以弄臣的身份立足朝堂，然而命运就是如此，没有转圜余地。他写屈原“数言便事兮，见怨门下”，而他自己又何尝不是如此，只因陈述利国利民之策，便触怒权贵，遭人嫉恨。

东方朔想象着屈原在流放途中“伏念思过”，反省自己究竟有何过错，以至见逐遭弃，反思的结果竟是“无可改者”，根本就没有什么好改正的地方。毫无过错的忠臣受到责难，这几乎是每一个时代都会发生的悲剧，只因“尧舜圣已没”，理想的时代早已失去，此后的忠心贤良之士便只能孤独地跋涉在一条再无光亮的路上，思慕着永不可触及和重现的遥远往昔，追寻着永不能实现的空虚的理想。

“死日将至兮，与麋鹿同坑”，应当是东方朔对屈原心境最痛切的想象。他想象着屈原独自一人颓然倒在路上，想到自己大限将至，茫茫然看向过往，发现过去的一切，未曾留下丝毫痕迹，他只能追念、遥祭，不能再次抵达；而未来，却是一片混沌，或许在将来的某一天，世上还会有如尧舜那样知人善任的明君诞生，但那对他来说却没有任何意义。

不管是屈原还是东方朔，他们都站在自己不停转动的命轮里，站在一片前不见古人、后不见来者的荒原里，孤独自怜。隔着几百年的遥远时空，两人的遭际却是这样相似，历史像是跟他们开了一个相同的玩笑之后，又转身而去。

两个人抬的自荐书

作为一个弄臣，东方朔在朝廷当中其实很被人瞧不起。根据《史记·滑稽列传》记载，有一次宫中聚会，大家一起责难东方朔说："苏秦和张仪，一遇到大国君主就能得到卿相的职位，恩泽传于后代。现在你研究先王的治国之术，仰慕圣人的仁义之道，熟读《诗经》《书经》及诸子百家的著作，多得不计其数。此外，你还自己著书，认为普天下没人能比得上你，可谓见多识广，聪颖善辩。可是，你竭尽心力侍奉英明的皇上达数十年之久，结果官阶不过是个侍郎，职位也不过是个执戟的卫士，想来是你的品行有什么问题吧？要不然怎么会这样呢？"

对于众人的揶揄嘲笑，东方朔嘴上自然是不甘示弱的，编了一大套理论来为自己辩解。然而，他心里却很清楚，人家说的并非没有道理，自己当年一腔出将入相、建功立业的热血，其实早已在朝堂上的耍宝，引得皇帝一次次大笑中烟消云散。

当年的东方朔，绝对不是奔着弄臣而来的。那时汉武帝刚即位，下令征召天下贤良方正和有文学才能的人，各地士人、儒生纷纷上书应聘，东方朔也在其中。然而，东方朔的自荐书却与众不同，他足足写了三千片竹简，需要两个人才抬得动，汉武帝则花了整整两个月的时间才读完。汉武帝读完东方朔的自荐书，认为这是一个气概不凡的人，便让他在公车署中等待召见。然而，这一等就没有了下文。

正途走不通，东方朔只好想其他门路，他故意吓唬给汉武帝养马的几个侏儒："皇帝说你们这些人既不能种田，又不能打仗，更没有治国安邦的才华，对国家毫无益处，因此打算杀掉你们。你们还不赶紧去向皇帝求情！"侏儒们听后大为惶恐，哭着向汉武帝求饶。汉武帝问明原委，即召来东方朔责问。东方朔终于有了一个直接面圣的机会，他风趣地说："我是不得已才这样做的。侏儒身高三尺，我身高九尺，然而我与侏儒所赚俸禄却一样多，总不能撑死他们而饿死小臣吧！圣上如果不愿意重用我，就干脆放我回家，我不愿再白白耗费京城的粮食。"汉武帝听后捧腹大笑。大概东方朔自己也没有想到，汉武帝这一笑固然让他从公车令成为金马门待诏，却决定了他一生弄臣的命运。

上天给东方朔开了一个大大的玩笑，所以他才会对君王被小人蒙蔽那样痛心，这一点在《七谏·怨思》中得到了充分体现。

怨思（yuàn sī）

西汉·东方朔

xián shì qióng ér yǐn chǔ xī lián fāng zhèng ér bù róng zǐ xū jiàn
贤士穷而隐处兮，廉方正而不容。子胥谏

ér mǐ qū xī bǐ gàn zhōng ér pōu xīn zǐ tuī zì gē ér sì
而靡躯[①]兮，比干忠而剖心。子推自割而饲[②]

jūn xī dé rì wàng ér yuàn shēn xíng míng bái ér yuē hēi xī jīng
君兮，德日忘而怨深。行明白而曰黑兮，荆

jí jù ér chéng lín jiāng lí qì yú qióng xiàng xī jí lí màn hū
棘聚而成林。江离[③]弃于穷巷兮，蒺藜[④]蔓乎

dōng xiāng xián zhě bì ér bú jiàn xī chán yú jìn ér xiāng péng
东厢[⑤]。贤者蔽而不见兮，谗谀进而相朋。

xiāo xiāo bìng jìn ér jù míng xī fèng huáng fēi ér gāo xiáng yuàn yī
枭鸮并进而俱鸣兮，凤凰飞而高翔。愿壹

wǎng ér jìng shì xī dào yōng jué ér bù tōng
往而径逝兮，道壅绝而不通。

①靡躯：遭杀身之祸。靡，无。②饲：即"食"。③江离：川芎，古之香草。④蒺藜：多棘的草，这里比喻小人。⑤东厢：古套房，正房左右为厢房。东厢房用于办公、会客等；西厢房睡觉用，因此东厢为贵。

《怨思》是《七谏》中最短的一篇，不过，篇幅虽短，情绪却格外强烈。全诗的核心便是第一句“贤士穷而隐处兮，廉方正而不容”，贤能之士不得志而离世隐居，廉洁正直之人遭受排挤。我们从历史冠冕堂皇的书写里向内窥视，只看到一个又一个因忠诚而获罪、因正直而身亡的悲剧身影，无声地向后来者倾诉。

昔日吴国成诸侯一霸，越王勾践卧薪尝胆，吴国大夫伍子胥进言吴王，劝杀勾践，吴王置若罔闻，又听信谗言，竟下令赐他一死。九年后，吴国为越国所灭。不知到那时，黄泉之下的吴国大夫是否还有在天之灵，是否还会为这个背弃了他，杀害了他的君王和国家流下伤心的眼泪。

春秋时期晋国的介子推跟随公子重耳逃亡时，不惜割股为重耳充饥，重耳成了晋文公后，对介子推却逐渐忘却恩义，猜忌日深。后来介子推辞去功禄，隐居深山，晋文公醒悟后求人心切，竟听信小人之言，下令烧山，以至介子推身死。

写下“子胥谏而靡躯”“子推自割而饲君”时，东方朔许是在替伍子胥和介子推不值。他们都有才干、有头脑、有大志，却为了莫须有的罪名赴死，这真是最悲哀的事。尤其是伍子胥，因为他的死，本可以得救的国家也因此而沦亡，他的预言那么精准，这个世界却错得太离谱，离谱到不允许一个对的人活下去。

殷朝的比干，辅政四十余年，劳苦功高，因纣王太过暴虐，直谏三日不离去，竟惨遭纣王挖心。“比干忠而剖心”，应是每一位忠臣的噩梦。在一个错误的时代，谁都可能成为比干。伍子胥是如此，介子推也是如此，都为倾尽心血的君主家国献出了生命。屈原固然没有遭遇挖心的酷刑，然而那些来自君王的疏远，再也无法挽回的信任，贯穿了他整个后半生的流放生涯，何尝不是插在他心上的一把滴血的刀。高洁正直的人都是这样，深爱着这个世界，却躲不掉来自世界的尖利箭矢。

东方朔只能如屈原一样，挣扎在没有希望的泥沼里，仰望头顶熠熠发光的理想，盼望着从不曾降临的救赎，深陷于现实的荒诞和无可奈何，郁郁不得志地度过他的一生。

大隐隐于朝的东方朔

在仕途上不得志的东方朔，的确干过不少荒唐事。东方朔任郎官时，汉武帝时常赐给他饭食，他每次吃完后都会把剩下的肉揣在怀里打包带走，结果把衣服弄得很脏。有一次，他喝醉了酒，竟然直接在大殿上小便，结果被其他官员弹劾，于是汉武帝以大不敬之罪下诏免了他的官。然而，没过多久，东方朔的官职又恢复了。

东方朔的胆子很大，别人不敢干的事他敢干。有一次，汉武帝让术士峦大带着数十名男女去君山寻不死药。结果，峦大带回了不死酒。当汉武帝正要喝时，一旁的东方朔却说："我能识别这酒的真假。"于是，汉武帝就把酒给他。不料，东方朔拿过去便喝了一口。汉武帝大怒，想要杀了东方朔，东方朔却说："陛下如果杀了臣，就证明这酒是假的；如果是真的喝了能够不死，那么陛下就杀不死臣。"于是，汉武帝赦免了东方朔。

由于这种种怪异行径，汉武帝身边的人大都认为东方朔是疯子，然而东方朔自己却说："古时候的人，都隐居在深山之中，而像我这样的人，就是所谓隐居在朝廷中的人。"东方朔时常在酒席中饮酒畅快之时便唱："隐居在世俗中，避世在金马门。宫殿里可以隐居并保全自身，何必跑到深山茅舍之中。"

可是，这样一个不拘小节、率性而为、一心想要大隐隐于朝的人，又如何会写出下面这首《七谏·自悲》来呢？

自悲

西汉·东方朔

居愁勤[1]其谁告兮，独永思而忧悲。内自省而不惭兮，操愈坚而不衰。隐三年而无决兮，岁忽忽其若颓[2]。怜余身不足以卒意兮，冀一见而复归。哀人事之不幸兮，属[3]天命而委之咸池[4]。身被疾而不闲兮，心沸热其若汤。冰炭不可以相并兮，吾固知乎命之不长。哀独苦死之无乐兮，惜予年之未央。悲不反余之所居兮，恨离予之故乡。鸟兽惊而失群兮，犹高飞而哀鸣。狐死必首丘兮，夫人孰能不反其真情？故人疏而日忘兮，新人近而俞[5]好。莫能行于杳冥[6]兮，孰能施于无报？

苦众人之皆然兮，乘回风而远游。凌恒山其若陋兮，聊愉娱以忘忧。悲虚言之无实兮，苦众口之铄金。过故乡而一顾兮，泣歔欷而沾衿。厌白玉以为面兮，怀琬琰[7]以为心。邪气入而感内兮，施玉色而外淫[8]。何青

yún zhī liú lán xī wēi shuāng jiàng zhī méng méng xú fēng zhì ér pái
云之流澜⑨兮，微霜降之蒙蒙。徐风至而徘
huái xī jí fēng guò zhī shāng shāng wén nán fān lè ér yù wǎng
徊兮，疾风过之汤汤⑩。闻南藩乐而欲往
xī zhì kuài jī ér qiě zhǐ jiàn hán zhòng ér sù zhī xī wèn tiān
兮，至会稽而且止。见韩众而宿之兮，问天
dào zhī suǒ zài jiè fú yún yǐ sòng yú xī zài cí ní ér wéi jīng
道之所在？借浮云以送予兮，载雌霓而为旌。
jià qīng lóng yǐ chí wù xī bān yǎn yǎn zhī míng míng hū róng róng qí
驾青龙以驰骛兮，班衍衍之冥冥。忽容容其
ān zhī xī chāo huǎng hū qí yān rú kǔ zhòng rén zhī nán xìn xī
安之兮，超慌忽其焉如？苦众人之难信兮，
yuàn lí qún ér yuǎn jǔ dēng luán shān ér yuǎn wàng xī hào guì shù
愿离群而远举。登峦山而远望兮，好桂树
zhī dōng róng guān tiān huǒ zhī yán yàng xī tīng dà hè zhī bō shēng
之冬荣。观天火之炎炀兮，听大壑之波声。
yǐn bā wéi yǐ zì dǎo xī hán hàng xiè yǐ cháng shēng jū bú
引八维⑪以自道⑫兮，含沆瀣⑬以长生。居不
lè yǐ shí sī xī shí cǎo mù zhī qiū shí yǐn jùn ruò zhī zhāo lù
乐以时思兮，食草木之秋实。饮菌⑭若⑮之朝露
xī gòu guì mù ér wéi shì zá jú yòu yǐ wéi yòu xī liè xīn yí
兮，构桂木而为室。杂橘柚以为囿兮，列新夷
yǔ jiāo zhēn kūn hè gū ér yè háo xī āi jū zhě zhī chéng zhēn
与椒桢。鹍鹤孤而夜号兮，哀居者之诚贞。

①愁勤：愁苦抑郁。②颓：这里指岁月流逝。③属：托付。④咸池：天神。⑤俞：通“愈”，更加。⑥杳冥：原意是昏暗。引申为暗中，默默无闻地做好事不让人知道。⑦琬琰：美玉名。⑧外淫：《章句》：“淫，润也。”即外面表现出光润来。⑨流澜：形容乌云很深厚。⑩汤汤：水大的样子，这里形容风大。⑪八维：四方（东、南、西、北）和四隅（东南、西南、东北、西北）合称八维。⑫道：通“导”。⑬沆瀣：夜半之气。⑭菌：香木名，即菌桂。⑮若：香草名，即杜若。

这首《自悲》是《七谏》中的第五篇，前面的第二篇《沉江》和第三篇《怨世》我们跳过了，大家如果有兴趣可以自己找来学习。

从这首《自悲》当中，我们可以看出，东方朔最初进入朝堂，其实也是为实现抱负，可惜这条青云之路走得越来越艰难。他是欲求青云之志而不得，欲退回原地又不舍，结果只好假借隐于朝堂之名，在郁郁的遭际中蹉跎了此生最好的年华。东方朔写《自悲》，既是为回不去的屈原而伤，也是为永恒失落了华年的自己而悲。

对离开国都已数年的屈原而言，故土自然是可望而不可即的，即便律法不允许他私自离开流放地，但若真的下了决心，他也能回去。可是回去又如何？又有何处可以立足？东方朔看他的后半生，当是满心的荒诞感受，这位名扬万世的大诗人，生前却被关进了一个永远解脱不了的怪圈：想回去，却不能回去；想要为国效力，偏偏谁都不许他效力；他至死都想寻回原来的安身立命之地，却至死也未寻回；他心念故地，偏偏他的故地在他无从触及的时空里，无可挽回地走向衰败和灭亡。

种种悲剧，诸般不幸，折磨着他，如沸水般煎熬着他，让他五内俱焚，难怪他要将这多舛多艰的命运归咎于上苍。倘若不是苍天的过错，那么是谁造就了他的悲剧命运？君王吗？进谗的小人？或是他自己？放逐后的屈原，定是有过无数次反思，反思过后，他终于明白，自己行事光明磊落，操守坚定清白，做任何事都问心无愧，可昭日月，错的是这个以黑为白的世界。

但是，最令人悲伤的，不是远离君王，旧臣被日渐遗忘的事实，也不是岁月无情流逝，年华逐渐老去，寿命不永，且至死都将孤独无乐的预想，而是远远离开了故乡，从此不能返回故居的蚀骨的遗憾。

这样的遗憾，东方朔自是感同身受，所以他写道："鸟兽惊而失群兮，犹高飞而哀鸣。"鸟兽总会归巢，谁不想叶落归根？偏偏屈原不能，他东方朔也不能。那一片望之不及、思之不尽的故土，已化作一个关于归程与终点的象征符号：他们都终有一日要回到自己生命的起点，为一生的旅程画下句点。

东方朔的临终“善言”

可能有人会说，东方朔明明就只是个牢骚鬼，没什么真本事，却还想着得到皇帝重用。如果真是个有心的人，每天伺候在武帝身边，想要做些有价值的事总是可以的吧。如果你这样评价东方朔，那就太不了解他了。东方朔恰恰利用自己能够接近汉武帝的机会，察言观色，一有机会便直言劝谏，带给汉武帝一些正面的影响。

汉武帝喜欢出游狩猎，于是便萌生了修建上林苑的想法。他在估算完修苑囿所占农田的价值之后，又派人划出占地所属县的荒地以补偿农民。在汉武帝做这项决策的时候东方朔刚好在场，他立即向武帝谏言，上林苑所处之地物产富饶且地势险要，如果修建林苑就是不恤农时、非富国强民之计，同时他还举殷纣王、楚灵王、秦始皇大兴土木导致天下大乱的例子，甚至献上《泰阶六符》希望汉武帝能够观察天象的变异而自省所做的事情。虽然上林苑最后还是修建了，但比之前的构想要小了许多。

上林苑建好之后，有个猎人在里面擅自杀了一只鹿，汉武帝很生气，让有司判他死罪。东方朔听说后，立即对武帝说：“这个人确实该死，理由有三：一是使陛下因为一头鹿而杀人，这是第一个该死的理由；让天下人知道陛下看重鹿而轻人命，这是第二个该死的理由；匈奴有犯边的敌情，需要鹿的角撞死匈奴兵，这是第三个该死的理由。”汉武帝听了之后没说话，然后赦免了杀鹿的人。

后来东方朔病重，汉武帝前去探望。东方朔强支病体规劝武帝说：“《诗经》上说‘飞来飞去的苍蝇，落在篱笆上面。慈祥善良的君子，不要听信谗言。’‘谗言没有止境，四方邻国不得安宁。’希望陛下远离巧言谄媚的人，斥退他们的谗言。”汉武帝对此感到很奇怪，对旁边的人说：“今顾东方朔多善言。”这句话翻译成白话文就是：“今天东方朔说话竟然如此正经。”可惜，汉武帝不知道，一辈子玩世不恭的东方朔，在临死之前的表现才是他的本性。

我想，汉武帝一定没有读过东方朔的《七谏》，尤其是其中的第六篇《哀命》，否则他不会对东方朔说几句“善言”而感到惊讶。

哀命

西汉·东方朔

哀时命之不合兮，伤楚国之多忧。内怀情之洁白兮，遭乱世而离尤。恶耿介之直行兮，世溷浊而不知。何君臣之相失兮，上沅湘而分离。测汨罗之湘水兮，知时固而不反。伤离散之交乱[1]兮，遂侧身[2]而既远。处玄舍之幽门兮[3]，穴[4]岩石而窟伏。从水蛟而为徒兮，与神龙乎休息。何山石之崭岩[5]兮，灵魂屈而偃蹇。含素水而蒙深兮，日眇眇而既远。哀形体之离解兮，神罔两而无舍。惟椒兰[6]之不反兮，魂迷惑而不知路。愿无过之设行兮，虽灭没之自乐。痛楚国之流亡兮，哀灵修之过到。固时俗之溷浊兮，志瞀迷⑦而不知路。念私门之正匠兮，遥涉江而远去。念女媭之婵媛兮，涕泣流乎於悒⑧。我决死而不生兮，虽重⑨追吾何及。戏疾濑之素水兮，望高山之蹇产。哀高丘之赤岸兮，遂没身而不反。

①交乱：混乱。②侧身：避世隐居的意思。③玄舍、幽门：都是指黑暗的居室。比喻身被放逐，远离朝廷的困境。④穴：这里用作动词，隐居的意思。⑤崭岩：山高而险峻的样子。⑥椒兰：指高尚节操。⑦瞀迷：郁闷迷惑。⑧於悒：呜咽。⑨重：再三。

大多将功名利禄视作粪土，并宣称自己不要浮名的白衣文士，总是对这“浮名”爱之入骨。比如，魏晋名士蔑视礼法，离经叛道，行事任性癫狂，但却恰恰是对礼法最维护的一群人，他们所反抗和蔑视的，只是歪曲了人性的、被权力僵化的礼法。

屈原恨君王听信谗言、昏聩不明时，也是出于爱。东方朔记下怀才不遇、愤世嫉俗的哀叹时，何尝不是因为他对仕途、天下有太多的爱和抱负。

这种爱既是以天下为己任的责任感，也是留名青史的渴望，却不是贪婪，不是对虚名厚利的欲求。其实，他们也不得不爱，专权统治的社会给读书人预备了不二之路：学而优则仕。这让许多学识渊博、才华横溢的人生出了错觉，以为自己比别人更有指点江山的资格。事实却是，并非每一个有文才的人都有封侯拜将、治国安邦的才能，有的人，确实只适合读书，将文才演绎得惊天动地、脍炙人口；还有的人，只可治学、育人授才，只适合生长在古老素朴的文字里，思索天地人生的大道理。

屈原也好，东方朔也好，他们将偌大的天下装入一己之心，并为此折磨自己，甚至为此付出生命的代价。可是，并没有人能够许诺给他们一个以才华济世、助天下万民安居乐业的美好未来。

屈原在朝堂之上，努力为国为民谋求福祉，遭流放之时，仍是万般渴望重回朝堂，为了完成他一生的理想，不撞南墙不回头，九死而无悔。而东方朔在以滑稽逗乐谋生的同时，仍然努力“观察颜色，直言劝谏”，始终将天下政事放在心上，最终在郁郁不得志的时候哀叹“时命之不合”。

知其不可为而为之，结局自然是时命难合。这本就不是一个属于他的世界，不是他想象中的理想时代，他却偏要朝那不切实际的理想迈步，其中的障碍可想而知。内心的高洁忠贞之志，并不能成为摈退黑暗现实的坚盾；忠诚正直的气质，也不能够洗净这世道的混浊。深爱国家、君王的人，只能“痛楚国之流亡兮，哀灵修之过到”，国将不国，君王昏聩，早已积重难返，凭借一己之力，根本无法扭转，除了感到痛惜、悲哀，他束手无策。

当然，东方朔并未如他笔下的屈原一样，“决死而不生”，充满哀痛地最后看一眼心爱的楚地江山，投身汨罗从此永远离去，他只是一面叹息着时命不合，并清醒地知晓时与命的难以更改，一面黯然走向生命的终点。

第七章　王褒

写《九怀》的王褒

在东方朔之后，另一个追思、怀念屈原的人就是王褒，他是一个什么样的人呢？

王褒，字子渊，生于公元前90年，益州资中（今四川资阳）人。据说，他小时候家里贫穷，只能一边种地一边读书，同时还要侍奉老母亲，生活很是艰苦。

不过，王褒很聪明，读书又相当刻苦，所以进步很快。他的阅读范围相当广，最喜欢的是屈原的作品，读完后心情激动难以平复，于是就写了《九怀》，以表达对屈原的崇敬之情。这里的“怀”就是怀念、追思的意思，怀念和追思的当然是屈原，但从诗文的内容来看，应该也有作者自怀、自怜的成分。另外，在这里“九”不再是一个泛指，因为《九怀》恰好是由九篇诗文组成的，分别为《匡机》《通路》《危俊》《昭世》《尊嘉》《蓄英》《思忠》《陶壅》《株昭》。

《九怀》中的每一篇诗文，在内容及篇章结构上都类似，大体可以分为三部分：第一部分写现实社会污浊混乱，黑白颠倒，作者所代言的抒情主人公遭逢衰世，被庸众所不容，因而十分感伤；第二部分写主人公遁世远游，上天入地，到仙界寻找寄托；最后一部分则写主人公终究不能忘怀君国，于是又充满悲伤地回望故乡。

看到这里，想必大家都明白了，《九怀》无论在内容还是在结构上，都对屈原的作品进行了借鉴。事实上，这也正是它后来被选入《楚辞》的原因。不过，从宏观上看，虽然九篇作品面貌相似，但在细微之处还是各有特色。下面，我们就来看看其中的第一篇《匡机》。

kuāng jī

匡机

西汉·王褒

jí yùn xī bù zhōng lái jiāng qū xī kùn qióng yú shēn mǐn xī
极运兮不中，来将屈兮困穷。余深愍①兮
cǎn dá yuàn yí liè xī wú cóng
惨怛②，愿一列兮无从。

chéng rì yuè xī shàng zhēng gù yóu xīn xī hào fēng mí lǎn
乘日月兮上征，顾游心兮鄗③酆④。弥览
xī jiǔ yú páng huáng xī lán gōng zhǐ lú xī yào fáng fèn yáo xī
兮九隅，彷徨兮兰宫。芷闾兮药房，奋摇兮
zhòng fāng jùn gé xī huì lóu guān dào xī zòng héng bǎo jīn xī wěi
众芳。菌阁兮蕙楼，观道兮从横。宝金兮委
jī měi yù xī yíng táng guì shuǐ xī chán yuán yáng liú xī yáng
积，美玉兮盈堂。桂水兮潺湲，扬流兮洋
yáng qí cài xī yǒng yuè kǒng hè xī huí xiáng
洋。蓍⑤蔡⑥兮踊跃，孔鹤兮回翔。

fǔ jiàn xī yuǎn wàng niàn jūn xī bú wàng fú yù xī mò chén
抚槛兮远望，念君兮不忘。怫郁兮莫陈，
yǒng huái xī nèi shāng
永怀兮内伤。

①愍：悲痛。②惨怛：忧伤。③鄗：周武王所经营的都城。④酆：周文王所建都城。⑤蓍：老。⑥蔡：大龟。

《九怀》各篇的题目都挺令人费解的，经过专家们的研究，最终认为“匡机”就是匡救危难的意思，换句话说，就是愿做君国的忠贞之臣、努力辅弼谏诤，救君王、国家于危机之中。在这首诗里，王褒满怀苦闷地记下了折磨屈原一生的、想尽忠而不得的“两难”境况。

身负才学，立志高远，本是打算为匡救君王、国家危机而竭尽全部忠心和能力，偏偏遭逢“极运兮不中”，天道运行无常，君主无道，使一个赤胆忠心的贤臣“来将屈兮困穷”。他怀抱着崇高的理想，时时准备为君王尽忠，为家国抛头颅洒热血，君王却背过身去，重用、亲近奸佞小人，用一纸冰冷的流放令深深辜负他的忠心，伤害他的理想。

承受委屈，身处困穷，并非最大的痛苦。最大的痛苦是不被任何人理解，想要一诉衷肠却忧告无门。他唯一的逃避之所，唯有心灵的净土，唯有那一片不受束缚的想象的天空。于是，他在想象中乘坐日月向上飞升，在天庭仙境徜徉。他看到芷草做的宫殿大门，白芷做的房屋，芳香郁勃，看到薰草为阁，蕙草为楼，高大华丽的建筑之间，阡陌交错纵横，金银宝石四处堆积，华美的玉石布满厅堂，芳香的水流潺潺流淌，水花飞溅，波流浪涌，硕大的老龟跳跃起舞，孔雀仙鹤回旋飞翔。

天上仙境如此华丽迷人，神游的屈子却在遍观四方边远之地时，忍不住回首顾念镐京酆都。手抚栏杆眺望远方，君王到底还是他放不下的念想。天上再好，抵不过人间片时。

真是两难。向左，他愿意决然放下一切爱恨，从此一心修道飞仙，不再理会尘世凡俗，却终归还是抛不开、放不下，仍要为了辜负他的君王家国忧愁悲伤；向右，他本可融入世俗，虽不至于像那些奸邪之人一样扰乱法纪，至少也可以做一名平庸之辈，明哲保身，可惜以他的高洁心性、孤高傲骨，注定他只可能怀抱永不能实现的理想，与之同生共死。

除了坚持，他什么都做不了，却必须承受百倍的煎熬、折磨，孤独与悲伤。就连坚持本身，也是对他内心的一种折磨——是他自己选择了这条布满荆棘的血路，是他自己在这条路上走得心甘情愿，却难以真正做到心无怨尤和悔恨。

受到皇帝的赏识

《九怀》是王褒早年的作品，纵观他的一生，其实比屈原要幸运多了。

我们说过，楚辞在汉朝相当受欢迎，王褒的《九怀》自然就给他带来了一些名气。当时的益州刺史名叫王襄，对王褒很是赏识，于是就邀请他去做客。在这期间，王褒写下了《中和》《乐职》《宣布》等诗作，主人王襄就让童子依古乐演唱，结果大为成功，由此王褒名声大震。

当时的皇帝已经是汉武帝的曾孙子刘询了，历史上称其为汉宣帝。刘询是历史上有名的贤君，他在位期间，全国政治清明、社会和谐、经济繁荣、四夷宾服，史称“孝宣之治”。同时，刘询还是一个十分喜爱文学与音乐的皇帝，他自己也会创作，因而经常征召各地在这方面有造诣的文士到长安。在这种情况下，王襄就把才华横溢的王褒推荐给了汉宣帝。汉宣帝对这个蜀地来的才子很是赏识，先让他做“待诏”的清客，不久就擢升为谏大夫。

王褒也不辱使命，一口气为皇家写出了《圣主得贤臣颂》《甘泉赋》和《四子讲德论》等作品，其中以《圣主得贤臣颂》最为著名，用良御御骏马来作比，颇为形象。不过，虽然王褒通过这些作品得到了皇家赏识，但毕竟是御制的官样文章，其文学价值还是不如他早年写的《九怀》。

我们想象一下，作为皇帝眼前的红人，置身于繁华的京城，王褒会不会想起自己当年还未发迹之时，在乡间僻壤的月光下被屈原的作品所打动时的情形呢？

《九怀》的第二篇叫《通路》，恰恰是欲通达仕途的意思，王褒希望能为屈原找到一条能够直通仕途的路，同时也盼着天下所有有才识抱负的贤人，能够为国为君所用，施展雄心壮志。当然，这些人中也包括他自己。下面，我们一起来看这首诗。

tōng lù

通路

西汉 · 王褒

tiān mén xī dì hù shú yóu xī xián zhě wú zhèng xī hùn cè
天门兮墬户，孰由兮贤者？无正兮溷厕[1]，
huái dé xī hé dǔ jiǎ mèi xī mǐn sī shuí kě yǔ xī wù yǔ
怀德兮何睹？假寐兮愍斯，谁可与兮寤语？
tòng fèng xī yuǎn shì xù yàn xī jìn chǔ jīng xún xī yōu qián
痛凤兮远逝，畜鴳[2]兮近处。鲸鲟[3]兮幽潜，
cóng xiā xī yóu zhǔ
从虾兮游陼。

chéng qiú xī dēng yáng zài xiàng xī shàng xíng zhāo fā xī cōng
乘虬兮登阳，载象兮上行。朝发兮葱
lǐng xī zhì xī míng guāng běi yǐn xī fēi quán nán cǎi xī zhī
岭，夕至兮明光。北饮兮飞泉，南采兮芝
yīng xuān yóu xī liè xiù shùn jí xī páng yáng hóng cǎi xī xīng
英。宣游兮列宿，顺极兮彷徉。红采兮骍[4]
yī cuì piǎo xī wéi cháng shū pèi xī lín lí sǒng yú jiàn xī gān
衣，翠缥兮为裳。舒佩兮綝纚[5]，竦余剑兮干
jiāng téng shé xī hòu cóng fēi jù xī bù páng wēi guān xī xuán
将。腾蛇兮后从，飞駏[6]兮步旁。微观兮玄
pǔ lǎn chá xī yáo guāng
圃，览察兮瑶光。

qǐ guì xī tàn cè bēi mìng xī xiāng dāng rèn huì xī yǒng cí
启匮兮探筴[7]，悲命兮相当。纫蕙兮永辞，
jiāng lí xī suǒ sī fú yún xī róng yǔ dǎo yú xī hé zhī yuǎn
将离兮所思。浮云兮容与，道余兮何之？远
wàng xī qiān mián wén léi xī tián tián yīn yōu xī gǎn yú
望兮仟眠[8]，闻雷兮阗阗[9]。阴忧兮感余，
chóu chàng xī zì lián
惆怅兮自怜。

①溷厕：胡乱错杂地置身其间。②鹞：雀一类的小鸟。③鲟：一种大鱼。④骍：红色。⑤綝缅：即“陆离”，繁盛的样子。⑥驱：兽名。⑦筴：古代占卜用的蓍草。⑧仟眠：暗昧不明的样子。⑨阗阗：形容声音很大。

王褒的理想实现了，但对屈原来说却是不可能的，因为屈原所处的那个时代的现实是：君主任由奸佞的臣子置身朝堂，却看不见有德之士的踪影，不能任用贤才。于是，才会致使凤凰远走，巨鲸鲟鱼深藏海底，有才德的忠贞臣子离开君王，彷徨远游。

没有一条路通往理想，也没有一条路通向君王。言路不通的朝廷，无法被倾诉和聆听的心志，无从实现的抱负，无法施展的才华，命运如一堵暗昧不明却坚固无比的墙，阻挡住贤臣所有的希望和追求。

唯一的缝隙，是想象中的远游。

乘着虬龙，骑着神象，遨游天上。清晨路过西方的葱岭，黄昏时分抵达东方的明光神山，去北方的飞泉之谷解渴，去南方采摘瑞草灵芝，游遍二十八星宿，绕着北极星徘徊，七色的彩虹做衣，浅青色的云朵为裳，佩戴着光彩照人的玉佩，手握吴国的干将宝剑，神龙腾蛇跟随在后，善跑的飞驱随侍两旁，只需要侧目，便可以窥见天帝的宫殿，只需要抬眼，即可以观察北斗七星。

没有比这更自由、更畅快、更奢华的事，可惜这只是想象。从想象中跌落现实之后，忠臣贤士只能打开命运的匣子，拿出那根占卜的蓍草，悲叹此生困蹇多难。天上的流云飘浮不前，雷声轰隆作响，故国在混沌的远方，再难企及，而他茫然四顾，不知道自己此后将何去何从，不知道晦暗的命运里，还有谁会与他相和。

在流放之后每一个和衣而睡、不曾入眠的深夜，屈原想必千百遍地面壁呼告：“有谁来与我相对而语？”这份呼告，只是无声。没有人能够与他相对而语，甚至没有人能够附和他的自言自语。世俗太过卑微，而他太过高绝，没有一条路可供他堕入卑俗，他唯有孤身一人穿山越水，来去人世之间。

这是一个风趣的人

事实上，像王褒这样的人之所以能够发迹，固然是由于遇到了汉宣帝这样的明主，但同时也跟他的性格有关。与屈原的深沉激越相比，王褒恰恰是一个处世风趣的人。

王褒有一篇叫《僮约》的文章，记录了这样一件事。

曾经有段时间，王褒寓居在成都安志里一个叫杨惠的寡妇家里。这家有个名叫“便了”的奴仆，王褒经常指使他去买酒。便了见王褒是外人，不愿意替他跑腿，于是就跑到主人墓前倾诉：“您当初买便了时，只让我看守家里，并没让我为其他男人买酒。”

王褒听说这件事，又好气又好笑，决定教训一下这个家伙。于是，他就花钱从杨氏手里买下了便了。这便了跟了王褒，虽然很是不情愿，但也无可奈何，只好在写契约时向王褒提出：“既然事已至此，您也应该像当初杨家买我时那样，将以后凡是要我干的事都明明白白写在契约里，否则我可不干。”

王褒是什么人，写文章那是信手拈来，他立即写了一篇长约六百字的契约，列出了名目繁多的劳役项目和干活的时间安排，使便了从早到晚一点空闲也没有。听王褒读完契书，便了傻了，两手抱在一起不停叩头，鼻涕流了一尺长，哭求道：“如果照这样干活，恐怕我马上就会累死进黄土，早知如此，我情愿给您天天去买酒了。”

后面的事情王褒没有写，但想必他只是觉得好玩，吓唬一下这个懒惰的奴仆，并不会真的要奴仆按契约上写的那样工作。从这件事情上，我们便可以看出王褒与屈原有很大的不同，他更关注生活。不过，这并不妨碍王褒对屈原的崇敬与同情。

下面，我们一起来看《九怀》中的第五篇——《尊嘉》。

zūn jiā
尊嘉

西汉·王褒

jì chūn xī yáng yáng, liè cǎo xī chéng háng. yú bēi xī lán shēng,
季春兮阳阳，列草兮成行。余悲兮兰生，
wěi jī xī zòng héng. jiāng lí xī yí juān, xīn yí xī jǐ cáng. yī
委积兮丛横。江离兮遗捐，辛夷兮挤臧。伊
sī xī wǎng gǔ, yì duō xī zāo yāng. wǔ xū xī fú jiāng, qū zǐ
思兮往古，亦多兮遭殃。伍胥兮浮江，屈子
xī chén xiāng.
兮沉湘。

yùn yú xī niàn zī, xīn nèi xī huái shāng. wàng huái xī pèi pèi,
运余兮念兹，心内兮怀伤。望淮兮沛沛，
bīn liú xī zé shì. bàng fǎng xī xià liú, dōng zhù xī kē kē.
滨流兮则逝。榜①舫②兮下流，东注兮磕磕③。
jiāo lóng xī dǎo yǐn, wén yú xī shàng lài. chōu pú xī chén zuò,
蛟龙兮导引，文鱼兮上濑。抽蒲兮陈坐，
yuán fú qú xī wéi gài. shuǐ yuè xī yú jīng, jì yǐ xī wēi cài.
援芙蕖兮为盖。水跃兮余旌，继以兮微蔡。
yún qí xī diàn wù, shū hū xī róng yì. hé bó xī kāi mén, yíng
云旗兮电骛，倏忽兮容裔。河伯兮开门，迎
yú xī huān xīn.
余兮欢欣。

gù niàn xī jiù dū, huái hèn xī jiān nán. qiè āi xī fú píng,
顾念兮旧都，怀恨兮艰难。窃哀兮浮萍，
fàn yín xī wú gēn.
汎淫④兮无根。

①榜：摇桨使船前进。②舫：相并连的两艘船。③磕磕：水石撞击的声音。④汎淫：漂浮不定。

题目中的“尊”是尊崇、尊重的意思，“嘉”是指德行美好的人。这首诗以屈原的口吻进行讲述，从春意盎然的和乐景象追怀往古，感叹古人命运多舛，进而引出了一段奇特诡异的水游历程。

“季春兮阳阳，列草兮成行”，季候已是晚春，风和日丽，天气和煦，百草繁盛成行，大地上勃勃生机，王褒笔下的屈原却忽然于乐景里生悲。草木虽盛，百花香草却已凋谢，他眼看着兰草凋零，芬芳江离被丢弃一旁，美丽的辛夷湮没无闻，想到前世贤人也如这些美好的植物一般遭逢灾祸，不免心中悲痛万分。

乐景里生悲，总是因为心中早就存了悲哀，并不是在盛景里蓦地体验到了衰瑟、萧索和忧愁。当屈原被远远放逐于国都之外，站在淮河岸边看逝水汩汩东流，心中自然萌生了逐水而去的念头。他想象着自己驾一叶扁舟顺流而下，拔一把蒲草铺设座席，采摘荷花做成船篷，河流中水石相激，蛟龙在前方引路，长着花纹的大鱼带着他穿越急流。四周水花翻卷，远处惊涛骇浪，他挂起云旗如风一般行驶，既惊险又畅快，水神河伯甚至大开宫门，欢天喜地迎接他的到来。

洋洋洒洒一段话，丝毫不提及自己心情，分明是故国和君王赫然立于回忆的中心，他却总是别过头去，转笔去写其他。分明是漫长的时空阻隔了他们，故国已遥不可及，他却偏偏会在任何风景面前、任何想象中想起那再也回不去的故都。故国好比扎在心尖上的一根刺，一经触碰便痛。他虽以上天入地的想象对抗现实的尖刺，却未料到一切所思所想，都是绵里藏针。究竟是坎坷多艰的遭际让他的两鬓染了风霜，还是他自己心甘情愿为这场贯穿一生的思念熬白了头，屈原怕是早已不能分辨。

英年早逝的王褒

虽然王褒写了《九怀》，但他最重要的成就还是在汉赋上。不过，正所谓“文如其人”，王褒写的赋并不追求政治上的讽喻规诫，而是更加着眼于生活，善于描写那些独具特色的事物。有人说，王褒是汉代最具有文学情趣的赋作家，这一评价可以说相当准确。

《汉书》当中记载了这样一件趣事：当时的太子身体不舒服，心情抑郁，并且经常忘东忘西。用我们现代的观点解释，大概是因为压力大，得了心理疾病。这种病当然光靠医生是不行的，于是皇帝就把王褒找来，让他从早到晚给太子诵读一些有趣的文章，当中自然也包括他自己的。这一招还真管用，太子的病竟然慢慢就好了。

用文章治病，还真是一件奇闻。不过，从这一点可以看出王褒的写作风格。他那诙谐幽默的语言风格，实在是巴蜀人民乐观开朗性格的外在表现，在巴蜀文学史上产生了不可忽视的影响。

然而，这样一位文学奇才，寿命却不长。公元前 51 年，汉宣帝听说益州有金马碧鸡之神，于是就派王褒前去祭祀，结果他就这样病死在途中了。这一年，王褒才刚刚 40 岁。

《九怀》的最后一篇名为《株昭》，原本是王褒纪念屈原的，我们在这里不妨拿来一同纪念一下这位早逝的文人。

zhū zhāo
株昭

西汉 · 王褒

bēi zāi xū jiē xī, xīn nèi qiē cuō. kuǎn dōng ér shēng xī,
悲哉于嗟[①]兮，心内切磋。款冬而生兮，

diāo bǐ yè kē wǎ lì jìn bǎo xī juān qì suí hé qiān dāo lì
凋彼叶柯。瓦砾进宝兮，捐弃随和。铅刀厉
yù xī dùn qì tài ē jì chuí liǎng ěr xī zhōng bǎn cuō tuó
御兮，顿弃太阿。骥垂两耳兮，中坂蹉跎。
jiǎn lǘ fú jià xī wú yòng rì duō xiū jié chǔ yōu xī guì chǒng
蹇驴服驾兮，无用日多。修洁处幽兮，贵宠
shā mó fèng huáng bù xiáng xī chún yàn fēi yáng
沙劘②。凤皇不翔兮，鹑鴳飞扬。

chéng hóng cān ní xī zài yún biàn huà jiāo míng kāi lù
乘虹骖蜺③兮，载云变化。鷦明④开路
xī hòu zhǔ qīng shé bù zhòu guì lín xī chāo xiāng juǎn ē qiū
兮，后属青蛇。步骤桂林兮，超骧卷阿。丘
líng xiáng wǔ xī xī gǔ bēi gē shén zhāng líng piān xī fù qǔ xiāng
陵翔舞兮，溪谷悲歌。神章灵篇兮，赴曲相
hè yú sī yú zī xī shú zāi fù jiā
和。余私娱兹兮，孰哉复加。

huán gù shì sú xī huài bài wǎng luó juǎn pèi jiāng shì xī tì
还顾世俗兮，坏败罔罗。卷佩将逝兮，涕
liú pāng tuó
流滂沲⑤。

luàn yuē huáng mén kāi xī zhào xià tǔ zhū huì chú xī lán zhǐ
乱曰：皇门开兮照下土，株秽除兮兰芷
dǔ sì nìng fàng xī hòu dé yǔ shèng shùn shè xī zhāo yáo xù
睹。四佞⑥放兮后得禹，圣舜摄兮昭尧绪，
shú néng ruò xī yuàn wéi fǔ
孰能若兮愿为辅。

①于嗟：即“吁嗟”，叹息。②沙劘：微小。③蜺：即“霓”，雌虹。④鷦明：神鸟。⑤滂沲：即“滂沱”，泪流满面的样子。⑥四佞：尧时四个佞臣。

“悲哉于嗟兮，心内切磋”，如天外之音，破空而来，仿佛已经再也无法忍耐心中悲伤。也难怪，看那楚国大地上，款冬花生长得欣欣向荣，而它的枝叶根茎却已凋谢，瓦块石头被视作宝贝，宝珠玉璧却被丢弃在一旁，钝刀受到重用，利剑却被废置，良马失足跌倒，默默垂首无言，瘸腿的毛驴却拉着大车，凤凰神鸟无法飞翔，鹌鹑小雀却四处喧嚷，怎么能不让人捶足顿首，忧心如焚？

无能的庸人越来越多，猥琐的小人得到尊重，清白美好的忠臣贤士却靠边站，这就是楚国的不堪现实。这样的国家还有什么值得留恋的？贤者又何必停留于此？不如驾起彩虹，乘坐云气，直飞天际。让神鸟在前方开路，青蛇在后跟随，朝着桂树之林奔驰，穿越蜿蜒曲折的山峦，这是何等畅快之事，何必非要留在一个已经没有希望的地方，任君王漠视，受小人蹂躏？

这世界本就是如此辽阔，丘陵土山能够翩翩起舞，山谷溪流也能慷慨悲歌，为什么不能抛下那沉重得无法承受的责任和理想，追求纯粹的自由和愉悦？

王褒写这首《株昭》，下笔是悲音，顿笔处却是无情：听诗中主人公娓娓道来，好似全是怨恨，全是责难。家国的现状已是如此狼狈不堪，他却只想隐遁而去，再不去蹚这趟浑水，尤其末尾处说“圣舜摄兮昭尧绪，孰能若兮愿为辅”，谁能如尧舜那样贤明，他才愿意辅佐，似乎对家国和君王已失望至极，再无一丝怜惜。实则，情重时是伤心，情到深处情转薄，才显得无情了。

情深至极，犹如漫天冷月清辉，热烈却只有清冷的光。无情有时正是情的极致，只因什么样的话语都倾诉不了这样的炽情，他只能任它在岁月的流逝里、在他可憎的命运里淡了又淡，却浓郁到遮盖了所有。他提及也好，不提及也罢，家国都在他心底。哪怕是憎恶，是斥责，是无情地离去，也只是因为他用情太深，被伤得太重，才有如此悲怆的玩世不恭。

第八章 刘向

最像屈原的那个人

俗话说，“物以类聚，人以群分”，那些同情、仰慕、悼念屈原的人，必定在某些方面与他有相似的地方。而据我观察，在这些人当中，和屈原最相似的则是刘向。

刘向与王褒算是同时代的人，但略晚一些，我在前言中曾提到过，《楚辞》最早就是由刘向编订成书的。我说他像屈原，指的当然不是相貌，而是人生经历与个人品德。

刘向出身于大汉王族，他是楚元王刘交的玄孙，而刘交则是汉高祖刘邦同父异母的弟弟。不过，到刘向的时候，他们这一支已经离开了汉王朝的核心。从这一点来看，刘向跟身为楚国宗室的屈原十分相像。

和屈原一样，刘向成年后也进入了官场，在汉宣帝时任谏大夫，到了汉元帝时则担任宗正。宗正为九卿之一，是掌管皇帝亲族或外戚勋贵相关事务的官员，职责大约相当于屈原担任过的三闾大夫。

与父亲汉宣帝相比，汉元帝刘奭就算不上一个好皇帝了。他在位期间，由于宠信宦官，导致朝政混乱不堪，西汉由此走向衰落。汉元帝最宠信的宦官有两个，一个叫弘恭，一个叫石显。这两个家伙长期把持朝政，排除异己，很多好官都遭到迫害，要么被他们害死，要么被他们赶出朝廷。

对于这种小人，刘向没有退缩，而是挺身而出和他们做斗争，结果遭到陷害被投进了监狱。不过，刘向毕竟是皇室宗亲，弘恭、石显不敢下死手，很快又把他放了出来。显然，弘恭、石显想要拉拢刘向，至少让他闭嘴。不料，刘向出狱后却继续向皇帝揭露这两个恶人的罪行，随即又被投入了监狱。这回弘恭、石显可不会手软了，但杀还是不能杀，于是他们就怂恿皇帝把刘向贬为了庶人。

看完这一段经历，相信大家已经明白为什么说刘向跟屈原最像了吧？没错，他们都敢于和小人做斗争，并且都遭到了小人的迫害。这样的经历让刘向对屈原抱有更大的同情与崇敬，难怪他会整理《楚辞》，并且自己创作《九叹》附在后面。在这里“九”是实指，《九叹》共包括《逢纷》《离世》《怨思》《远逝》《惜贤》《忧苦》《愍命》《思古》《远游》等九章。“叹”即叹息，刘向既为屈原叹息，也为自己叹息。

《逢纷》为《九叹》的第一篇，我们来看一下。

逢纷（féng fēn）

西汉·刘向

伊伯庸[1]之末胄兮，谅皇直之屈原。云余肇祖于高阳兮，惟楚怀之婵连[2]。原生受命于贞节兮，鸿永路有嘉名。齐名字于天地兮，并光明于列星。吸精粹而吐氛浊兮，横邪世而不取容。行叩诚而不阿兮，遂见[3]排而逢谗。后听虚而黜实兮，不吾理而顺情。肠愤悁而含怒兮，志迁蹇[4]而左倾。心傥慌其不我与兮，躬速速其不吾亲。辞灵修而陨志兮，吟泽畔之江滨。椒桂罗以颠覆兮，有竭信而归诚。谗夫蔼蔼而漫著兮，曷其不舒予情。

始结言于庙堂兮，信中途而叛之。怀兰蕙与衡芷兮，行中壄而散之。声哀哀而怀高丘兮，心愁愁而思旧邦。愿承闲而自恃兮，径淫曀而道壅。颜黴黧以沮败兮，精越裂[5]而衰耄[6]。裳襜襜[7]而含风兮，衣纳纳而掩露。赴江湘之湍流兮，顺波凑而下降。徐徘徊于山阿兮，飘风来之汹汹。驰余车兮玄石，步余马兮洞庭。平明发兮苍梧，夕投宿兮石城。芙蓉盖而蓤[8]华车兮，紫贝阙而玉堂。薜荔饰而陆离荐兮，鱼鳞衣而白蜺裳。登逢龙而下陨兮，违故都之漫漫。思南郢之旧俗兮，肠一夕而九运。扬流波之潢潢[9]兮，体溶溶而东回。心怊怅以永思兮，意晻晻[10]而日颓。白露纷以涂涂兮，秋风浏以萧萧。身永流而不还兮，魂长逝而常愁。

tàn yuē pì bǐ liú shuǐ fēn yáng kē xī bō féng xiōng yǒng
叹曰：譬彼流水，纷扬磕兮。波逢汹涌，
pēn pāng pèi xī yú yáng dí dàng piāo liú yǔn wǎng chù yín shí
溃滂沛兮。揄扬涤荡，漂流陨往，触崟石
xī lóng qióng luán quān liáo liè wǎn zhuǎn zǔ xiāng bó xī zāo fēn
兮。龙邛脟圈，缭戾宛转，阻相薄兮。遭纷
féng xiōng jiǎn lí yóu xī chuí wén yáng cǎi wèi jiāng lái xī
逢凶，蹇离尤兮。垂文扬采，遗将来兮。

①伯庸：屈原父亲的字。②婵连：族亲相连。屈原与楚王同姓，同为颛顼高阳氏的后代。③见：被。④迁蹇：心思不定的样子。⑤精越裂：精神上灰心失意。⑥衰耄：衰老。⑦襜襜：衣服迎风飘动。⑧蔆：通“菱”，水生植物。⑨潢潢：深广。⑩晻晻：抑郁愁苦。

作为《九叹》的第一篇，《逢纷》为全诗的主题确立了基调。题目“逢纷”很清楚，就是遭逢纷乱浊世的意思。我们可以将其分为三段：第一段仿照《离骚》，追溯屈原的血脉渊源，显示他的高贵出身、美好德行，并认为其名号、品格能与天地列星相齐同等，然而却生于浊世，为昏君、庸众、谗佞之徒所不容，以致遭黜而志不得伸；第二段讲述屈原被楚王放逐以后思君、念国、怀乡的情感，这让他极为痛苦、伤感、失落，以至于形容枯槁、衣衫褴褛、身心俱疲，陷入精神困境之中；第三段的“叹曰”相当于《离骚》中的“乱曰”，是诗人的评断，也是全诗的结语。

如果没有遭到流放，屈原本该是一个于朝堂之上勤谨勉励的贤臣，胸怀天下，既有改革朝政的魄力，也有辅佐君王施政的手段。可是一朝遭逐，从此他在后人心目中便成了一个行吟泽畔、头戴高冠、身佩香草美玉，却形容憔悴、颜色枯槁的诗人。

刘向写《逢纷》，就是对屈原在湘水泽畔哀哀叹息的想象：“声哀哀而怀高丘兮，心愁愁而思旧邦。”他忆起过去君王曾与他在庙堂约定，如今君王随意毁弃前言，将他赶出国都，放逐于原野，他抱着满怀香草，兰蕙衡芷，芳香袭人，却只能尽数抛弃于荒野之上。前途昏暗，道路阻塞，即使他有竭智尽忠之心又能怎样？时日一天天过去，诗人眼看垂垂老矣，就算再有心，也已无力。

怀念朝廷，思念郢都，以至“声哀哀”“心愁愁”，除了行吟泽畔，驾车远走高飞，能倾诉心中苦闷，他再也没有其他办法可以排解这份痛苦。天上地下的远游这样华美，荷花作盖，菱花作车，驾着华车去向玄石山，在浩渺苍茫的洞庭湖边歇息，黎明时分，从苍梧山出发，黄昏抵达石城，投宿在紫贝砌成的楼台，白玉铺成的厅堂，穿上鱼鳞一样美丽的上衣，洁白的裙裳，睡在薜荔装饰的卧席之上。可是，当他登上逢龙山向下张望时，忧愁却像雾一样弥漫了他整个身心。

去国的道路是这么漫长，隔山隔水，遥不可及。这不仅是地域上的遥远，更是心理上的遥远。如果君王不能给予他信任，如果他在朝堂上没有实践理想的自由，那么即使他日日随侍君王身侧，也和流放没有区别。一个不能与他心意相通的君王，一个不能在他的治理下蒸蒸日上的国家，一个再也没有他用武之地的朝堂，和他隔着太过漫长的距离，这一生都不可能再相遇。

保存先秦古籍的大功臣

刘向不仅仅是整理了《楚辞》，其实我们现在能够看到的先秦著作，有很多都是经过他整理校订的。

说起来，这事还得追溯到秦始皇。大家应该都知道秦始皇的“焚书坑儒”吧？先秦的很多重要书籍都在那时被毁掉了。等到汉朝建立以后，开始重视文化的保存，朝廷下令向民间广泛征收书集，然而收上来却发现很多都已经残破脱缺了。大家注意，那时候的书可不像咱们现在这样写在纸上，而全都是刻在薄薄的竹简上，然后用熟牛皮绳编联起来，牛皮绳一断，就全都散乱无序了。据说，汉武帝看到这些脱落散乱的竹书都不由得叹息道：“这真令人心疼啊。”

汉武帝心疼归心疼，他对古书的主要贡献在于征集，真正大范围的整理工作则是在汉成帝时进行的。汉成帝是汉元帝的儿子，虽然他当皇帝比自己的老爸元帝还差劲，但总算做了那么一点点好事，就是他把刘向找回来主持了对皇家藏书的整理工作。这时候，弘恭和石显都已经死了，刘向没有了后顾之忧，便安安心心地回到朝廷，开始了他艰辛而伟大的事业。

在整理过程中，刘向发现很多书都已经失传了，只留下一些散乱的残片，于是他就把相关的内容挑出来重新编目，甚至连一些书名也是他重新拟定的，这也导致了我们现在看到的一些先秦书，实际上跟原著是有差异的，所以难免会有一些疏漏和相互矛盾的地方。但尽管如此，刘向整理先秦诸子古籍的大功是不能磨灭的。

与在整理古籍方面的贡献相比，刘向本人的文学创作一点也不逊色，据《汉书·艺文志》记载，他曾写过辞赋33篇，但现在大多都已经散佚了，只保存了《九叹》。下面，我们就来一起学习《九叹》中的第三篇《怨思》。

yuàn sī
怨思

西汉·刘向

wéi yù yù zhī yōu dú xī zhì kǎn lǎn ér bù wéi shēn qiáo
惟郁郁之忧毒①兮，志坎壈②而不违。身憔
cuì ér kǎo dàn xī rì huáng hūn ér cháng bēi mǐn kōng yǔ zhī gū zǐ
悴而考旦兮，日黄昏而长悲。闵空宇之孤子
xī āi kū yáng zhī yuān chú gū cí yín yú gāo yōng xī míng
兮，哀枯杨之冤雏。孤雌吟于高墉③兮，鸣

jiū qī yú sāng yú xuán yuán shī yú qián lín xī dú piān qì ér
鸠栖于桑榆④。玄猿失于潜林兮，独偏弃而
yuǎn fàng zhēng fū láo yú zhōu háng xī chǔ fù fèn ér cháng wàng
远放。征夫劳于周行⑤兮，处妇愤而长望。
shēn chéng xìn ér wǎng wéi xī qíng sù jié yú niǔ bó guāng míng qí yú
申诚信而罔违兮，情素洁于纽帛。光明齐于
rì yuè xī wén cǎi yào yú yù shí shāng yā cì ér bù fā xī
日月兮，文采耀于玉石。伤压次⑥而不发兮，
sī chén yì ér bù yáng fāng yì yì ér zhōng bài xī míng mí sàn
思沉抑而不扬。芳懿懿⑦而终败兮，名靡散⑧
ér bù zhāng
而不彰。

bèi yù mén yǐ bēn wù xī jiǎn lí yóu ér gān gòu ruò lóng
背玉门以犇骛⑨兮，蹇离尤而干诟。若龙
páng zhī chén shǒu xī wáng zǐ bǐ gàn zhī féng hǎi niàn shè jì zhī
逄⑩之沉首兮，王子比干之逢醢。念社稷之
jī wēi xī fǎn wéi chóu ér jiàn yuàn sī guó jiā zhī lí jǔ xī
几危兮，反为雠而见怨。思国家之离沮兮，
gōng huò qiān ér jié nàn ruò qīng yíng zhī wěi zhì xī jìn lí jī zhī
躬获愆而结难。若青蝇之伪质兮，晋骊姬之
fǎn qíng kǒng dēng jiē zhī féng dài xī gù tuì fú yú mò tíng niè
反情。恐登阶之逢殆兮，故退伏于末庭。孽
chén zhī háo táo xī běn cháo wú ér bú zhì fàn yán sè ér chù
臣之号咷⑪兮，本朝芜而不治。犯颜色而触
jiàn xī fǎn méng gū ér bèi yí yùn mí wú yǔ jùn ruò xī jiàn
谏兮，反蒙辜而被疑。菀蘼芜与菌若兮，渐
gǎo běn yú wū dú yān fāng zhǐ yú fǔ jǐng xī qì jī hài yú kuāng
槀本于洿渎⑫。淹芳芷于腐井兮，弃鸡骇于筐
lù zhí táng xī yǐ fú péng xī bǐng gān jiāng yǐ gē ròu kuāng
簏。执棠谿⑬以刜蓬兮，秉干将以割肉。筐
zé xiè yǐ bào kuò xī pò jīng hé yǐ jì zhù shí hùn zhuó yóu wèi
泽泻以豹鞹⑭兮，破荆和以继筑。时溷浊犹未
qīng xī shì xiáo luàn yóu wèi chá yù róng yǔ yǐ sì shí xī jù
清兮，世殽乱犹未察。欲容与以俟时兮，惧
nián suì zhī jì yàn gù qū jié yǐ cóng liú xī xīn gǒng gǒng ér bù
年岁之既晏。顾屈节以从流兮，心巩巩⑮而不

yí níng fú yuán ér chí chěng xī xià jiāng xiāng yǐ zhān huí
夷。宁浮沅而驰骋兮，下江湘以邅迴。

tàn yuē shān zhōng jiàn jiàn yú shāng huái xī zhēng fū huáng
叹曰：山中槛槛[16]余伤怀兮，征夫皇

huáng qí shú yī xī jīng yíng yuán yě yǎo míng míng xī chéng qí
皇[17]其孰依兮，经营原野杳冥冥兮，乘骐

chěng jì shū wú qíng xī guī hái jiù bāng mò shuí yù xī cháng cí yuǎn
骋骥舒吾情兮，归骸旧邦莫谁语兮，长辞远

shì chéng xiāng qù xī
逝乘湘去兮。

①忧毒：忧愁病苦。②坎壈：不平，比喻遭遇不顺。③高墉：高城墙。④桑榆：比喻晚年。⑤周行：这里指大路。⑥压次：指因受压抑而心境失常。⑦懿懿：芬芳。懿，美好。⑧靡散：消散，犹消灭。⑨犇骛：奔驰。⑩龙逢：亦作“龙逢”，即关龙逢。夏代的贤人，因直谏为桀所杀。⑪号咷：呼喊。⑫洿渎：小水沟。⑬棠谿：古代一种名贵的宝剑。⑭豹鞹：豹皮制成的革。⑮巩巩：忧惧。⑯槛槛：车行声。⑰皇皇：惶遽的样子。

两次下狱以及曾被贬为庶民的经历，已经足以让刘向写出字字哀愁、句句悲怨的诗句，但是在写《九叹》时，刘向只写屈原如何不容于世，屈原如何思君、念国、怀乡，屈原如何苦闷怨愤、执着不屈，毫不关涉自己的心志感情。或许在刘向看来，那个在辽阔楚地流浪彷徨、仰头呼告的孤独诗人屈原，那个头戴高冠、身系玉佩香草的落魄忠臣屈原，已经成为一个高洁的悲剧象征，无须赘言，就能够唤起人们心底最深的悲悯和哀伤。

这首《怨思》所叙写的，正是屈原忠不见用、横遭谗害打击的怨愤和惆怅之情。文章是以屈原的口吻陈述，一开始便点出他心情的忧闷、愁怨。由于情绪低落、灰暗，因此他眼中所见全都带有忧伤的色彩，如“孤子”“冤雏”“孤雌”“鸣鸠”“玄猿”“征夫”“处妇”等。随后，主人公又叙及自己心境愁苦的原因，从

现实的命运多舛，到历史中的龙逢、比干、骊姬，他感到是非不分、黑白颠倒实在是古今相同。最后，主人公以比喻手法继续陈说价值标准颠倒的社会现实。

既然现实情况已经这样了，又应该用何种策略来应对呢？是“容与以俟时”，还是“屈节以从流”呢？可以想象，如果等待时机，积极进取，则会“惧年岁之既晏”，如果改变节操，同流合污，则又“心巩巩而不夷”。既然两者都不可行，便只能“浮沉而驰骋”“下江湘以邅迴”“长辞远逝”，在山水之间聊以徘徊嬉戏了。

刘向的读书笔记

在课堂上，老师经常会建议我们多做读书笔记，就是让我们在读书时把自己的心得记录下来，或者把文中的精彩部分整理出来。这样做有两个好处，一个是让我们在记录整理的过程中加深理解，并且增强记忆；再一个是可以作为材料储备，等到用时可以再翻出来，方便快捷。

读书笔记虽然有这两大好处，但是很多同学基于懒惰思想，对待这件事总是马马虎虎，甚至从来也不记。在这一点，我们真得跟刘向学习。看到这里，你可能会奇怪：怎么，刘向也记读书笔记吗？当然。刘向不仅记，而且记得非常棒，他的笔记成了流传千古的佳作。

《九叹·惜贤》就是刘向读完《离骚》后写的读书笔记，下面我们一起来看看吧。

xī xián

惜贤

西汉·刘向

lǎn qū shì zhī lí sāo xī xīn āi āi ér fú yù shēng
览屈氏之《离骚》兮，心哀哀而怫郁①。声
áo áo yǐ jì liáo xī gù pú fū zhī qiáo cuì bō chǎn yú ér kuāng
嗷嗷以寂寥兮，顾仆夫之憔悴。拨谄谀而匡
xié xī qiè tiǎn niǎn zhī liú sú dàng wēi wō zhī jiān jiù xī
邪兮，切淟涊②之流俗。荡渨涹③之奸咎兮，
yí chǔn chǔn zhī hùn zhuó huái fēn xiāng ér xié huì xī pèi jiāng lí zhī
夷蠢蠢之溷浊。怀芬香而挟蕙兮，佩江蓠之
fēi fēi wò shēn jiāo yǔ dù ruò xī guàn fú yún zhī é é dēng
斐斐。握申椒与杜若兮，冠浮云之峨峨。登
cháng líng ér sì wàng xī lǎn zhǐ pǔ zhī lǐ lǐ yóu lán gāo yǔ huì
长陵而四望兮，览芷圃之蠡蠡④。游兰皋与蕙
lín xī nì yù shí zhī cēn cī yáng jīng huá yǐ xuàn yào xī fāng
林兮，睨玉石之嵾嵯。扬精华以眩燿兮，芳
yù wò ér chún měi jié guì shù zhī yǐ nǐ xī rèn quán huì yǔ xīn
郁渥而纯美。结桂树之旖旎兮，纫荃蕙与辛
yí fāng ruò zī ér bú yù xī juān lín bó ér yùn sǐ
夷。芳若兹而不御兮，捐⑤林薄⑥而菀⑦死。

qū zǐ qiáo zhī bēn zǒu xī shēn tú dí zhī fù yuān ruò yóu yí
驱子侨之犇走兮，申徒狄之赴渊。若由夷
zhī chún měi xī jiè zǐ tuī zhī yǐn shān jìn shēn shēng zhī lí yāng
之纯美兮，介子推之隐山。晋申生之离殃
xī jīng hé shì zhī qì xuè wú shēn xū zhī jué yǎn xī wáng zǐ
兮，荆和氏之泣血。吴申胥之抉眼兮，王子
bǐ gàn zhī héng fèi yù bēi shēn ér xià tǐ xī xīn yǐn cè ér bú
比干之横废。欲卑身而下体兮，心隐恻而不
zhì fāng yuán shū ér bù hé xī gōu shéng yòng ér yì tài yù sì
置。方圜殊而不合兮，钩绳用而异态。欲俟
shí yú xū yú xī rì yīn yì qí jiāng mù shí chí chí qí rì jìn
时于须臾兮，日阴曀⑧其将暮。时迟迟其日进

兮，年忽忽而日度。妄周容而入世兮，内距闭而不开。俟时风之清激兮，愈氛雾其如塺⑨。进雄鸠之耿耿兮，谗介介而蔽之。默顺风以偃仰兮，尚由由而进之。心㤮悢以冤结兮，情舛错以曼忧。搴薜荔于山野兮，采撚支⑩于中洲。望高丘而叹涕兮，悲吸吸而长怀。孰契契而委栋兮，日晻晻而下颓。

叹曰：江湘油油，长流汩兮。挑揄扬汰。荡迅疾兮。忧心展转，愁怫郁兮。冤结未舒，长隐忿兮。丁时逢殃，可奈何兮。劳心悁悁⑪，涕滂沲兮。

①怫郁：心情不舒畅。②泱漭：污浊。③混淆：污浊。④蠡蠡：犹“历历”，行列分明。⑤捐：放弃。⑥林薄：交错的草木。⑦菀：堆积。⑧阴曀：天气阴晦。⑨塺：尘土。⑩撚支：一种香草。⑪悁悁：忧闷。

《九叹》共有九篇，其中八篇都是以屈原的口吻记叙的，即采用了为屈原代言的文体，唯独这篇《惜贤》是由作者直接出面发表议论。文章开篇就是“览屈氏之《离骚》兮，心哀哀而怫郁”，可见是刘向读完《离骚》之后，情绪激荡、胸中不平而写成的，其中既有对屈原的感念，也有自己的人生体验，算是借咏屈原而浇自己胸中之块垒。

楚国山河、楚地风情，对汉皇族宗室刘向来说，已经隔了两百多年的时间，然而，他与两百多年前的诗人屈原却又离得那么近。此时的刘向，大约刚刚因为宦官的陷害被贬为庶人，他自然就从被逐、遭弃、自沉的屈原身上看到了自己，因而当吟诵《离骚》时才会感到“心哀哀而怫郁”。

刘向不可能像屈原那样，怀抱馥郁的蕙草，身佩浓郁芳香的江蓠，手握申椒与杜若，头戴浮云高冠，游览水滨芳林，以高洁之躯在辽阔的楚国大地上彷徨呼喊。他只能站在自己的宿命里，怀念往昔先贤：追随神话中的仙人王子乔远游，仰慕申徒狄对抗殷纣王残暴最终投江而亡，希望自己如义士许由、伯夷那般纯洁高尚，如介子推那般不同流俗，隐居深山。

刘向当然知道不肯谄媚阿谀顺从时俗的后果：晋国申生惨遭横祸，楚国卞和献玉泣血，吴国子胥被挖去双眼，殷朝比干被剖出心脏，血淋淋的先例填满了历史的缝隙，令人望而却步。所以他也道“欲卑身而下体”“妄周容而入世”，想要卑躬屈节，苟合于世，可惜终究无法办到。

如果可以轻易对权贵、世俗折腰，屈原又何必用生命去祭奠理想，用死亡来证明自己的忠直清白。如果深爱的一切可以轻易放下，刘向又何须忧国忧民，对君王直谏，倾诉逆耳忠言，由此丧失青云之路，写下“望高丘而叹涕兮，悲吸吸而长怀”的悲哀文字。

所谓“惜贤”，怜惜的不只是屈原，还包括他自己。

时光看似“迟迟”，缓慢流逝，实际上一回头岁月竟早已倏忽而去，他在这漫长而迅疾的时光里，看天色越来越阴晦，看生命渐渐走到尽头，看世事越来越污浊，自己却只能徒然熬着，将满腔的心事熬成了灰。所爱，所恨，全都无从实现，无从发泄，只有“劳心悁悁，涕滂沲兮”。

幸运的是，他有过灿烂的燃烧，以血肉为引，以爱恨为火，燃尽成灰。

有爱才有恨，正因为燃烧了自己，才有心事成灰。否则，混沌是一生，苟且也是一生，他何必选择孤独，走上布满荆棘的死路，何必如数倾吐心底最深的怅恨与绝望，成就这样一首为后世传诵不绝、壮美哀戚的《惜贤》？

跟随屈原一起远游

在刘向整理的古籍中，除了《楚辞》还有一部古书值得好好说说，那就是他和他儿子刘歆共同编订的《山海经》。可能大家很难想象，如果不是刘向慧眼识珠，把《山海经》从那堆零碎的竹片中整理出来，我们大概就永远失去它了。这是因为“子不语怪力乱神”，儒家对于《山海经》是敬而远之的，别的典籍即使没有刘向，自然还会有其他儒生整理发掘，但《山海经》大概就没人管了。

整理《楚辞》，我们可以说是刘向出于对屈原的崇敬，那么同样作为儒生的刘向，为什么一心一意要整理《山海经》这部怪诞的奇书呢？我猜，大概也是由于受屈原的影响。《天问》中那瑰丽的神话、奇妙的想象一定深深打动了刘向，所以他一见到《山海经》中的文字便如获至宝。

事实上，《九叹》里也有丰富的神话素材，其中最丰富的就是最后一篇《远游》。屈原也写过一篇《远游》，我们前面介绍过，而刘向这篇不仅与屈原那篇同名，从思想内容和语汇词句来看也有很多相似之处。下面，我们一起来看看吧。

远游（yuǎn yóu）

西汉·刘向

bēi yú xìng zhī bù kě gǎi xī　lǚ chéng yì ér bù yí　fú
悲余性之不可改兮，屡惩艾①而不迻②。服

觉皓以殊俗兮，貌揭揭以巍巍。譬若王侨之乘云兮，载赤霄而凌太清。欲与天地参寿兮，与日月而比荣。登昆仑而北首兮，悉灵圉③而来谒。选鬼神于太阴兮，登阊阖于玄阙。回朕车俾④西引兮，褰⑤虹旗于玉门。驰六龙于三危兮，朝西灵于九滨。结余轸⑥于西山兮，横飞谷以南征。绝都广以直指兮，历祝融于朱冥。枉玉衡于炎火兮，委两馆于咸唐。贯澒濛⑦以东朅⑧兮，维六龙于扶桑。

周流览于四海兮，志升降以高驰。征九神⑨于回极⑩兮，建虹采以招指。驾鸾凤以上游兮，从玄鹤与鹪明⑪。孔鸟飞而送迎兮，腾群鹤于瑶光⑫。排帝宫与罗囿⑬兮，升县圃以眩灭。结琼枝以杂佩兮，立长庚以继日。凌惊雷以轶骇电兮，缀鬼谷于北辰。鞭风伯使先驱兮，囚灵玄⑭于虞渊。溯高风以低徊兮，览周流于朔方。就颛顼而陈词兮，考玄冥⑮于空桑⑯。旋车逝于崇山兮，奏虞

shùn yú cāng wú jì yáng zhōu yú kuài jī xī jiù shēn xū yú wǔ
舜于苍梧。⿰氵亝[17]杨舟于会稽兮，就申胥于五
hú jiàn nán yǐng zhī liú fēng xī yǔn yú gōng yú yuán xiāng wàng
湖。见南郢之流风兮，殒余躬于沅湘。望
jiù bāng zhī àn dǎn xī shí hùn zhuó qí yóu wèi yāng huái lán chǎi
旧邦之黯黮[18]兮，时溷浊其犹未央。怀兰茝
zhī fēn fāng xī dù pī lí ér zhé zhī zhāng jiàng wéi yǐ chān chān
之芬芳兮，妒被离而折之。张绛帷以襜襜[19]
xī fēng yì yì ér bì zhī rì tūn tūn qí xī shè xī yáng
兮，风邑邑[20]而蔽之。日暾暾[21]其西舍兮，阳
yàn yàn ér fù gù liáo jiǎ rì yǐ xū yú xī hé sāo sāo ér zì
焱焱而复顾。聊假日以须臾兮，何骚骚而自
gù
故。

tàn yuē pì bǐ jiāo lóng chéng yún fú xī fàn yín hòng róng fēn
叹曰：譬彼蛟龙乘云浮兮，泛淫澒溶[22]纷
ruò wù xī chán yuán jiāo gé léi dòng diàn fā sà gāo jǔ xī shēng
若雾兮，潺湲轇轕雷动电发馺[23]高举兮，升
xū líng míng pèi zhuó fú qīng rù dì gōng xī yáo qiáo fèn yǔ chí fēng
虚凌冥沛浊浮清入帝宫兮，摇翘奋羽驰风
chěng yǔ yóu wú qióng xī
骋雨游无穷兮。

①惩艾：惩治。②迻：同“移”，变易。③灵圉：神仙的名号。④俾：使。⑤褰：提起。⑥軨：本意为车后横木，这里引申为车子。⑦澒濛：混沌之气。⑧朅：离去。⑨九神：古代神话中的九天诸神。⑩回极：天极回转的轴心。⑪鵕明：凤凰类神鸟。⑫瑶光：星名，即北斗七星的第七星。⑬罗囿：传说中的天苑，神话中的园林，或即昆仑悬圃。⑭灵玄：指玄帝，古代神话中的北方之帝。⑮玄冥：神名，北方之神，主刑杀。⑯空桑：传说的山名。⑰⿰氵亝：古“济”字。⑱黯黮：昏暗不明。比喻政治腐败黑暗。⑲襜襜：色彩鲜明的样子。⑳邑邑：形容风势微弱。㉑暾暾：本意是初升的太阳，这里形容日光。㉒澒溶：深广。这里就云层而言，形容云层广阔深厚。㉓馺：愿意为马快跑，这里引申为迅疾。

刘向的《远游》虽然对屈原的《远游》在内容形式上有很多借鉴之处，但关于远游的原因两者却有不同。屈原《远游》的主人公因悲伤于时俗的困厄，从而选择飞升登仙，去远处周游；而刘向的《远游》则以“悲余性之不可改”起笔，之后模仿《涉江》笔调，塑造了诗歌抒情主人公高大光辉的形象，他“欲与天地参寿”“与日月而比荣”，由此才开始其飞升神游。相比之下，两篇虽然同样写悲，但屈原之悲是深沉苍凉之悲，而本篇之悲则是豪宕慷慨之悲。

本诗主人公因欲与天地一样长寿，要与日月一样光耀四方，所以想要仿效仙人王侨腾云驾雾，乘坐红云飞升至空中。主人公想象中的自己，几乎无所不能：登上昆仑山面朝北方，引来众多仙人拜望，从极盛的阴气中选出鬼神，随同自己一起登天门，入天宫，继而又掉转车头，举起虹旗，向西方的玉门山行进，一时驾着六龙车在三危山上奔驰，一时在九曲水滨召集西方的神灵，一时横渡飞泉谷向南前行，穿越都广山，来到南方祝融神的领地，一时到了炎火山和咸池，穿越混沌之气离开东方，将六条神龙拴在扶桑树旁。

生命的状态是这样自由、洒脱，天地日月也不过如此。当一个人心怀宇宙、胸怀天下时，无论他的境遇有多狼狈，前途有多晦暗，其心志亦堪比日月星辰，恒久耀目于历史的晴空之上。然而，这自由与洒脱也不过是表面的、暂时的，主人公终究还是无法摆脱宿命中的那一道阴影。因此，在他停下来想要休息的时候，便又“骚骚而自故”了。

不过，刘向似乎希望屈原能够真正获得解脱。因此，虽然他心中仍有忧愁，但还是在叹辞中让他学蛟龙那样乘云远去，尽情遨游于无穷的太空。

第九章　王逸

一个没有故事的人

王逸是我们最后要讲的楚辞作者，也是楚辞中唯一的东汉人。不过，这个人却不好讲，因为史料中关于他的信息太少。有个朋友谈到王逸时，曾开玩笑地对我说："这是一个没有故事的人。"虽是玩笑话，但事实的确如此。因此，我不能像前面那样，通过作者的经历来一步步引出作品。不过，大家也别着急，咱们可以从王逸生活的时代背景讲起。

前面提到的汉成帝昏庸乱政，荒于酒色，导致外戚专权，从而引出后面的王莽篡汉，结束了西汉政权。王莽建立新朝以后，实行了一系列混乱的政策，再加上天灾不断，结果天下大乱，身为一介布衣的汉室宗亲刘秀趁势夺取政权，建立东汉。

正如所有的朝代一样，东汉在初期还不错，但到中后期朝政便日益腐败，外戚与宦官轮番掌权，皇帝形同虚设。很不幸的是，王逸恰恰生活在这一时期。我们虽然无法考证出王逸具体的生卒年，但却可以肯定他曾经在汉安帝、汉顺帝、汉桓帝这三个皇帝在位期间当过官。

汉安帝在位时，东汉朝廷内忧外患，百事多艰，首先西域各国纷纷叛汉，接着又是羌族造反，结果使东汉元气大伤。汉安帝死后，经过一系列宫廷斗争，最终宦官孙程、王康等人将年仅 11 岁的刘保拥立为帝，就是汉顺帝。由于汉顺帝的皇位是靠宦官得来的，因此大权便掌握在宦官手里。后来宦官又与外戚梁氏勾结，开始了长达 20 多年的梁氏专权。汉顺帝死后，继位的汉冲帝不到半年就因病去世了，而接下来的汉质帝也只当了一年皇帝就被外戚权臣梁冀杀了。随后，梁冀将刘志迎入南宫即位，就是汉桓帝。起初，汉桓帝是梁冀的傀儡，后来汉桓帝借助宦官单超等人的力量将梁冀诛杀，大权又落入宦官手中。由于宦官肆虐，残害百姓，卖官鬻爵，结果汉桓帝朝政治极度腐败，国家一片混乱。

以上所述，正是王逸所生活的时代。我想，不用再多解释，大家一定已经理解为什么王逸会对屈原抱有同情了吧。他所作的《九思》与前面的《九怀》《九叹》一样，也是代屈原抒发忧愤之情的作品。当然，王逸抒发的不仅是屈原的忧愤，也是他自己的忧愤。其中有一篇《悼乱》，是对这种忧愤最好的注解。

dào luàn
悼乱

东汉·王逸

jiē jiē xī bēi fú xiáo luàn xī fēn ná máo sī xī tóng
嗟嗟兮悲夫，殽乱①兮纷挐②。茅丝兮同
zōng guān jù xī gòng qú dū wàn xī shì yàn zhōu shào xī
综，冠屦兮共绚③。督万兮侍宴，周邵兮
fù chú bái lóng xī jiàn shè líng guī xī zhí jū zhòng ní xī kùn
负刍。白龙兮见射，灵龟兮执拘。仲尼兮困
è zōu yǎn xī yōu qiú yī yú xī niàn zī bēn dùn xī yǐn jū
厄，邹衍兮幽囚。伊余兮念兹，奔遁兮隐居。
jiāng shēng xī gāo shān shàng yǒu xī hóu yuán yù rù xī shēn gǔ xià
将升兮高山，上有兮猴猿。欲入兮深谷，下
yǒu xī huǐ shé zuǒ jiàn xī míng jú yòu dǔ xī hū xiāo huáng jì
有兮虺蛇。左见兮鸣鵙④，右睹兮呼枭。惶悸
xī shī qì yǒng yuè xī jù tiào biàn xuán xī zhōng yuán yǎng tiān
兮失气，踊跃兮距跳。便旋兮中原，仰天
xī zēng tàn jiān kuǎi xī yě mǎng huán wěi xī qiān mián
兮增叹。菅蒯⑤兮壄莽，萑⑥苇兮仟眠⑦。
lù xī xī duàn duàn tuān hé xī xún xún zhān yào xī
鹿蹊兮躖躖⑧，貒⑨貉兮蟫蟫⑩。鹯⑪鹞⑫兮

xuān xuān chún ān xī zhēn zhēn
轩轩，鹑鹌兮甄甄。

āi wǒ xī guǎ dú mí yǒu xī qí lún yì yù xī chén yín
哀我兮寡独，靡有兮齐伦。意欲兮沉吟，

pò rì xī huáng hūn xuán hè xī gāo fēi zēng shì xī qīng míng cāng
迫日兮黄昏。玄鹤兮高飞，曾逝兮青冥。鸧

gēng xī jiē jiē shān què xī yīng yīng hóng lú xī zhèn chì guī yàn
鹒兮喈喈，山鹊兮嘤嘤。鸿鸬兮振翅，归雁

xī yú zhēng wú zhì xī jué wù huái wǒ xī shèng jīng chuí xǐ xī
兮于征。吾志兮觉悟，怀我兮圣京。垂屣兮

jiāng qǐ zhù sì xī shuò míng
将起，跓俟兮硕明。

①殽乱：交错。②纷挐：混乱。③共约：装饰相同。④鵙：鸟名，即伯劳。⑤菅蒯：茅草。⑥藋：同“萑”，荻类植物。⑦仟眠：草木丛生的样子。⑧蹶蹶：形容野兽行进的样子。⑨貒：猪獾。⑩蟫蟫：形容相互跟随的样子。⑪鹯：猛禽名，又名晨风。⑫鹞：猛禽名，通称雀鹰、鹞鹰。

“嗟嗟兮悲夫，殽乱兮纷挐”，《悼乱》开头两句，便将整篇辞赋的感情基调尘埃落定：可悲啊可叹，如此混乱——这是一首倾所有深情吟唱的乱世悼歌。

太平盛世，喧闹繁华，是人心蒸腾出的一片升平气象，有笃定的底子，不可替代的华彩美丽，就如同开到极艳的花，灼灼照眼。至于乱世，或许在逼仄的、无可选择的现实中能逼出一个人身上巨大的能量和生命力，但往往也会生出更多的恶，而这些恶将蚕食掉善的立足之地。

屈原所在的战国时代，是一个乱世。周王室名存实亡，群雄并起，争霸天下，强者为王。楚国地域广大，物产丰富，本是战国时代的强国之一，最终却为秦国所灭。王逸写下这曲《悼乱》时，统一六国的秦国早已灭亡，汉代也历经数次动乱，进入东汉的后半期，站在历史的终结处，他为早已逝去的屈原悼怀亡国，所知、所见、所想、所叹，必然已带上了自己的视角和沧桑。所以，以屈原口吻写就的悼乱之歌，倾吐的却是王逸自己内心的伤乱之情。

遥想屈原所处的时代，犯下弑君之罪的华督、宋万能够在君王身边侍宴，周朝开国功臣周、召二公，却被放逐，只能靠打柴为生；被后世称之为“圣人”的孔子，生前处境也无比窘迫；忠贞不贰的邹衍，也被幽禁，处境凄惨。能自如处身于乱世的人，除了英雄豪杰，便是奸佞小人，忠臣贤士寻不到他们的安身之处，只能承受着乱世强加给他们的悲惨命运。

俗世里没有容身之所，那就远走他乡，安顿隐居，可是登上高山，高山上却有野猿，进入深谷，深谷里也有毒蛇，山林原野的环境是这样险恶，进一步是万劫不复，退一步是千仞绝壁，如何安然隐藏自己？而如果选择回到故国，等待着自己的也只有无止境的折磨和失望。

屈原一个人孤零零地在混乱的、失去纲常的现实里左冲右突，最终将此身此心祭给吞没一切的江水。这样的痛苦和孤独滋味，想必王逸也尝过，尽管他大概并没有遭受放逐，但大汉的盛世早已不在，在王逸看来，东汉王朝已经徒具空壳，内在的底气尽失，借屈原之口为自己唱一支悼乱之歌，实在是情理之中的事情。

湖北老乡的跨时空追悼

我们前面讲过，刘向是第一个将楚辞整理成书的人，而王逸则是第一个为《楚辞》这本书做注释的人。事实上，刘向最早整理的版本早已失传，而我们现在看到的《楚辞》正是在王逸的注本《楚辞章句》的基础上发展而来的。因此，王逸对于《楚辞》的保存是有很大贡献的。

王逸注解《楚辞》，当然是基于对屈原的崇敬，不过他还有一点小小的私心。对于这点私心，王逸并没有掩盖，而是直接写了出来："自屈原终没之后，忠臣介士游览学者读《离骚》《九章》之文，莫不怆然，心为悲感，高其节行，妙其丽雅。至刘向、王褒之徒，成嘉其义，作赋骋辞，以赞其志。则皆列于谱录，世世相传。逸与屈原同土共国，悼伤之情与凡有异。窃慕向、褒之风，作颂一篇，号曰《九思》，以裨其辞。"

从上面这段文字，我们可以看出，王逸羡慕刘向、王褒的文章能够和屈原的作品一起世代相传，于是自己也来写一篇《九思》附在后面。事实证明，王逸的想法很明智，时至今日，他的大多数作品都已散佚，只有《九思》流传了下来。不过，这段文字中还有一句话引起了我的注意，即"逸与屈原同土共国，悼伤之情与凡有异"。也就是说，在对待屈原的感情上，王逸跟别人是不同的。不同在什么地方呢？就在于他跟屈原是湖北老乡。

据资料显示，王逸的老家是南郡宜城，位于现在的湖北襄阳，屈原是楚国丹阳秭归（今湖北宜昌）人。如果在地图上查一下，你会发现，这两个地方相距不到200公里。可以说，两人那是地道的老乡。

对于这位与自己隔了400多年的著名老乡，王逸的感情是极为复杂的，既抱有同情，又怀有崇敬，他通过《九思》这篇诗文，为老乡举行了一场跨时空的追悼会。下面，我们再次回到现场，看一看王逸是如何怀念、哀悼屈原的。

āi suì
哀岁

东汉·王逸

mín tiān xī qīng liáng xuán qì xī gāo lǎng běi fēng xī liáo liè
旻天①兮清凉，玄气兮高朗。北风兮潦洌，

cǎo mù xī cāng táng yī jué xī jiāo jiāo jí qū xī rǎng rǎng suì
草木兮苍唐。蛜蚗②兮噍噍，蝍蛆③兮穰穰。岁忽忽兮惟暮，余感时兮凄怆。伤俗兮泥浊，蒙蔽兮不章。宝彼兮沙砾，捐此兮夜光。椒瑛兮湼污，葈耳④兮充房。摄衣兮缓带，操我兮墨阳。升车兮命仆，将驰兮四荒。下堂兮见虿⑤，出门兮触蜂。巷有兮蚰蜒⑥，邑多兮螳螂。睹斯兮嫉贼，心为兮切伤。

俛⑦念兮子胥，仰怜兮比干。投剑兮脱冕，龙屈兮蜿蟤⑧。潜藏兮山泽，匍匐兮丛攒。窥见兮溪涧，流水兮沄沄。鼋⑨鼍⑩兮欣欣，鳣鲇兮延延。群行兮上下，骈罗兮列陈。自恨兮无友，特处兮茕茕。冬夜兮陶陶，雨雪兮冥冥。神光兮颎颎⑪，鬼火兮荧荧。修德兮困控，愁不聊兮遑生。忧纡兮郁郁，恶所兮写情。

①旻天：秋天。②蛁蟟：蝉的一种。③蝍蛆：蜈蚣。④葈耳：即苍耳。这里比喻奸佞小人。⑤虿：蝎子一类的毒虫。⑥蚰蜒：虫名，生活在阴湿的地方。⑦俛：同“俯”，低头。⑧蜿蟤：屈曲的样子。⑨鼋：鳖。⑩鼍：鳄鱼的一种。⑪颎颎：同“炯炯”，光明的样子。

在王逸看来，屈原从未圆融平和过，也从未粉饰过生命，人生的严冬就是严冬，不必春暖花开，不必假装得到宽慰。直到生命最后，他都保持着斗士的心态，时刻准备着与这个丑恶的世界开战。他的投水之举，也是甩给这世界的一记耳光：你自去揽着你的黑暗和混乱赴一条死路，我也拥着我永不妥协的振兴家国的梦想赴一条死路，谁也不知道哪一条路更好走。

历史证明，前一条路不过重复着兴亡盛衰，此起彼伏地在时间的长河里挽起一些水花，继而湮灭；后一条路却走出了璀璨的光彩，让一个铮铮傲骨的诗人在时光的打磨下成了珍宝，此后千万世都未曾褪色。

至少，在王逸的时代，屈原确是披着满身光芒，屹立于所有志士忠良的心目之中。这首《哀岁》，应当是王逸为屈原暮年吟唱的哀歌。他设想屈原独自一人在流放地度过漫长时日，必定是见春日伤感，见秋日悲愁，季候的任何变化都能牵扯出他心中愁思。北风萧萧，草木凋萎之际，最易令他感受到人生寒冬的煎熬。他看到眼前的世界一片混乱，人心不辨黑白，沙子碎石成了珍宝，夜明宝珠却被随意丢弃，香木美玉掉在污泥里，浑身是刺的苍耳却充满房室。待他整理衣冠，手持宝剑，打算避开丑陋现实，驾车驰往荒原之地，出门却遇毒蝎、毒蜂，举目四顾，巷子里爬满蚰蜒，城里布满螳螂。

面对此情此景，屈原愤而掷剑在地，将头上冠冕摔下，无限凄苦地怀想起当年含冤而死的伍子胥、比干。流放生涯无疑是他生命里最寒冷的季节，冬夜雨雪纷飞，昏暗幽冥，这样漫长难熬，而他只有孤苦伶仃的一个人，身边没有知己，在遥远的地方无人挂念。

自从流放以来，屈原始终就这样悲苦地过着眼前的人生，他之所以没有崩溃，是因为还怀着微小的希望，希望人生的出路就在下一个路口。可是，时间不曾等他寻觅到希望之光，便让他在同一种境遇和心境的重复中走到了绝望的尽头。他一直期盼奇迹的发生，现实却无声击碎了他的梦愿。

在屈原的世界里，人生转角处从未有过柳暗花明。而人生的严冬，也从来都是肃杀绝望，一经走入幽冥的黑暗，就不会再有峰回路转。

只有痛过才会更懂屈原

历史上关于王逸的材料不多，在这仅有的材料中，还有一则是关于他儿子的。

王逸的儿子名叫王延寿，字文考，一字子山，也是一位颇具才气的辞赋家。据说，他曾经周游鲁国，写了一篇《鲁灵光殿赋》，叙述汉代建筑以及壁画等。然而，这样一位青年才俊却在渡湘水的时候淹死了，死时不过 20 多岁。

书中没有交代王延寿溺水的具体地点，想来与汨罗江应该不会很远。一个是自己最崇敬的人，一个是自己的儿子，竟然都成了水中的冤魂，而且落水地点还这样近，在王逸看来，这只能说是造化弄人。

时代的黑暗窒息着王逸，如今又加上了丧子的悲痛，这让他对于屈原的困境有了更深刻的理解，于是才有了下面这首《遭厄》。

zāo è
遭厄

东汉 · 王逸

dào qū zǐ xī zāo è   chén yù gōng xī xiāng mì   hé chǔ guó xī
悼屈子兮遭厄，沉玉躬兮湘汨。何楚国兮

nán huà   qì yú jīn xī bú yì   shì mò zhì xī xiān qiú   jìng nìng yú
难化，迄于今兮不易。士莫志兮羔裘，竞佞谀

xī chán xì　zhǐ zhèng yì xī wéi qū　zǐ　yù bì xī wéi shí
兮谗阋①。指正义兮为曲，訿②玉璧兮为石。
chī diāo　yóu xī huá wū　jùn yí　qī xī chái cù　qǐ fèn xùn xī
鸱鹛③游兮华屋，鵕鸡④栖兮柴蔟。起奋迅兮
bēn zǒu　wéi qún xiǎo xī xǐ gòu
奔走，违群小兮谿诟⑤。

zài qīng yún xī shàng shēng　shì zhāo míng xī suǒ chǔ　niè tiān qú
载青云兮上升，适昭明兮所处。蹑天衢
xī cháng qū　zhǒng jiǔ yáng xī xì dàng　yuè yún hàn xī nán jì
兮长驱，踵九阳兮戏荡。越云汉兮南济，
mò yú mǎ xī hé gǔ　yún ní fēn xī yǎn yì　cān chén huí xī diān
秣余马兮河鼓。云霓纷兮晻翳，参辰回兮颠
dǎo　féng liú xīng xī wèn lù　gù wǒ zhǐ xī cóng zuǒ　jìng jū
倒。逢流星兮问路，顾我指兮从左。径娵
zī　xī zhí chí　yù zhě mí xī shī guǐ　suì tī dá xī xié zào
觜⑥兮直驰，御者迷兮失轨。遂踢达兮邪造，
yǔ rì yuè xī shū dào　zhì è jué　xī ān rú　āi suǒ qiú xī bù
与日月兮殊道。志阏绝⑦兮安如，哀所求兮不
ǒu　pān tiān jiē xī xià shì　jiàn yān yǐng xī jiù yǔ　yì xiāo yáo
耦。攀天阶兮下视，见鄢郢兮旧宇。意逍遥
xī yù guī　zhòng huì shèng xī yǎo yǎo　sī gěng yē　xī jié qū
兮欲归，众秽盛兮杳杳。思哽饐⑧兮诘诎⑨，
tì liú lán xī rú yǔ
涕流澜兮如雨。

①阋：争吵。②訿：同“訾”，诋毁。③鸱鹛：鸱，“鸱”的错体，恶鸟。鹛，即“雕”，猛禽。④鵕鸡：神俊之鸟。⑤谿诟：辱骂。⑥娵觜：星名。⑦阏绝：阻断。⑧哽饐：因悲伤而气息滞塞。⑨诘诎：艰涩。

题目“遭厄”的意思很清楚，就是遭受祸端。在这首诗中，王逸主要描写了屈原在遭受排挤和迫害后，忍辱远离却又寻不到出路的经历。

在内容上，诗人先写了因为奸佞之人充斥朝中，贤良之士被

逐的场景；接着诗人又写屈原不愿意同流合污，于是只好远走他乡；然后诗人写屈原坠入不见天日的地方，从而迷失了方向；最后诗人写飞天神游的屈原从天上看到了自己思念的故乡，但由于小人当道又犹豫不决的矛盾心情。

自从屈原死后，几乎所有人都会读着他的一生，吟唱着他被放逐后写下的悲歌，痛惜他的悲剧人生。而所谓“悲剧”，并非一个悲伤的、不得圆满的结局，而是命运的轨迹与一个人的所思、所求背道而驰，是一个高洁的魂灵毫无过错，却无端遭受厄运，是从理想的最高处瞬间跌入现实最低微、最污浊之处的眩晕般的落差感。而在这首《遭厄》中，王逸恰恰通过对屈原死前心情和生活状态的合理想象，以表达自己对屈原经历和心情的感同身受。

王逸写下“悼屈子兮遭厄，沉玉躬兮湘汨”时，同时意识到，屈原的悲剧好比一个死结，永远无法解开。并非唯有楚国的国运难以扭转，难以感化，即使隔了几百年，时代也仍然改变无多，悲剧始终不曾断绝。一国朝政中，总有精忠报国的贤臣，也总有互相争斗、竞相阿谀的小人，公理正义总会被指为谬误，美好的玉石也依旧容易被诋毁，恶鸟仍然盘桓于华堂之上，神鸟一如既往栖息于柴草堆中。

然而，看清世事又能如何，因为我们对此并没有能力去改变，于是屈原才会于矛盾中犹犹豫豫、无法抉择。他在云层之上向下观望，看见故国郢都时，飞升的心意立刻动摇，恨不得立刻归去。可是“意逍遥兮欲归”的念头和“众秽盛兮沓沓”的现实之间的矛盾难以调和，所以他除了“思哽饐兮诘诎，涕流澜兮如雨”，并没有别的办法。

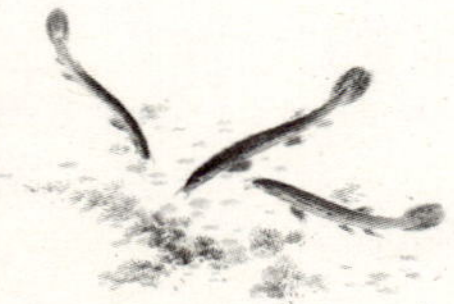

我们为什么要坚守

这是本书的最后一节。在此，我想跟大家探讨一个问题，那就是我们为什么要坚守？所谓“坚守”，就是坚决守卫，坚持守护。那么，要坚守什么呢？每个人都有所不同：陶渊明东篱采菊，坚守一份自适；李太白醉酒狂歌，坚守一份狂傲；杜子美茅屋疾呼，坚守一份关怀；托尔斯泰高龄出走，坚守一份朴素的心灵……总之，要坚守的，正是你相信的世间最美好的东西。

随着科技的发展、社会的进步，我们在眼花缭乱的世界中左顾右盼、无所适从。不过，对此我们还是得惊醒，因为它会使我们的精力过于分散，虚度自己的人生。可能有人会问，到底怎么做才算坚守呢？对于这个问题，其实很不好回答，我们还是从屈原身上寻找答案吧。

没错，屈原也是一个坚守主义者，他坚守的是自己的志向。因此，王逸便用一篇《守志》作为《九思》的终结。下面，我们一起来看看屈原是如何守志的吧。

shǒu zhì
守志

东汉·王逸

陟[1]玉峦兮逍遥，览高冈兮峣峣[2]。桂树列兮纷敷[3]，吐紫华兮布条[4]。实孔鸾[5]兮所居，今其集兮惟鸮[6]。乌鹊惊兮哑哑，余顾瞻兮怊怊[7]。彼日月兮暗昧，障覆天兮祲氛[8]。伊我

hòu xī bù cōng yān chén chéng xī xiào zhōng shū yǔ hé xī chāo sú
后兮不聪，焉陈诚兮效忠。摅羽翮兮超俗，
yóu táo áo xī yǎng shén chéng liù jiāo xī wān shàn suì chí chěng
游陶遨⑨兮养神。乘六蛟兮蜿蝉⑩，遂驰骋
xī shēng yún
兮升云。

yáng huì guāng xī wéi qí bǐng diàn cè xī wéi biān zhāo chén fā
扬彗光兮为旗，秉电策兮为鞭。朝晨发
xī yān yǐng shí shí zhì xī zēng quán rào qū ē xī běi cì zào wǒ
兮鄢郢，食时至兮增泉。绕曲阿兮北次，造我
chē xī nán duān yè xuán huáng xī nà zhì chóng zhōng zhēn xī
车兮南端。谒玄黄⑪兮纳贽⑫，崇忠贞兮
mí jiān lì jiǔ gōng xī biàn guān dǔ mì zàng xī bǎo zhēn jiù fù
弥坚。历九宫兮遍观，睹秘藏兮宝珍。就傅
yuè xī qí lóng yǔ zhī nǚ xī hé hūn jǔ tiān bì xī yǎn xié
说⑬兮骑龙，与织女兮合婚。举天罼⑭兮掩邪，
gòu tiān hú xī shè jiān suí zhēn rén xī áo xiáng shí yuán qì xī
彀⑮天弧⑯兮射奸。随真人兮翱翔，食元气兮
cháng cún wàng tài wēi xī mù mù nì sān jiē xī bǐng fēn xiāng fǔ
长存。望太微兮穆穆，睨三阶兮炳分。相辅
zhèng xī chéng huà jiàn liè yè xī chuí xūn mù piē piē xī xī mò
政兮成化，建烈业兮垂勋。目瞥瞥兮西没，
dào xiá jiǒng xī zǔ tàn zhì xù jī xī wèi tōng chàng chǎng wǎng
道遐迥兮阻叹。志稸积⑰兮未通⑱，怅敞罔
xī zì lián
兮自怜。

luàn yuē tiān tíng míng xī yún ní cáng sān guāng lǎng xī jìng wàn
乱曰：天庭明兮云霓藏，三光朗兮镜万
fāng chì xī yì xī jìn guī lóng cè móu cóng xī yì jī héng pèi jì
方。斥蜥蜴兮进龟龙，策谋从兮翼机衡。配稷
xiè xī huī táng gōng jiē yīng jùn xī wèi wéi shuāng
契兮恢唐功，嗟英俊兮未为双。

①陟：由低处向高处走。②峣峣：山势高大的样子。③纷敷：分布错杂的样子。④布条：舒展枝条。⑤孔鸾：孔雀和鸾鸟。⑥鸮：

同“枭”，猫头鹰。⑦怊怊：惆怅。⑧祲氛：不祥之气。⑨陶遨：无牵无挂。⑩蜿蝉：即蜿蟺，蛟龙盘屈的样子。⑪玄黄：天地之神。⑫纳贽：初次拜见长者时馈赠礼物。⑬傅说：殷王武丁贤相，传说死后为辰宿。⑭天罼：即天毕星。⑮彀：拉满弓。⑯天弧：星名。⑰穑积：压抑。⑱未通：没有实现。

屈原的一生，从前半生的顺遂到后半生的坎坷，从位列左徒至放逐江南，一直到他目睹楚国城破国亡，最终自沉汨罗江，他都坚持着自己最初的心志，始终不肯随众从俗，而他美政的理想，为国尽心、为民尽力的心愿，也自始至终都不曾实现。

既然坚守志向的结果不过是自我的毁灭，那么“守志”的意义何在？写过《楚辞章句》的王逸，对屈原其人、其事、其心，可谓熟悉入骨，用“守志”二字，当是为了得出一个他思索了终生的深刻答案：守志的目的和意义，其实就是它自身。

自屈原的身体淹没于滔滔江水的那一刻起，自他的生命消亡在那条永恒东去的逝水中开始，他的未来便再无任何可能。时光湮灭一切，死亡抹去一切，然而历史留住了他撕心裂肺的呼喊，文学留住了他华美璀璨的词句，后人心底留下了他的清白节操、美好品质，以及他那再也来不及实现的美好理想。屈原的时代过去之后，仍有许多人效仿他，写下抑扬顿挫、铺张扬厉的楚辞，仍有许多人祭奠他，追随他，继续为那个未曾成真的理想而努力，甚至不惜如他一般付出生命的代价。

这个理想是如此简单，不过就是消灭奸邪，整治佞人，继而“相辅政兮成化，建烈业兮垂勋”，辅佐君王育化万民，立下显赫功业和不朽功勋，但它是如此艰难，让人看不到一点希望。

这理想其实还是天真的，纵观整个历史，所谓的盛衰兴亡、治世乱世，不过就是正邪力量之间的较量，此消则彼长，此强则彼弱。就像王逸笔下屈原这样的人，或许永远不会消亡，而戕害了他的小人，未来也不可能灭绝。

现实充满了悖论和矛盾，那些荒谬的现象犹如坚不可摧的牢笼，挡住那些脆弱的良善与敏感的操守。所以，坚持自我的屈原只能假想自己扬起彗星之光做旗帜，拿着闪电之鞭策马前行，雷厉风行，杀伐决断，高举恢恢天网消灭奸邪，拉满天弓射死小人。期待用天真的理想，洞穿那坚不可摧的现实，只因除此之外，他的理想，他的才华，并没有用武之地。

屈原甚至设想天庭之上，政治清明，卑鄙的蜥蜴被斥退，贤德忠贞的龟龙受到重用，他们帮助天帝出谋划策，定国安邦，才智可与唐尧时期的贤臣稷、契相比，当世的英雄贤人，无人可以与之匹敌。而现实却是“目瞥瞥兮西没，道遐迥兮阻叹”，太阳西沉，夕阳无限好，只是近黄昏，时日已不多，前方道路却太过遥远，阻隔深重。人生刚刚启程时，尚是满怀壮志，信心满满，如今却壮志难酬，怅惘失意，自叹自怜。

孩子们，我们的《楚辞》之旅到这里就结束了，希望大家不要就此止步，而是能以本书为跳板，踏上知识的邮轮，驶上更广阔的人生海洋。